我為愛而生，我為愛而寫
文字裡度過多少春夏秋冬
文字裡留下多少青春浪漫
人世間雖然沒有天長地久
故事裡火花燃燒愛也依舊

瓊瑤

瓊瑤經典作品全集

⑯

梅花英雄夢

第一部：亂世癡情

繁花盛開日，春光燦爛時

我生於戰亂，長於憂患。我瞭解人事時，正是抗戰尾期，我和兩個弟弟，跟著父母，從湖南家鄉，一路「逃難」到四川。六歲時，別的孩子可能正在捉迷藏，玩遊戲，我卻赤著傷痕累累的雙腳，走在湘桂鐵路上。眼見路邊受傷的軍人，被拋棄在那兒流血至死，也目睹難民爭先恐後，要從擠滿了人的難民火車外，從車窗爬進車內，車內的人，為了防止有人湧入，竟然拔刀砍在車窗外的難民手臂上。我們也曾遭遇日軍，差點把母親搶走，還曾骨肉分離，導致父母帶著我投河自盡……這些慘痛的經驗，有的我寫在《我的故事》裡，有的深藏在我的內心裡。在那兵荒馬亂的時代，我已經嘗盡顛沛流離之苦，也看盡人性的善良面和醜陋面。這使我早熟而敏感，堅強也脆弱。

抗戰勝利後，我又跟著父母，住過重慶、上海、最後因內戰，又回到湖南衡陽，然後到廣州，一九四九年，到了臺灣。那年我十一歲，童年結束。父親在師範大學教書，收入微薄。我和弟妹們，開始了另一段艱苦的生活。可喜的是，這段生活裡，沒有血腥，沒有別離，沒有遷徙，沒有朝不保夕的恐懼。我也在這時，瘋狂的吞嚥著讓我著迷的「文字」。中國的《西遊記》《三國演義》《水滸傳》……都是這時看的。同時，也迷上了唐詩宋詞，母親在家務忙完後，會教我唐詩，我在抗戰時期，就陸續跟著母親學的唐詩，這時，成為十一、二歲時的主要嗜好。

十四歲，我讀國二時，又鑽進翻譯小說的世界。那年暑假，在父親安排下，我整天待在師大圖書館，帶著便當去，從早上圖書館開門，看到圖書館下班，看遍所有翻譯小說，直到圖書館長對我說：「我沒有書可以借給妳看了！這些遠遠超過妳年齡的書，妳都通通看完了！」

愛看書的我，愛文字的我，也很早就開始寫作。早期的作品是幼稚的，模仿意味也很重。但是，我投稿的運氣還不錯，十四歲就陸續有作品在報章雜誌上發表，成為家裡唯一有「收入」的孩子。這鼓勵了我，尤其，那小小稿費，對我有大大的用處，我買書，看書，還愛上了電影。電影和寫作也是密不可分的，很早，我就知道，我這一生可能什麼事業都沒有，但是，我會成為一個「作者」！

這個願望，在我的成長過程裡，逐漸實現。我的成長，一直是坎坷的，我的心靈，經常是破碎的，我的遭遇，幾乎都是戲劇化的。我的初戀，後來成為我第一部小說《窗外》，發表在當時的《皇冠雜誌》，那時，我幫《皇冠雜誌》已經寫了兩年的短篇和中篇小說，和發行人平鑫濤也通過兩年信。我完全沒有料到，我這部《窗外》會改變我一生的命運，我和這位出版人，也會結下不解的淵源。我會在以後的人生裡，陸續幫他寫出六十五本書，而且和他結為夫妻。

這世界上有千千萬萬的人，每個人都有自己的一本小說，或是好幾本小說。我的人生也一樣。幫皇冠寫稿在一九六一年，《窗外》出版在一九六三年。也在那年，我第一次見到鑫濤，後來，他告訴我，他的一生貧苦，立志要成功，所以工作得像一頭牛。「牛」不知道什麼詩情畫意，更不知道人生裡有「轟轟烈烈的愛情」。直到他見到我，這頭「牛」突然發現了他的「織女」，顛覆了他的生命。**至於我這「織女」，從此也在他的安排下，用文字紡織出一部又一部的小說。**

很少有人能在有生之年，寫出六十五本書，十五部電影劇本，二十五部電視劇本（共有一千多集，每集劇本大概是一萬三千字，雖有助理幫助，仍然大部分出自我手。算算我寫了多少字？）我卻做到了！對我而言，寫作從來不容易，只是我沒有到處敲鑼打鼓，告訴大家我寫作時的痛苦和艱難。「投入」是我最重要的事，我早期的作品，因為受到童年、少年、青年時期的影響，大多是悲劇。**寫一部小說，我沒有自我，工作的時候，只有小說裡的人物。我化為女主角，化為男主角，化為各種配角。寫到悲傷處，也把自己寫得「春蠶到死絲方盡」。**

寫作，就沒有時間見人，沒有時間應酬和玩樂。我也不喜歡接受採訪和宣傳。於是，我發現大家對我的認識，是：「被平鑫濤呵護備至的，溫室裡的花朵。一個不食人間煙火的女子！」我聽了，笑笑而已。如何告訴別人，假若你不一直坐在書桌前寫作，你就不可能寫出那麼多作品！當你日夜寫作時，確實常常「不食人間煙火」，因為寫到不能停，會忘了吃飯！**我一直不是「溫室裡的花朵」，我是「書房裡的癡人」！因為我堅信人間有愛，我為情而寫，為愛而寫，寫盡各種人生悲歡，也寫到「蠟炬成灰淚始乾」**。

當兩岸交流之後，我才發現大陸早已有了我的小說，因為沒有授權，出版得十分混亂。一九八九年，我開始整理我的「全集」，分別授權給大陸的出版社。臺灣方面，仍然是鑫濤主導著我的「全部作品」。愛不需要簽約，不需要授權，我和他之間也沒有簽約和授權。從那年開始，我的小說，分別有「繁體字版」（臺灣）和「簡體字版」（大陸）之分。因為大陸有十三億人口，我的讀者甚多，這更加鼓勵了我的寫作興趣，我繼續寫作，繼續做一個「文字的織女」。

時光匆匆，我從少女時期，一直寫作到老年。鑫濤晚年多病，出版社也很早就移交給他的兒女。我照顧鑫濤，變成生活的重心，儘管如此，我也沒有停止寫作。我的書一部一部的增加，直到出版了六十五部書，還有許多散落在外的隨筆和作品，不曾收入全集。當鑫濤失智失能又大中風後，我的心情跌落谷底。鑫濤靠插管延長生命之後，我幾乎崩潰。然後，我又發現，我的六十五部繁體字版小說，早已不知何時開始，大部分的書，都陸續絕版了！簡體字版，也不盡如人意，盜版猖獗，網路上更是零亂。

我的筆下，充滿了青春、浪漫、離奇、真情……的各種故事，這些故事曾經絞盡我的腦汁，費盡我的時間，寫得我心力交瘁。我的六十五部書，每一部都有如我親生的兒女，從孕育到生產到長大，是多少朝朝暮暮和歲歲年年！到了此時，我才恍然大悟，我可以為了愛，犧牲一切，受盡委屈，奉獻所有，無需授權。卻不能讓我這些兒女，憑空消失！我必須振作起來，讓這六十幾部書獲得重生！這是我的使命。

所以，今年開始，我的全集經過重新整理，在各大出版社爭取之下，最後繁體版「花落城邦」，交由春光出版。城邦文化集團春光出版的書，都出得非常精緻和考究，深得我心。說來奇怪，我愛花和大自然，我的書名，有《金盞花》《幸運草》《菟絲花》《煙雨濛濛》《幾度夕陽紅》……等，和「春光出版」似有因緣。對於我，像是繁花再次的綻放。這套新的經典全集，非常浩大，經過討論，我們決定「分批出版」，第一批十二本是由我精選的「影劇精華版」，然後，我們會陸續把六十多本出全。**看小說和戲劇不同，文字有文字的魅力，有讀者的想像力。希望我的讀者們，能夠閱讀、收藏、珍惜我這套好不容易「浴火重生」的書，它們都是經過千淬百煉、嘔心瀝血而生的精華！那樣，我這一生，才沒有遺憾！**

瓊瑤　寫於可園

二〇一七年十一月十日

附記

今天是二〇一九年十二月五日，真沒想到，在我的六十五本全集之後，我會又完成了五本一套的《梅花英雄夢》。讓我的全集，變成七十本。關於《梅花英雄夢》的前因後果，我已經寫在這五本的後記裡，這兒就不再贅述。所以，我的全集增加了，或者，還會繼續增加下去。我慶幸，我的歲月儘管遷逝，文字依舊源源而來。這部我用了七年才完成的作品，願與我所有的知音共享之。

瓊瑤

前言

這部《梅花英雄夢》，是小說，而不是歷史。它更不是歷史小說。

我的父親是一位歷史學家，他採眾家之言，博覽群籍，寫出了一部《中華通史》，把中國的二十四史，用現代的白話文再詮釋了一遍。父親告訴我，即使是歷史，在其中，也有一些不真實的部分，更有一些隱諱而編撰出來的東西。寫歷史，有曲筆、有隱筆、有伏筆……如果秉筆直書，那就是「在齊太史簡、在晉董狐筆」了。古往今來，像齊太史、晉董狐、司馬遷的史官史家，能有幾人？

父親是一位真正做學問的人，而我，是一個寫小說的人。我過去寫小說，總覺得我受到很多拘束。這些拘束，常常是我的障礙，讓我無法盡情、盡興、盡力去發揮。寫小說，需要很大的想像力，我的想像力，卻常常被抑制著；寫現代小說，要忌諱政治、道德、法律、地點和各種思想上的問題；寫古代小說，那就更加困難了！我多羨慕吳承恩，他的《西遊記》，充滿了各種作者的幻想，孫悟空大鬧天宮、女兒國、牛魔王、火焰山、紅孩兒……真是應有盡有，儘管沒有任何歷史根據，卻好看得讓人著迷！

那麼，寫一部以古代為背景的小說，是否一定要忠於歷史呢？小說裡的人物、情節、是否一定要在歷史中有所根據呢？所以，我去研究中外的小說，希望能夠找到答案。

中國的古代小說中，最著名、最膾炙人口的《三國演義》，其中的「借東風」、「草船借箭」、「三氣周瑜」……在歷史中都找不到根據。貂嬋這位女子，在歷史中也找不到。《水滸傳》，源自《大宋宣和遺事》。《宣和遺事》本身，在歷史中，也找不到根據。宋江之名，不在《宣和遺事》中；七十二地煞星之名，也不載於《宣和遺事》中。《紅樓夢》家喻戶曉，儘管眾多「紅學家」研究它的背景，研究人物是否隱射前人，但是都沒有定案。至於那位進宮的娘娘「元春」，到底是哪個皇帝的妃子？沒人知道。

拋開中國的著名小說，談談西方的小說。法國大仲馬的《三劍客》《基督山恩仇記》、雨果的《鐘樓怪人》《孤星淚》、俄國托爾斯泰的《戰爭與和平》、鮑里斯・帕斯捷爾納克的《齊瓦哥醫生》、美國馬克・吐溫的《乞丐王子》、瑪嘉烈・米契爾的《飄》……不勝枚舉，它們有的有時代背景，有的根本沒有，至於其中的人物、情節、故事發展……都是作者編撰的，在歷史中，也找不到根據。

但是，這些中外小說，實在「好看得要命」！雖然沒有根據，不能「考據」，卻完全不影響它們成為一部好小說，成為很多讀者一看再看的名著！

經過這番研究，我覺得我終於可以放下「歷史根據」的大石了！我要在我有生之年，寫一部「好看」的小說！除了「好看」以外，是小說的「主題」，是我要表達的「思想」！所以，這部《梅花英雄夢》，我拋開了一切細節拘束，放開我的思想，讓我可以天馬行空的編撰它。請我的讀者們，不要研究其中的歷史考據。故事是我杜撰的，連年代朝代，我都刻意模糊了。故事裡的人物，也是我創造的，不用去找尋我有沒有根據。至於小說裡的官制、稱謂、地名、禮儀、傳奇、武術……都有真有假有我的混合搭配。我曾說過，小說是寫給現代人看的，只要這部小說能打動你，我就沒有浪費我的時間（雖然，我還是在考據和邏輯上，下了很多功夫，相信你們看了就會明白）。

這部長達八十萬字，經過七年才完成的小說，我絞盡腦汁的，是情節的布局、人物的刻畫、愛情的深度，和英雄的境界！至於其中的各種發展，喜怒哀樂、悲歡離合、生死相許、忠孝仁義、沙場征戰……都發揮到我的極致。或者，它和我其他的小說不太相似，可是，我認為這是一部很好看的小說。因為，在陸續寫它的時候，它曾感動過我，曾安慰過我千瘡百孔的心。我希望，我的讀者們，它也能感動你，也能療癒你曾經受創的心！

瓊瑤 寫於可園

二〇一九年十月五日

序幕

古代李氏王朝中葉，皇上昏庸，縱容外戚奪權干政，大魔頭伍震榮尤其囂張，年輕氣盛，心狠手辣，殺人如麻。

這是一個月黑風高的夜晚。烏雲遮月，伸手不見五指，風聲鶴唳，草木鳥獸皆驚。天氣已是深秋，凜冽的風，吹過曠野，揚起一片飛沙走石，越過林梢，落葉紛紛飄墜。長安是個繁華的城市，很多酒樓歌榭，夜夜燈火煇煌。這夜或因天氣驟然變冷，或因皇宮有什麼耳語傳出，很早，百姓就不再做生意，惶惶然的提前打烊。城中還有稀稀落落的燈火，點綴著黑黝黝的街道，別有一種蕭瑟之感，也有孤孤單單的行人，縮著脖子，冒著冷風，匆匆走在街道上。

忽然間，伍震榮帶著眾多官兵，飛騎掠過長安大街，馬蹄雜沓的敲在石板路上，加上眾多官兵奔跑的腳步聲，打碎了長安城寂靜的夜，令人膽戰心驚，不寒而慄。晚睡的百姓們趕緊閉門吹燈，不敢窺視。夜歸的行人，也趕緊閃避到屋簷小巷中，不敢露面。空氣中瀰漫著一股肅殺恐怖的氣氛。

袁柏凱這年才二十出頭，因為出身將軍府，父親鎮軍大將軍戰死沙場，柏凱曾屢次隨父出征，雖然沒有建立什麼戰功，皇上卻給了他一個羽林長史的六品官。因而，這晚他奉命跟隨伍震榮，去安南王府執行抄家滅門的任務。

「殺呀！一個活口都不要留！」伍震榮一聲大吼，帶著部下迅速的衝進了王府大門。他手持長劍，身帶大刀，一路追殺進去。得到消息的安南王康遠鵬，剛剛和衛士奔逃到大門口，就被伍震榮活逮，連話都沒有說一句，立刻被伍震榮砍下了人頭。伍震榮命令手下帶著這顆人頭，開始瘋狂的刺殺院中婦孺。院子裡的王府內眷、子女、衛士、僕人、僕婦、丫頭……四竄奔逃，伍震榮和他的手下，見一個殺一個。柏凱看得觸目驚心，即使在戰場，他也沒見過這樣冷酷的屠殺，忍不住喊道：

「安南王已經伏法，這些僕人，就別浪費伍大人的工夫了！」

「什麼話？趕盡殺絕！這是奉旨行事！」伍震榮吼道，手起刀落，一個孩子慘叫倒地。院落中，家人僕從四散奔逃，眾多官兵追著堵人，哭聲、慘叫聲不絕於耳。

「不要跑！殺！殺！殺！殺！」官兵們喊著。

一個僕婦奔逃，伍震榮上前，一刀砍去，血花四濺。

柏凱看不下去，帶著自己的人馬，匆匆交待：

「伍大人，這前院交給你，我去後院追捕！」

「好！後院容易逃跑，注意注意！」

柏凱便帶人奔去後院。

伍震榮不再管柏凱，抓著一個丫頭，急問道：

「你們的廚娘九鳳呢？在哪兒？說！」

「沒看見！饒命！饒命……」丫頭發抖的說。

丫頭話沒說完，伍震榮一劍刺去，丫頭倒地而亡。

❖

柏凱到了後院，發現遍地屍體，顯然已被伍震榮手下殘殺過，不禁黯然搖頭。忽然，柴房中傳出嬰兒咕呱咕呱的啼哭聲。柏凱手下的官兵喊道：

「這柴房裡躲了人！」

「先別下殺手，讓我看看是誰！」柏凱急忙說道。

柏凱衝開了房門，只見一個面容姣好的年輕女僕，在另外兩個中年女僕幫忙下，剛剛生產完，地上還有來不及收拾的帶血衣物。年輕女僕緊緊抱著襁褓中的嬰兒，三人神色緊張倉皇。柏凱立刻大聲問道：

「妳們是安南王的什麼人？快說！」

「奴婢只是這兒的廚娘九鳳，偏偏趕在這時候臨盆，才生產完，請大人饒了我們！」九鳳抱著孩子，哀懇的看著柏凱。

兩個中年女僕更是磕頭如搗蒜，嘴裡喊著「饒命啊饒命」。

「剛剛生產？」柏凱一怔，心想：「我那夫人雪如，也快臨盆了……算是為雪如積德吧！」就看著九鳳，急急的命令道：「放妳們一條生路！從後門快跑吧！」

九鳳對著柏凱磕了一個頭，急忙抱著嬰兒，和兩女僕衝出門外去了。

❖

而後院發生的事，伍震榮完全不知道，他已經殺進廚房，抓住一個廚娘，一看不對，立刻殺了。眾廚娘和大廚們驚恐逃竄，櫃子傾倒，杯杯盤盤碎了一地，廚房內廚房外，到處慘叫聲連連。

伍震榮抓住一個廚娘，質問：

「九鳳在哪兒？說！」

廚娘拚命搖頭，伍震榮手起刀落。他再抓住一個女子，看到不是九鳳，又殺了。

院落裡，廚房裡，已經東倒西歪，都是屍體。伍震榮殺紅了眼，再抓住一個男僕。

「快說九鳳躲在哪兒！」

「我沒有看到九鳳……」

伍震榮一刀砍下，僕人慘叫倒地。

❖

柏凱帶著官兵上了樓，發現僕人丫頭奔竄，伍震榮的手下，有的在翻箱倒櫃，搜刮珠寶珍玩，有的還在追殺婦孺，柏凱見狀，只能在心中嘆息。

伍震榮忽然提著刀和劍上了樓，對著官兵大罵：

「不是告訴你們，通通殺了，為什麼還有這麼多人活著？」轉頭質問柏凱：「袁柏凱，難道出自將軍府的你，還怕髒了你的劍嗎？」

「伍大人說的什麼話？」柏凱一震：「好吧！一個活口都不要留！殺吧！」

柏凱提著劍，追向一個男僕，忽然間又站住了，只見遠處自己宅府方向，火炬已經升起。柏凱頓時怔住，心中想著：「將軍府！袁忠說雪如生了兒子，就在高樓頂端燃火炬通知我，難道雪如臨盆了！難道雪如生了個兒子？」

柏凱大喜之下，手裡的劍，實在無法對任何人刺殺下去。

❖

天空濛濛亮時，九鳳抱著嬰兒，被官兵追殺到了山頂，眼看旁邊就是懸崖，無路可退。另外兩個女僕，都已各自逃命去了。官兵吼著：

「站住！」眾官兵就氣勢洶洶奔來。

九鳳哀懇的說道：

「官爺們！我是九鳳！請你們讓我見見伍大人，我手裡這個嬰兒，是伍大人的女兒啊！各位千萬不要殺我，我是伍大人的女人！」

「滿口胡說八道！伍大人早就下令，不管妳是誰都要殺！」

「可是我是九鳳啊！」九鳳哀鳴著：「我真的是伍震榮的女人，這女兒是他的骨肉！你們連大人的骨肉都要殺嗎？」激動的喊：「讓我見伍震榮，讓我見伍震榮……」

官兵們有點猶疑，面面相覷。此時，伍震榮從山下追蹤而至，對官兵一聲大吼：

「你們這群廢物！要你們殺掉，怎麼還有活口？」

九鳳一見伍震榮，如見到救兵，捧著嬰兒，流淚說道：

「謝謝老天！你可趕到了！你看，這是我們的女兒，昨兒晚上才生的！差點被官兵殺了！」

只見伍震榮冷冷的上前，瞪著九鳳。

「原來妳逃到這山頂上來了！害我翻遍了安南王府！」

「對不起！我躲在柴房裡，才生下你的骨肉！」

「妳以為妳是誰？妳也配說妳是我的女人？」伍震榮更加森冷的說道：「妳不過是我逢場作戲的玩物，居然敢公然聲稱是我的女人？留下就是禍害！」

九鳳聽了，震驚而心碎，含淚把孩子捧到伍震榮面前，錯愕不信的說道：

「你佔有我，玩弄我，對我無情也就算了！但是，骨肉親情總不能不顧吧？」

「賤女所生，怎配是我的骨肉？竟敢栽贓於我，妳們母女一個都不能留！」

伍震榮說完，抓起孩子便拋下懸崖。九鳳大駭中，奮不顧身跳起搶救孩子。伍震榮卻一劍刺來，正中九鳳的胸口。

九鳳無法置信的站著，鮮血直流，眼睜睜看著嬰兒落下懸崖。伍震榮見九鳳不倒，拔出九鳳身上長劍，再對著她的心臟刺下，九鳳終於倒地。她圓睜大眼，怒瞪著伍震榮。

「死後我將變成厲鬼……」話未終已無聲。

伍震榮收劍，插劍回鞘，冷冷的看著九鳳的屍體，說道：

「人比厲鬼可怕，我人都不怕，怎會怕厲鬼？」

伍震榮便回頭，對那群看得發呆的官兵厲聲說道：

「賤女胡言亂語，此事誰敢說出去，殺無赦！我們撤！」

官兵們驚懼震懾，伍震榮一揮手，便帶著眾官兵威風凜凜下山去。

❖

柏凱也是在天濛濛亮時回到將軍府。果然，夫人已為他生下了一個兒子。他不急著看兒子，先去浴室中，大大的沖洗了一番，不洗掉滿身的血腥，如何見初生的兒子？等到沐浴更衣後，他才在擠滿親眷僕人丫頭的大廳裡，從秦媽手中，接過那個初生的嬰兒，只見孩子睜著一對亮晶晶的眼睛，對他張望著。原來初生的嬰兒就會張開眼睛，他驚奇而感動，看到孩子長得天庭飽滿，大眼清亮，心裡實在歡喜至極。丫頭僕人和大腹便便的二夫人翩翩，都大聲道賀，屋子裡響起一片賀喜歡笑聲，熱鬧極了。翩翩有點嫉妒的說：

「恭喜老爺，終於心想事成！」

柏凱抱著嬰兒，看著嬰兒大笑道：

「皓禎！袁皓禎，這就是你的名字！我袁家終於後繼有人！哈哈哈！」轉眼看翩翩：「下回就輪到妳幫我生兒子！」

「但願應了您的金口！」翩翩一笑。

柏凱才沒有男人不進產房的忌諱，抱著嬰兒大笑著，逕自走進雪如的房間，雪如雖然剛生產過，臉色顯得蒼白，卻依舊雍容華貴，溫柔如水。她躺在床榻上，眼睛濕漉漉的，她的姊姊雪晴陪伴在旁。

「雪如，辛苦妳了！給我生了一個兒子！」柏凱喊著：「妳知道我昨晚經歷了什麼？我看到死亡又看到新生，真是從地獄到人間！咦……」他見雪如有淚，驚愕的問：「哭什麼？生了兒子喜極而泣嗎？哈哈哈！妳該笑呀！」

雪如眼中充滿了淚，是太激動了嗎？雪晴趕緊上前，接過嬰兒，笑著說：

「恭喜妹夫，有子萬事足！我這姨母跟著歡喜！」

雪如終於含淚而笑，那個笑容中，盛載了喜悅，也盛載了哀愁。女人生子是個坎，是個關，是最大的痛苦和期盼……柏凱不會去分析這些，只是寵愛的走過去，用手輕撫著雪如的面頰。這個舉動，讓雪如才止住的淚，又充滿眼眶了。

✣

這個從殺戮到新生的夜，是丙戌年十月十九日。在這一夜中，有個新生的嬰兒被丟下懸崖，卻有另一個新生的嬰兒被寵愛著長大。當然，在這一夜中，還有更多的新生嬰兒出世，迎接著他們各自不同的命運，寫下他們各自不同的傳奇。

1

二十年後。

安南王府滅門不久，昏庸的皇上突然駕崩，經過一番爭奪大位的驚濤駭浪，皇三子意外登基。新皇仁慈敦厚，因伍震榮擁立有功而重用，封為榮王，官拜左宰相。二十年來，伍家勢力不斷擴大，爪牙遍布。伍震榮又勾結野心勃勃、想當女皇的盧皇后，密謀篡奪大位，不斷暗殺李氏宗親和忠臣。幸有神祕高人「木鳶」（注），暗中結合忠臣及民間英雄，與惡勢力對抗。

這是秋獵的日子，在千騎軍的簇擁吆喝下，在旗幟飄飄中，皇上帶著眾多大臣，和許多

注：「木鳶」即現代的「風箏」。

被皇上喜愛的小輩，一行人浩浩蕩蕩的前進，追逐著獵物。

皇上騎著馬，在他左邊，是顯赫的伍震榮，和他那二十六、七歲的小兒子伍項魁；在他右邊，是右宰相方世廷，和他那年紀輕輕，就官拜大理寺丞的兒子方漢陽。這左右宰相，深得皇上寵信，正是風光無限的時候，陪著皇上不斷談談笑笑。而皇上的眼光，卻不住看向三個形影不離的年輕人，那三個人，正是袁皓禎、竇寄南，和太子啟望。

這三人中，太子年紀最長，二十五歲，寄南次之，皓禎最小。三人各有各的英姿煥發，出類拔萃。太子氣宇軒昂，容貌英俊，行止之間，永遠帶著他與生俱來的高貴和從容，再加上他武功超群，馬上功夫了得，使他一舉一動，都特別搶眼。

竇寄南是竇妃的姪兒，竇妃得寵卻早逝，皇上因而把寄南封了一個靖威王，從小就栽培他。可惜寄南生性疏狂，有如脫韁野馬，難以駕馭。他是瀟灑的、任性的、自由自在的，長得也是一表人才，武功自有一套。雖然不愛讀書，他也能朗朗成誦，是個奇人！

最小的皓禎，有著深邃的眼睛，濃密的眉毛，挺直的鼻梁，能文能武，是個人中豪傑。他身上最吸引人的地方，是他那文武雙全的特性，時而溫文爾雅，時而動如脫兔。雖然他在三人中年齡最輕，卻常常是三人中帶頭的一個！

皇上看著這三個人，心裡充滿了欣賞和安慰，這三人，是獵場上的「風景」！

皇上正在欣賞著他的「風景」，前方忽然出現一群白狐在山野中飛跑。

「白狐！白狐！」千騎軍大喊，指著白狐。

「快去獵白狐！誰獵到就是誰的！」皇上興奮的喊著。

「寄南！皓禎，你們兩個還不快去搶！」太子啟望勒馬笑道。

「看來太子殿下不屑於和本王爭……」寄南笑著說。

寄南話沒說完，皓禎一身勁裝，英姿颯颯，背上背著武器袋，肩上扛著弓箭，飛騎而出，追逐白狐，嘴裡嚷著：

「寄南少廢話，太子禮讓，皓禎就不客氣了！」

寄南一看皓禎要搶先，就趕緊飛騎追了上去，大笑說：

「哈哈！除非我也禮讓，你要搶的話難也難也！」

白狐飛奔，皓禎與寄南緊追在後，太子啟望趕緊催馬上前，三人各有各的俊逸不凡。

皇上看著前面飛騎的三人，情不自禁的自言自語起來：

「周易說，二人同心，其利斷金！這三人同心，更是『無堅不摧』！」

伍震榮在旁邊聽著，臉色一沉，不動聲色的看了皇上一眼。

只見白狐群飛竄至樹林深處，轉眼消失，唯有一隻較為落後。寄南拉弓欲射，皓禎急喊：

「寄南，手下留情！這隻白狐太漂亮了！我們捉活的！」

寄南一愣，停止拉弓。皓禎將獵網一撒，立刻網住了白狐，白狐在網中掙扎不已。千騎軍立刻吼聲震天：

「啟稟陛下！少將軍袁皓禎抓到了第一隻白狐！」

皓禎翻身下馬，奔到白狐旁邊，低頭看牠。白狐卻用可憐兮兮的眼神回望著他。

就在這時，伍震榮的兒子，羽林左監伍項魁大吼：

「射死牠！看誰第一箭！」

伍項魁話聲一出，亂箭齊發，全部射向白狐。皓禎大驚，跳起身子，從肩後的武器袋中，拔出祖傳的「乾坤雙劍」，一招「天女散花」，雙劍閃耀如萬道光華，把射來的箭全部打落，又帥氣的收劍入袋。

伍震榮不滿的策馬持劍奔來，喊道：

「今天是來狩獵的，立刻把這隻白狐給殺了！」

太子啟望看看皓禎，學著寄南的語氣，笑道：

「榮王，此事難也難也！看來皓禎不想殺這隻白狐！」

皓禎回頭看皇上，大聲問：

「陛下！太子殿下說得不錯，微臣想放掉這隻白狐！」

伍震榮怒視皓禎，霸道的說：

「少將軍，你不懂狩獵兩字的意義嗎？」

雙方劍拔弩張，情勢不妙。大理寺丞方漢陽催馬而出，文質彬彬的說道：

「尚書中曾說：『好生之德，洽於民心』，臣以為，地有載物之厚，人有惻隱之心，留母增繁，萬物孳生！此事請陛下作主才是！」

這方漢陽，也是小輩中的翹楚。論相貌，他絕對不輸給太子寄南和皓禎；論文采，他可是憑自己的真才實學，和他的爹一樣，考上科舉，才被皇上重用。但是，他不會武功，不愛出風頭，做人方方正正，說話引經據典，所以看起來，就沒有皓禎他們三個的氣勢。這大理寺丞雖然是大理寺中排第三的官位，卻是人人覬覦的，因為這是個掌實權的官，能斷是非，判生死！當然，他能當上這個官，也是伍震榮力薦的。

皇上對漢陽的意見不置可否，眼光卻看向寄南，問：

「寄南意下如何？」

「陛下，」寄南有力的說：「白狐為皓禎所獵，當然應該由皓禎發落，誰都不能搶先下令撲殺。陛下不是說，誰獵到就是誰的嗎？」

寄南正說著，忽然有枝力道萬鈞的利箭，直接射向白狐肩頭。皓禎的雙劍已經收起，眼看利箭射來，白狐不保，想也沒想，就用右手徒手去抓那枝箭。箭鏃穿過皓禎掌心，再射中白狐的右肩，皓禎手心中的血，頓時滴在白狐身上。皓禎急忙回頭看，只見拉弓射箭的竟是父親袁柏凱！看到皓禎受傷，柏凱臉色大變，催馬上前，急呼：

「皓禎！你瘋了！我這梅花箭的力道你是知道的！怎麼用手去抓？趕快給我看看傷勢！」

寄南見皓禎忍痛皺眉，鮮血直流，大喊：

「太醫！快來診治，皓禎傷得不輕！」

太子不待伍震榮異議，上前拔下白狐身上的箭，同時拔出匕首，挑斷了網繩，對白狐說道：

「幸好皓禎擋下了這箭的力道，保住你這條小命！快快去吧！」

「等一下！」寄南便在狐狸尾巴上，割下一撮狐毛。「我要幫皓禎留下一點紀念品！」

狐狸回眸看了皓禎半晌，烏黑的眸子濕漉漉，似有感恩之意，轉身飛奔而去。

眾人全部因這一幕而呆住了。太醫、柏凱、寄南、太子圍著皓禎止血治傷。

伍震榮皺眉不悅，看著太子、寄南、皓禎三人，心想：「這三人已結成一黨！太子有了寄南和皓禎，如虎添翼！還加上那屢建軍功的輔國大將軍袁柏凱！」心中一氣，對項魁低語：「你像我兒子嗎？簡直是個草包，怎麼不去搶？」

項魁一愣，氣呼呼的低聲回答：

「太子點名也沒點到我，他們三個攔在前面，我怎麼去搶？他們根本是明著滅爹的威風！」

皇上看看震榮父子，看看柏凱和皓禎，為緩和氣氛，哈哈笑道：

「捉白狐，放白狐！袁將軍的兒子就是不一樣，皓禎十六歲就英勇殺敵，建立軍功，朕特地封他為驍勇少將軍，今日的表現更是出人意料，獨樹一幟！哈哈哈哈！」

皇上這篇話，完全不能讓伍震榮父子感到舒服。另外一個始終被疏忽，也沒被皇上注意的年輕人，心裡也大大不是滋味。這人就是只比皓禎小三個月的庶出弟弟——袁皓祥！他騎馬站在一邊，用不屑的眼神看著這一切，心裡納悶的想著：

「這大概是場表演吧？爹居然幫著皓禎演戲？出風頭也不看看時候地點？公然和榮王父子作對？不想在朝廷上混了嗎？」

❖

袁柏凱父子三人打獵回到將軍府，整個袁家震動又驚慌了！因為皓禎受傷了！雪如帶著秦媽袁忠等人，急沖沖迎向歸來的皓禎，驚呼著：

「打獵受傷了？」她見皓禎包紮的手，快要暈倒了。「哎喲！包紮得那麼厚，一定很嚴重？被什麼傷到了？」

皓祥大聲接口：「被爹那最著名的『梅花箭』！」

「柏凱的箭？父子兩個搶著打獵嗎？」翩翩驚問。

「箭傷怎麼會在手心裡呢？」雪如又是慌亂，又是不解。

柏凱懊惱的一巴掌拍在皓禎肩頭，心痛而嚴厲的說道：

「皓禎，你一定要跟榮王父子唱反調嗎？爹這一箭，是想化解這場小風波，你居然用手去抓箭？咱父子向來有默契，今天怎麼不靈了？」

「爹！」皓禎苦笑：「你那一箭射得那麼快，我只有瞬間反應，來不及默契了！」

翩翩在一邊推著皓祥說：

「皓祥，你今天沒有獵到什麼野獸嗎？你那箭法不是也練得挺好的！」

皓祥不耐的對翩翩一吼：「今天不是去打獵，是去放生的！妳懂了嗎？」

柏凱瞪了皓祥一眼。「對你娘有點禮貌行不行？都是我的兒子，怎麼差那麼多！」

皓祥一怒接口：「當然差！那是你元配生的嫡長子，我算什麼？」

「你想氣死我！」柏凱大怒，追著皓祥想打。「對你大娘沒禮貌，對你親娘沒禮貌，看樣子，也不把我放在眼睛裡！」皓禎趕緊上前攔住柏凱，嘻笑道：「跑了一天的馬，爹還是中氣十足！皓祥不過是因為沒獵到野獸，有點遺憾而已！爹幹嘛大呼小叫？」

此時，皓禎的心腹小廝小樂，捧著一個鋪著紅墊子的盤子而來，裡面是一撮白狐的毛。

「夫人，這是那白狐的紀念品！要怎麼處置？」

雪如看著狐毛，一愣。柏凱立即解下自己腰間的祖傳玉佩，放在盤子上，說道：

「這塊玉佩送給皓禎了，如果用白狐的毛做成玉佩的穗子，一定別出心裁！」

雪如笑了。皓祥看看皓禎母子和柏凱，哼了一聲，悻悻然的轉身出門去了。

2

半年後的一個清晨。

在長安郊外的蒼霧山中，白吟霜正背著藥簍，到處尋尋覓覓的採藥。晨霧迷濛中的蒼霧山，有原野、有綠林、有峭壁……景致如畫。吟霜時而彎腰找尋，時而抬頭看看前方，猶豫著要不要再向綠林深處去找。她穿著一身簡單的米白色衣裳，只在腰間繫了一條藍色的腰帶。頭髮鬆鬆的挽著幾個髮髻，簪著銀色的蝴蝶簪，她為了怕髮髻鬆散，還繫著和腰帶同色的幾縷絲帶。清晨的風吹著，她的腰帶和髮帶，都飄飛在徐徐輕風中。吟霜是帶著幾分仙氣的，那股不食人間煙火的韻味，遍布在她身上。她也是美麗的，眉如春柳，眼如秋水，小巧的鼻子下，配著小巧的嘴，白皙的臉龐，纖細的身材，整個人細緻輕盈，像是深山中傳說的仙子！

她確實來自深山，她的父親白勝齡是位神醫，母親蘇翠華更是與眾不同。他們一家三口，住在默默無名的普晴山中，靠著自耕自種，採藥製藥度日，也經常到山下的村莊中，為村民治病施藥。自從四年前母親去世，父親就遵從母親的遺命，把吟霜帶到大城市來，一路靠著高超的醫術，給人治病針灸為生。他們父女已經陸續到過洛陽、汴州、襄州，這個月才到長安。

吟霜這天採藥並不順利。天上，有隻矛隼（注）在飛翔，不時低飛，故意掠過吟霜的頭頂，搧亂了吟霜的髮絲。吟霜抬頭，看著那隻矛隼喊道：

「猛兒，今天我可沒辦法跟你玩，我得趕緊採藥，你別吵我！這兒的藥草太少，採了這麼久，都沒採到真正有用的！」

這隻矛隼，是吟霜家中的一份子。在吟霜出世前，猛兒就是白家的重要成員。猛兒不聽吟霜，一個低飛，掠過吟霜面孔再高飛，然後直接鳴叫著飛向峭壁。

吟霜抬頭向峭壁看去，驚見峭壁上有兩朵白色像曇花的花，長在石縫裡。

吟霜眼睛一亮，驚喜莫名的喊道：

「難道是『石玉曇』？」奔到崖下，抬頭細看，喜悅的喊道：「猛兒！你太聰明了！你幫我找到了最珍貴的藥材石玉曇！這花四年才會開一次，太好了！」她衡量著花的高度。「可是，我怎麼上去呢？」

難得找到稀有藥材，絕不能輕言放棄！吟霜卸下背上的藥簍，看著石壁的凹凸處，開始手腳並用，小心翼翼的爬上石壁。

❖

這個時候，皓禎正帶著貼身侍衛魯超，騎著兩匹馬，抄捷徑策馬進了蒼霧山，穿過樹林，皓禎叮囑著：

「魯超！啟望哥這麼急找我們，一定有急事，你眼睛要放亮一點！」

「是！公子！」魯超回答：「卑職會處處小心！如果木鳶有指示就好了！」

兩匹馬來到吟霜的峭壁前，而吟霜危危險險的攀在那兒，拚命向上爬，伸手還是搆不著花。馬蹄奔近，皓禎抬頭驚愕的看著石壁上的吟霜。

吟霜被馬蹄聲驚動，低頭一看，腳下一個踩空，整個人就從石壁上摔了下來。

「哎呀……」吟霜驚呼。

皓禎大驚，內力一提，一招「旱地拔蔥」，從馬背上凌空而起，如電光石火、似凌虛御風。半途中，他身子一擰，雙掌同時推出，來個「抱虎歸林」，穩穩的把吟霜接進了他的雙臂中站定。皓禎低頭，看著橫躺在他臂彎中的吟霜，驚奇的問：

注：矛隼，鳥名。屬於鷹類，可以豢養及訓練，威猛通人性。

「姑娘！妳這麼一大早，爬在峭壁上幹嘛？太危險了！」

吟霜立刻漲紅了小臉，掙扎著要下地，嘴裡喃喃的說著：

「我……我在採那兩朵石玉曇！」

皓禎這才發現自己還抱著吟霜，這可是他此生第一次這麼緊抱著個姑娘。眼中接觸的，是吟霜那對略帶驚惶，卻深如湖水，亮如星辰的眸子，這樣的眼光令他心中沒來由的一跳。他趕緊把她放下，看看她那身打扮，正是「寶髻鬆鬆挽就，鉛華淡淡妝成」，好個遺世獨立，超凡脫俗的姑娘！他見她臉頰緋紅，立刻收拾起情緒，抬頭看看那兩朵花。

「石玉曇？那兩朵白花嗎？」他不解的問。

吟霜又是受驚，又是羞澀的解釋：

「那不是普通的花，是可以治病的藥材，很珍貴的……我在採藥……」

皓禎不等吟霜說完，就用腳尖點著山壁，飛躍到那兩朵花處，把整枝花連根拔起。他飄然落地，然後，把連根帶泥土的花遞給了吟霜，說道：

「既然是珍貴的藥材，我想它的根、莖、葉子都有用！喏，給妳！」

吟霜趕緊接過石玉曇，看著皓禎，兩眼霧濛濛卻又亮晶晶。

「謝謝，謝謝……」

皓禎不禁深看了吟霜一眼，匆忙說道：

「我還有重要的事，正在趕路！小事一樁，不必言謝，我走了！」回頭喊著：「魯超！走吧！」

沒有再多說任何一句話，皓禎迅速的上馬，一拉馬韁，飛馳而去。

魯超對吟霜點頭行禮，也跟著快馬奔去。

吟霜握著那兩朵花，看著皓禎消失的背影，不禁出神了，嘴裡喃喃的自語著：

「這麼好的身手，這麼英挺的長相……可惜來得快，去得也快！」

她並不知道，這番相逢，只是一個開始。蒼天在皓禎抱住她的那一瞬間，已經灑下許多種子。而皓禎雖然去得快，心裡卻漾起無數波瀾。策馬疾馳的他，有點興奮，有點惆悵，有點遺憾，腦海裡莫名其妙的湧起幾個句子：

「策馬奇岩間，
翩然墜嬋娟，
盈盈一攬處，
脈脈幾千言。
但願此刻無窮盡，
秋波如醉共流連！」

如果不是太子有急事，大概他不會如此匆匆而去吧！

❖

出了蒼霧山，就是蒼瀾河，一條小船蕩漾在河心。

太子啟望鑽出船艙，看著急急趕來，已上了船的皓禎和寄南。

「你們兩個總算趕來了！」太子說。

寄南四下張望，打量岸邊，再看太子：

「殿下，你這單薄的小船安全嗎？」

「總比我那太子府安全！」太子說道：「身邊的人多得數不清，卻沒幾個能夠信任的！東宮問題更多，幸好我老早就從東宮搬到太子府！」

東宮本來是太子的地方，但是李氏王朝，早就把舊皇宮搬遷到新皇宮去了，東宮還在舊皇宮裡，太子也把住家搬出東宮，搬到距離新皇宮有段距離的太子府。他深知距離皇宮越遠，安全性越高。不過，要辦理公事時，他依舊得回到東宮去。

「這船是誰安排的？」皓禎疑惑的問。

「卑職安排的！」太子的貼身衛士鄧勇行禮回答：「卑職想，要密談就要找個四邊不靠的地方！」

「說得有理！」皓禎打量船夫：「船夫都是高手，安全！」這才看太子。「殿下何事急急找我和寄南？」

「在這荒郊野外，你們兩個就別殿下殿下的叫，當心給我叫出麻煩來！我們兄弟一樣，那些皇家禮數，你們通通給我省掉！」太子說道。

寄南一聽，就大喇喇的往船板上一坐，拿起身邊矮几上瓜子，嗑了起來。

「啟望如此一說，本王就放肆了！」寄南對太子眼珠一轉。「你是不是太子府待膩了，想風花雪月一番，那本王就是識途老馬，你喬裝一下，我帶你去見識見識！」

「寄南少開玩笑！什麼危急關頭，你還在那兒風花雪月！」皓禎說。

「不是風花雪月，難道太子府有奸細不成？」寄南問。

啟望一嘆：

「自古的東宮也好，太子府也好，有幾個是乾淨的？最近，左右兩位宰相，對我的興趣都很大，伍震榮送了四個美女歌伎來，方世廷送了一箱詩書來！」

「哼！這也沒什麼？各人用各人的方法，來討太子的歡心罷了！你就享受美女，至於詩書，束之高閣就成了！」寄南輕鬆的說。

「這左右宰相，一個是虎，一個是狼！都不是省油的燈。」皓禎沉思的接口：「他們一定有目的，或者美女是奸細，詩書是故弄玄虛！」

「我也這麼想，」啟望說：「讓我最不安的，是那四個美人中，有個居然對我說了一句奇怪的話──『小心祝大人！』我再追問，她就咬定我聽錯了，什麼都不說了！」

寄南一躍而起，驚愕的問：

「祝大人？是祝之同嗎？」

皓禎也驚愕的說：

「祝大人不是太子那群贊善大夫中最有聲望的一位嗎？不過是個五品官，管的也只是太子的辭見勞問之事，難道榮王要從祝大人那兒下手？目的是給太子一個下馬威？」

「這事不通呀！」寄南說：「既然要從祝之同下手，為什麼又送美女來向你報信？」

「說不定這個美女，也是混進榮王府去的！」皓禎沉思的分析：「他們有奸細，難道我們就沒布局？啟望哥，你回去好好跟這個美人談談……」

皓禎話沒說完，琤的一聲，一枝利箭不知從何處來，射在船桿上。

眾人大驚，魯超和鄧勇都四面觀望，偽裝船夫的衛士個個跳起身戒備著。

皓禎立刻拔下箭，只見箭尖穿過一個銅錢的方孔，上面穿著一張紙條。

「是木鳶的金錢鏢？」寄南問。

「這木鳶好功夫！」太子啟望有點驚悸。「四面不靠也攔不住金錢鏢！幸好是自己人，萬一是敵人，怎生是好？」

皓禎打開紙箋，太子、寄南都湊近來看。只看到紙箋上寫著：

「長安大街，明日午時，護送！——木鳶。」

「護送？護送什麼？」寄南驚訝的問。

「不好！」皓禎明白過來：「啟望，只怕祝大人已經落進伍震榮手裡了！」

太子變色了。

❖

第二天將近午時，長安街頭一陣喧囂，漢陽騎著馬，帶著一群衙役，押解著年逾五十歲，瘦弱的祝大人，還有祝夫人、祝家大兒子、小兒子、大兒媳、小兒媳、女兒雅容以及親人家眷，大概有十幾個人，祝家隨從也有十幾個人，浩浩蕩蕩走來。衙役喊著：

「讓開讓開！大理寺丞方大人在辦案，閒雜人等都退開！」

街頭擁擠觀看的人群中，吟霜提著藥箱，和父親勝齡一起趕緊退開讓路。

祝大人臉色蒼白，顯然有病在身，他掙扎著向前走，腳步踉蹌，喊著：

「漢陽！看在你爹右宰相公的面子上，給我一口水喝吧！你心裡也明白，我是被冤枉的，被栽贓的！」

「祝大人！」漢陽看了祝大人一眼。「是不是冤枉，是不是栽贓，也要到了大理寺，審理過了才知道。今天漢陽在辦案，別提我爹，咱們只問是非，不談交情！」

祝大人一個顛躓，幾乎跌倒在地。衙役上前拉住，凶惡的喊：

「走好！別在這兒裝病裝可憐！」

漢陽勒住馬，對衙役吩咐道：

「給他一口水喝！水壺拿來！讓家眷也喝一點！」

隊伍停下，路人圍觀，衙役上前拿出水壺，祝大人立刻捧著水壺猛灌。

圍觀人群中，皓禎和寄南帶著魯超，藏在人群中觀望著，兩人眼神犀利。寄南對皓禎低語：

「咱們如果要動手劫人，現在是機會！」

「我們人手夠嗎？」皓禎低聲回答：「我們是來護送人犯，不是劫人！何況，怕傷到孩子！哪有把五、六歲的孩子也抓起來的道理？」

魯超四下觀望，低語：

「公子，怪不得要護送，榮王那個寶貝兒子又來了！」

一陣馬蹄聲、人聲、吆喝聲傳來，只見伍項魁帶著一隊羽林軍，疾奔而至。

「漢陽兄！」項魁大喊著：「我爹榮王怕你對付不了人犯，這祝大人奸詐狡猾，你別被他騙了！我特地前來幫你一程，送這個貪官全家老小進牢！」

漢陽一愣，急忙回頭。

項魁已帶著大隊人馬，衝進衙役群中，囂張的看著，大驚失色，喊道：

「漢陽，你沒給他們上手銬腳鐐，還停在這兒給他們喝水？你這是押解犯人，還是在交朋友？難道，你顧慮你爹和祝大人的交情嗎？」

漢陽溫文儒雅，不亢不卑的說道：

「我爹最好的朋友，全長安人都知道，那就是你爹！想不到，榮王對本官還不放心，要勞動你的大駕，來幫我辦案！」

項魁對羽林軍吩咐道：

「大家上去，給每個人犯都鎖上手銬和腳鐐！快快快！」

一陣欽欽匡匡，手銬腳鐐全部出爐，丟在犯人面前。羽林軍上前，粗魯的為人犯上手銬和腳鐐，他們手上的水壺也被奪下。漢陽心中著急，卻依舊很有風度的說：

「項魁兄，不能這樣！祝大人現在是『嫌犯』，不是犯人，還沒審問過，案情也沒明朗，怎能給他們上手銬腳鐐呢？」

「現在他們由本大人接管！」項魁怒吼一聲：「羽林軍聽令，手銬腳鐐之外，再用鐵鍊把他們綁成一串，免得有人脫逃！」

祝大人、夫人、女眷、子女、隨從都痛哭尖叫掙扎著。祝大人仰頭看天，淚如雨下，悽然喊道：

「蒼天在上，惡虎橫行啊！」

一時之間，場面亂成一團，羽林軍凶暴的又打人又踹人，犯人全部在手銬腳鐐下掙扎哭喊。人群中，皓禎和寄南交換了一個視線，兩人一躍而出。寄南把項魁拉下馬背，嘻笑著說：

「哈哈哈哈！項魁兄，本王爺也來加入辦案吧！反正閒著也是閒著！在酒樓喝杯酒，被你們吵得耳朵都出油了！」

「魯超！」皓禎對魯超喊道：「去給祝大人解掉手銬腳鐐！現在祝大人是大理寺的嫌犯，不是羽林左監的人犯！」嚴肅的看項魁。「你還是帶著羽林軍，回皇宮去守衛吧！這長安大街上的事，交給我才合適，讓我和寄南幫忙漢陽辦案！」

漢陽如見救兵，立刻呼出一口氣來，說道：

「寄南，皓禎，你們來得正好！」對項魁抱拳行禮。「項魁兄，幫忙辦案的人來了，有皓禎和寄南，你爹便不怕我丟了人犯！你請回吧，不敢勞駕！好歹祝大人也是太子的人，可別驚動了太子！」

漢陽說話中，皓禎、寄南、魯超已經帶著幾個手下，衝進人犯中，皓禎抽出隨身的乾坤雙劍，和寄南一起，把手銬腳鐐一陣劈哩啪啦的砍斷。項魁大怒，喊道：

「你們在謀反嗎？羽林軍！大家上！誰敢動我的犯人，就是和榮王作對！」

皓禎一面手起劍落的砍斷手銬，一面對項魁嚷道：

「伍項魁！你不要以下犯上，羽林軍也是我管轄範圍，看在榮王的面子上，我不跟你計較，你適可而止，別在大街上和漢陽搶犯人！」

在人群中觀望的吟霜，看到皓禎，不禁一驚，身子微微一顫，脫口低呼：

「是他！」

「是誰？」勝齡不解的看吟霜。

吟霜眼光直勾勾的看著皓禎，低語：

「那個來得也快，去得也快的人！」

勝齡困惑的看看不知所云的吟霜，眼光不由自主的投向皓禎。

項魁一聲命令，羽林軍衝上前去，就要攔阻皓禎和寄南。寄南大喊：

「你們這些羽林軍，別弄錯了方向，我好歹是個靖威王，你們羽林軍應該保護我的安全，誰敢跟我動手，難道，連皇上太子你們都不放在眼裡嗎？」

「寄南，看樣子，今天我們兩個要幫皇上和太子，教訓一下這些橫行霸道的羽林軍！簡直讓人無法忍耐！」皓禎怒喊。

皓禎說著，一招「四面八方」，閃電般把手邊的羽林軍，三拳兩腿的打得飛了出去。寄南看到皓禎動手，也飛快出招，「八方風雨」加「掃堂腿」，拳腳並用，打向身邊的羽林軍。

羽林軍哪敢還手，被打得滿地滾，東飛一個，西摔一個，哎喲一片。魯超和幾個手下，也沒閒著，剎那間，就把羽林軍打得東倒西歪，頓時場面大亂。

漢陽急得瞪大了眼睛，嘴裡唸唸有詞：

「天理無私，法理無私，辦案無私，我坐得端，行得正！即使弄得驚天動地，也要把嫌犯平安帶到大理寺！」

此時，祝大人不堪折騰，突然倒地，渾身抽搐痙攣，臉色蒼白如死。夫人、兒女全部哭奔上前，兒子放聲哭喊：

「爹！爹！你醒醒呀！」

女兒雅容跟著哭喊：

「爹！你別死呀，現在死了，連清白都爭不回來！」

吟霜再也看不下去，抱著藥箱奔出來，勝齡急忙跟上。吟霜急切的喊著：

「大家讓一讓！讓一讓！這位大人情況危急，小女子和我爹懂一點醫術，我們來救他！」

皓禎定睛一看，眼睛一亮，心中猛的狂跳，怎麼是她？那個讓他念念難忘的「嬋娟」，那個「盈盈一攬處，脈脈幾千言」的仙女！他驚喜交加，急忙喊道：

「哎呀！採石玉蓮的姑娘！大家讓開！這位姑娘是個女大夫！」

祝大人的親人女眷趕快讓開，勝齡已經在給暈倒的祝大人把脈，緊急的說：

「吟霜！快準備妳的銀針！他脈搏混亂，還發著高燒！」

吟霜已經打開藥箱，手腳俐落的拿出布袋中的銀針，那些銀針是手工製造，都是又粗又長的。吟霜俐落的在祝大人臉上，頭頂，手上各穴道扎針，一面扎針，一面診斷。

「受了風寒，早就病得不輕，加上急怒攻心，現在鬱結在胸，氣緩不過來，如果不打通血脈，只怕撐不下去！」吟霜說著，拿出藥丸，塞進祝大人嘴裡，喊著：「水！水！這藥丸要用水送進去！」

衙役急忙送上水來。吟霜和勝齡就給祝大人餵藥。

「簡直不可思議！」項魁暴跳如雷，大喊：「大理寺丞方漢陽！你押解犯人，怎麼公然在大街上治病？他明明在裝死，你還不趕快把他抓起來！」

項魁說著，就向吟霜等人衝去。皓禎和寄南，兩人很有默契的，並列著一攔。

「伍大人！少安勿躁！」寄南嘻笑的說。

「項魁兄！退一步海闊天空！」皓禎正色的說。

項魁跳腳大罵：

「海闊天空你的頭！少安勿躁你的鬼！」

3

長安大街這頭亂成一團。但是，在長安大街的另一頭，也亂成一團。

原來，有個名叫裘靈兒的年輕姑娘，正駕著一匹失控的馬車，疾馳在街道上。馬車外面，靈兒的爹裘彪，整個身子掛在車外，想爬上駕駛座去幫忙靈兒。靈兒大呼小叫，馬匹飛跑，車子東搖西晃，裘彪幾度快被摔下地，驚險萬狀。

馬車後面，裘家雜技班團員騎馬跟著狂跑，個個喘吁吁，但馬兒速度就是趕不上靈兒。

這裘靈兒長得非常出色，兩個眼睛圓滾滾，眼珠黑溜溜，一對柳葉眉，眉頭較深，眉尾較淡，雖然沒有修飾，卻頗有幾分英氣。配上她那對特別黝黑的眸子，使她帶著點男兒氣息。她的鼻子很挺，上嘴唇稜角分明，下嘴唇弧度如弓，是個亮麗搶眼的姑娘！再加上她穿著一件紅色的馬術服裝，把她襯托得更加明亮。她正著急的控制那輛失控的馬車，手忙腳亂的拉著韁繩，嘴裡大喊：

「停！快停下來！你這笨馬，到底今天發什麼瘋呀？快停下來！停下來！」

馬車橫衝直撞，馬車外的裘彪緊急喊著：

「靈兒，小心路人！小心路人呀！妳這個丫頭，到底會不會做事呀？連一匹馬車都駕不好！」

只見雜技班一個十歲左右的孩子——小猴子，機靈的從後面飛奔追上，一躍上了車頂，立刻跳躍著要去救裘彪，喊著：

「裘班主，靈兒姑娘，你們別怕！小猴子來救你們了！」但車子被小猴子這樣一跳，更加左搖右晃。

後面的團員們追得上氣不接下氣，七嘴八舌喊著：

「裘班主！靈兒姑娘！車子裡有我們賣藝的傢伙，可別弄壞了！」

靈兒一面拉馬韁，一面跟裘彪喊道：

「爹！你管好自己，別從馬車上掉下來，當心摔個狗吃屎！如果被車輪子輾到，你就沒命了！被馬蹄子踹到，你會更慘！」

「妳這個死丫頭！害我掛在這兒不上不下，嘴裡還沒一句好話！」裘彪大罵。

靈兒等人就這樣衝向了祝大人的押解隊伍。

❖

長安大街這頭，祝大人醒轉，勝齡急忙將祝大人扶起。吟霜收拾著拔起的銀針。

「祝大人，你如果能坐起來，小女可以幫你推拿一下，你會比較舒服的！」勝齡看祝大人十分衰弱，熱心的說道。

祝家兒女，趕緊扶著祝大人，坐起身子。吟霜就走到祝大人身後，跪坐在地上，雙手貼著祝大人的背，臉上一派安詳，眼神專注虔誠，手下運氣，嘴裡唸唸有詞：

「心安理得，鬱結乃通。治病止痛，輔以氣功。正心誠意，趨吉避凶。心存善念，百病不容！」

眾人好奇的看著，皓禎、寄南、漢陽都被吟霜的動作吸引了。尤其皓禎，更是看得目不轉睛。

項魁怪叫著衝了過來。

「停止！停止！你們在幹什麼？推拿？居然在長安大街上給人犯治病還推拿？」過去一把拉起吟霜：「妳這丫頭會推拿，幫本官推拿一下才是正事！」

皓禎衝過去，一把拉住了項魁的手腕，正色大喊：

「你才住手！這位姑娘在治病，你看！祝大人的氣色已經好多了！」

果然，祝大人站了起來，精神和臉色都好轉了，家人皆驚喜。

「好了，謝謝這位女神醫！」漢陽趕緊說：「如果沒事了，咱們繼續上路吧……」

漢陽話沒說完，只見靈兒和失控的馬車，對著眾人疾衝了過來。靈兒驚喊著：

「你們大家堵在街上幹嘛？快讓開呀！我這匹馬大發脾氣，我拉不住牠，你們誰被撞到誰自己倒楣……」

「讓開讓開！」裘彪同時喊著：「大家保命要緊！快讓開呀……」

小猴子在車頂伸手給裘彪班主，拚命的喊：

「手給我，我拉你上來……」

裘彪伸手給小猴子，只見小猴子俐落的一拉，裘彪就上了車頂。

圍觀路人和衙役等看得目瞪口呆，不禁拍手叫好。就在大家拍手叫好中，剛站起身的吟霜回頭，竟然看到馬車翻倒了。吟霜緊急中推開了白勝齡，大喊：

「爹！小心！馬車翻了……大家小心呀！」

眼看馬車就要撞上吟霜和祝家眾人犯，皓禎、寄南、魯超三人飛身而來。皓禎拉開了吟霜，寄南抱起祝大人，閃到安全地帶，魯超擋開了祝家家眷。

靈兒和小猴子緊急跳車，兩人居然安然無恙，裘彪卻被翻覆的馬車壓在下面。車裡的賣藝器具，滾了一地，乒乒乓乓。魯超趕緊上前控制住了那匹暴躁的馬兒。

街上眾人，個個驚魂未定。靈兒對著吟霜，像男人般抱拳行禮，一疊連聲的說：

「姑娘，失禮失禮！」拉著吟霜檢視手腳。「有沒有撞傷妳呀？肯定嚇壞妳了吧？我那頭笨馬，今天變成牛了，怎麼樣都拉不住！」

吟霜驚魂甫定，喘息著說：

「我還好，還好，沒有受傷！」邊說邊拉整服裝，關心的望向白勝齡：「爹，你沒事吧？」

白勝齡毫髮無傷，走向翻覆的馬車，想要拉出被壓在馬車下的袞彪，向吟霜喊著：

「快來幫忙，有人被壓在馬車下了！」

皓禎、寄南和魯超，又奔過去，合力抬起馬車，把手臂受傷的袞彪救了出來。

寄南對吟霜喊道：

「女神醫，恐怕妳今兒個很忙，生病的還沒好，又有人受傷！」

皓禎和吟霜眼光一接，眼神瞬間又交換了千言萬語。皓禎很想找點話來說，卻不知從何說起？此刻也沒時間給他那出神的心來歸位了。因為，雜技班的團員們、馬隊奔來，忙著下馬收拾滿地的賣藝行當，關心著袞彪傷勢。靈兒一雙大眼睛骨碌骨碌轉，對著袞彪就掀眉瞪眼，跳腳喊：

「嗨！老爹，你好端端的騎馬，幹嘛跑來追我呀！還掛在我馬車上！你看吧！連你也拿那匹笨馬沒轍了吧？整天只會教訓我！說我笨！」說著說著，就得意的大笑：「哈哈哈！摔得四腳朝天的可不是我啊！哈哈哈！」

袞彪撫著胳臂，怒道：

「妳這臭丫頭，居然還在這兒說風涼話？妳捅的漏子！還敢取笑妳老爹？妳這沒心沒肺的死丫頭！我的胳臂大概骨頭斷了！」

「骨頭斷了？」靈兒收起笑。「接起來不就得了！別婆婆媽媽亂喊疼！」

「讓我幫這位大叔看看！」吟霜趕緊提著藥箱過去說。

項魁不禁對著靈兒和吟霜來回看，心想：「今天真是奇怪了！怎麼會從天而降，出來這樣兩個截然不同的美女？如果不是在押送囚犯，這兩個姑娘我可不會放過！」

漢陽忽然回神，眼神一正，對裘彪說道：

「這位大叔，你的胳臂最好讓這兩位神醫治一治！至於我們……」對眾衙役命令道：「出發了！直接去大理寺！」他看著項魁：「左監大人……」

「我奉命幫你押送人犯！上路上路！」項魁也臉色一正。

寄南推推皓禎。

「我們也護送漢陽大人一程！免得路上再出差錯！」

皓禎正看著吟霜在幫裘彪治傷，被寄南一推，乍然醒來。

皓禎就對吟霜一笑，說道：

「神醫姑娘，後會有期！」轉身一躍上馬。

於是，漢陽、皓禎、寄南、項魁押著眾人犯，浩浩蕩蕩的走了。

吟霜見眾人已去，就專心治療著裘彪。裘彪的手臂受傷還流著血，骨頭也有骨裂的情況，白勝齡找了木條，固定了手臂，吟霜幫忙，為裘彪包紮好傷口，吊住手臂，才說：

「你這傷口不淺，這兩天要小心傷口不要碰水，也不能亂動，會傷到骨頭！」

吟霜又拿出一盒小藥膏，交給靈兒。

「這是我爹獨家煉製的白雪金創膏，很有效的，妳每兩個時辰，給大叔上上藥就可以了！」

「姑娘，」靈兒傻笑：「我爹皮厚，這點小小皮肉傷不礙事，不過妳這什麼白雪膏的，我就收下啦，謝謝妳！」再大咧咧的自我介紹：「我叫裘靈兒，我爹叫裘彪，是堂堂裘家雜技班的班主。」指著其他團員：「這些兄弟都是我的家人，也是我們雜技班的班底。」拉過小猴子：「這是小猴子，最小的團員！」

裘彪苦著臉搶話，哀怨罵著靈兒：

「什麼妳爹皮厚不礙事？妳就不心疼妳爹嗎？我怎麼會生出妳這樣的女兒啊！」搖頭嘆息，又恭敬的望向白勝齡：「大爺，看您療傷的手法，肯定是一名大夫吧？」

「客氣客氣！」勝齡說：「大夫不敢當，只是略懂醫術，幫著有緣人治治小病而已！在下白勝齡，」指著吟霜介紹：「這是小女，白吟霜。」

靈兒熱情的拉著吟霜的手說：

「白吟霜，雖然不知道怎麼寫，聽起來就很有學問的樣子！」回頭看看遠去的衙役人犯，悄聲問道：「那些是什麼人？官兵衙役都有，壞人好人犯人都有，大官小官都有，很熱鬧的樣子！」

「妳比我還清楚呢！我糊糊塗塗都沒弄清楚，就是什麼人都有！」吟霜笑著說。

「好啊！」靈兒大笑：「妳說話真有意思，哈哈哈！妳這朋友我交定了！」突然一想：「咦！你們要上哪去？我們有馬可以送你們一程。」

「我和我爹要去東市擺攤問診的，現在一耽擱，恐怕市場都沒有好位置了。」

「我們也在東市賣藝，怎麼沒有見過你們呢？」靈兒驚訝說：「好極了！今天你們父女倆救了我爹這個大班主，你們的事，就是我們雜技班的事，跟我走，你們一定有好位置！」一聲爽朗的吆喝：「大夥兒走了，向東市出發！」

❖

數天後，皓禎接到指示，只有短短四個字：「東市——木齋。」帶著小樂，他就安步當車，走向東市。

東市是個龐大的市集，裡面各種商販都有。裘家班正在敲鑼打鼓，吆喝群眾觀賞，靈兒卻不在自己的雜技班上，而是在吟霜那兒幫忙，幫吟霜豎好招牌。吟霜在地上鋪上地毯和矮桌、矮凳準備看診。靈兒也把簡易的床榻搭好，準備給臥床扎針的病人用。白勝齡氣定神閒的檢視針灸器械。

靈兒突然拿起裘家班的鑼，敲敲打打幫忙吟霜招呼客人，大聲吆喝：

「來呀來呀！大家注意了！神醫白勝齡蒞臨長安城囉！」突然喊起口號：「有病沒病就靠白勝齡，有傷無傷就靠白吟霜！」對著群眾招攬，喊著：「有病沒病就靠白勝齡，有傷無傷就靠白吟霜！」

吟霜羞紅了臉，害臊的拉著靈兒阻止：

「靈兒，妳每天這樣幫我吆喝是不是太誇張了，什麼神醫？還把我的名字這樣喊出來，別喊了！太丟人了！」

「怎麼會丟人，妳爹醫術那麼高明，就是要讓人知道的嘛！哈哈！做生意我在行，妳負責看病就對啦！」繼續向民眾喊：「有病沒病就靠白勝齡，有傷無傷就靠白吟霜！」

經靈兒吆喝，一群人已經圍著白勝齡團團轉。至於裘家班那兒，裘彪撫著受傷的手臂，苦惱無法表演，冒火的雙眼正瞪著靈兒。吟霜趕緊搶下靈兒手上的銅鑼。

「行了行了！快去招呼你們的雜技班，妳爹的手受傷不能表演，妳這台柱該上台去了！」

靈兒轉頭望向裘彪，大喊：

「知道啦！沒有我你就不行！馬上回去！」轉身三步兩步跑向雜技班。

吟霜微笑著，趕緊招呼民眾排隊看病。

❖

雜技班團員正在場中央表演雜技。一旁裘彪皺著眉，撫著傷口，盯著團員表演。

靈兒把弄著手上的飛鏢，準備下一個表演節目，一面對裘彪說道：

「老爹，你別皺眉了行不行！不就是耍耍飛鏢嘛！你不行，我上就是了！這幾天不都是我在撐場面嗎？你皺那個什麼八字眉，難看死了！」

「妳上？」裘彪嗤之以鼻：「玩飛鏢？妳不要鬧出人命就好！這幾天妳闖了多少禍？昨天差點沒把人家孩子的頭皮削掉！」

「我不行，那還有誰行？咱們裘家雜技班的招牌功夫就是蒙面飛鏢，要不，我蒙面，你讓我射飛鏢！」靈兒嘟著嘴抗議。

「我造了什麼孽，養了妳這個既不貼心，也不嘴甜的女兒，簡直氣死我！還好妳娘不在了，看不到妳這個壞心腸的丫頭，明明就想把我射死！」

突然一個身影翻身跳躍來到裘彪眼前，一袋厚重的銀兩擲在裘彪和靈兒跟前。

裘彪和靈兒目瞪口呆的望著天上掉下來的銀子，一起緩緩抬頭，望著眼前氣宇軒昂的男子。赫然就是數日前，在街頭有一面之緣的竇寄南。

裘彪莫名其妙，已記不得寄南，趕緊問：

「這位少俠，五路財神裡面，敢問您是哪一路的財神爺？」

「我不是財神爺，我是裘家雜技班的新班主！」

裘彪和靈兒像是五雷轟頂，瞪大眼珠，異口同聲喊：

「新班主？」

靈兒不客氣的跳出來捍衛：

「喂喂！這位兄台，我們裘家雜技班何時要換新班主啦？即使要換也輪不到你吧！你是哪根蔥？哪顆蒜呀？」

「我既不是蔥也不是蒜，我是你們裘家雜技班的東道主！」寄南自信的笑著。

「什麼東道主？我讓你下鍋煮一煮！」靈兒拿起銀兩塞回給寄南。「想買我們雜技班？這點錢還不夠我塞牙縫！滾！」

寄南輕藐的一笑，說道：

「買你們雜技班我可沒興趣，不過買一天來玩玩，這袋錢應該夠誠意了。」望向裘彪：「班主，一句話你說了算，一天讓我幹個班主，你賣不賣呢？」

裘彪見獵心喜，搶了寄南的錢袋，大喊：

「賣！」

靈兒也同時大喊：

「不賣！」

裘彪立刻拉著靈兒到一邊，竊竊私語：

「傻丫頭，妳知道這袋銀兩，足夠我們這大家子吃上幾個月了，才一天怎麼不賣啊！妳這笨丫頭！」

「我說你才是個笨老爹！人家買賣都要討價還價的，這樣你就滿意啦！擺明是一個闊公子，有錢沒地方花，咱們能多敲一點是一點，你懂嗎？聽我的就對啦！」

靈兒轉身拿著錢袋交還給寄南，驕傲的一揚頭。

「公子想玩玩，可以，不過你的誠意可以再多一點，這世上禮多人不怪！」

「哈哈！誠意再多都不成問題，這樣吧！」寄南再掏出一個錢袋：「我再加！不過有個條件，你們要答應我，我要挑戰你們的招牌功夫——蒙面飛鏢！」指著靈兒：「這個姑娘要站在那兒讓我蒙面射飛鏢！」

裘彪財迷心竅，欣喜的搶走寄南手上的錢袋。

「同意！我班主一句話，一天賣給這位新班主！哈哈哈！」轉身走向瞠目結舌的靈兒，小聲警告：「這可不是一點誠意，人家是更多誠意，咱們可以吃兩年的大米了！妳給我好好的以大局為重，聽到沒有？」

靈兒還在心懷忐忑，看到寄南已經蒙著眼，準備表演飛鏢，她只得站在被射擊區，頭頂著一顆小南瓜，心焦的喃喃罵道：

「老爹，你這勢利鬼，財迷心竅出賣女兒，也不知道這傢伙會不會要了你女兒的命，你就這樣讓我去送死，你還是我親爹嗎？」

「哈哈！」裘彪開心竊笑，說道：「說妳聰明妳還真笨！平時只會欺負妳老爹，人家蒙面射飛鏢，妳又沒蒙面，閃總會吧！我才不怕妳送命呢！」

寄南大聲嚷著：

「姑娘，妳要是送了命，妳爹那兒，我會照顧他，妳放心吧！」

「喂！你這財大氣粗的冒失鬼，」靈兒氣不打一處來，狐疑的喊：「那天我翻車，你好像也在場，不知道是好人還是壞人？我看你八成沒安好心……」

寄南不待靈兒做好準備，突然大喊：

「看鏢！」

眼見飛鏢迅雷不及掩耳的射出，靈兒哪兒來得及閃，尖聲大叫起來。但飛鏢安穩的射中了靈兒頭上的南瓜。裘彪吃了一驚，圍觀群眾嘩然叫好。

靈兒頭上換上了更小的地瓜。她難掩恐懼，手心冒汗發抖。蒙眼的寄南又快速的射出飛鏢，再一次成功的射中了射擊目標。嚇得緊閉了眼的靈兒，恍如重生般撫撫胸口。裘彪和一眾團員開心鼓掌，圍觀的群眾大呼過癮：

「真是神鏢手！厲害！太厲害了！」

靈兒頭上換上了更細的射擊目標小辣椒，苦笑的對寄南說道：

「大俠，財神公子，新班主，你下一個目標，不會是要射大蒜吧？」

蒙眼的寄南燦爛一笑，立刻又射中了小辣椒。群眾喝彩大喊：

「高手！真是太神了！射大蒜！射大蒜！」

❖

另一邊，吟霜一面忙著協助白勝齡，依序的幫人問診把脈，一面注意著熱鬧的裘家雜技班，見靈兒忙於應付「一日班主」，次次驚險過關，不禁更加好奇。

忽然間，伍項魁帶著一隊隨扈，浩浩蕩蕩而來。一個隨扈逢迎拍馬的介紹說：

「大人，這就是東市著名的銀針西施！」

一陣推推擠擠，隨扈們就蠻橫無禮的把吟霜的病人全部衝散。其他隨扈兩排縱隊開道，伍項魁大咧咧的從中間邁向吟霜。忙得雙頰紅潤，還擔心著靈兒的吟霜，緩緩抬頭，那迷人的雙眼立刻震懾了色慾薰心的伍項魁。

「哎呀！這不就是在長安大街上推拿的女神醫嗎？」伍項魁叫著：「白吟霜！對吧？妳看，本官連妳的名字都已經打聽得清清楚楚！」

白勝齡眼見這陣勢，機警的向前把吟霜拉到他身後，鎮定的說：

「這位大人是來看診的嗎？請坐！請坐！」

「本大人不是來看病的，是來帶走這位女神醫的！」項魁盯著吟霜，有力的說道。

勝齡與吟霜，兩人大驚，同時衝口而出的問：

「帶走？帶到哪兒去？」

「白吟霜，妳走運了，不用在這東市擺攤扎針了！」項魁挑著眉說：「本官會把妳帶進榮王府，獻給我爹，專門給咱們伍家人看病，從此富貴榮華都來了！妳就像個御醫一樣，說不定還能弄個女官什麼的！」上前就去拉住吟霜胳臂喊：「跟我走！」

吟霜大驚，急忙一退，卻掙不開項魁的掌握，急喊：

「我不去！我跟我爹就在東市挺好的，我們不要榮華富貴，只想救濟蒼生！」

「大人！請鬆手！」勝齡上前去拉吟霜：「小女從小生長在深山，不懂得王府規矩，沒資格進榮王府……」

項魁一怒，揮手重重一推，讓勝齡踉蹌倒地，更凶惡的喊：

「你這臭老頭滾一邊去！沒人問你的意見，我們要的是白吟霜，不是你！現在也不是在徵求你們的同意，這是命令！跟我走！」

吟霜拚命掙扎，又擔心跌倒的勝齡，悽然喊道：

「不要不要！我不要去！請放開我……爹！」

勝齡爬了過來，死命抱住項魁的腿。項魁一腳就對勝齡踹了過去，對手下喊道：

「把這個白老頭抓起來，給我打！我在為朝廷招攬人才，誰阻止我，就是和朝廷作對！

給你一個亂黨罪名，你就死定了……」

項魁的人馬立刻上前，抓住勝齡拳打腳踢。吟霜急哭了，喊著：

「不要打我爹，不要打我爹，我跟你走就是……」

許多群眾已經圍著在看熱鬧。就在這片混亂中，皓禎一個「鷂子翻身」，倏的飛進人群。他「雙撞」、「左橫打」、「右衝捶」三式連發，迅速的幾拳幾腿，就把抓住勝齡的隨扈，打得摔了一地。接著，皓禎握住吟霜的手腕，大聲說道：

「伍項魁，這位女神醫，已經被東市的百姓給訂下了！你要帶走她，先問問我的拳頭答應不答應！你代表朝廷，我就代表百姓！」

皓禎說著，又閃電般給了項魁幾拳，把吟霜救出魔掌，推在自己身後保護著。

項魁一看是皓禎，氣得臉紅脖子粗，跺腳大罵：

「袁皓禎，你是我的跟屁蟲嗎？怎麼我走到哪兒，你就跟到哪兒？這位女神醫我要帶走，我才不在乎你是什麼少將軍！」眼珠一轉，對吟霜色迷迷的說：「妳不想進王府當神醫，就進我的項魁府，當我的女人吧！包妳吃喝不盡，穿金戴銀……」

項魁說著，飛快的轉到皓禎身後，就對吟霜面頰伸手摸去。

這一下，皓禎氣得兩眼冒煙，再也控制不住，一招「泰山壓頂」，雙掌抓起項魁，就大打起來。項魁身邊一個高大的保鏢，立刻用「雙扣腕」，和皓禎交手，所有隨扈，全部圍攻皓禎。

一時之間，皓禎陷入重圍，項魁抓到一個空檔，又伸手去摸吟霜的面孔。

一支飛鏢驀然飛來，扎在伍項魁的鹹豬手上。

皓禎一面打架，抬頭一看蒙面班主，心裡有數，繼續猛打。

項魁拔出飛鏢，大喊：

「誰敢暗算本大人，真是大膽不要命了！」

蒙眼的竇寄南，揭開眼罩，望著伍項魁大笑：

「唉呀呀！蒙著眼睛看不清楚，項魁兄，誤傷誤傷誤傷！」

項魁一看寄南，怪叫：

「原來是你這個芝麻綠豆靖威王！什麼誤傷？你一定是故意的！」大叫：「來人呀！把這兩個暗算我的人都抓起來！」

「什麼芝麻綠豆靖威王？」寄南反譏：「我好歹是個王爺，你一個小小羽林軍裡的左監，算是什麼官？還是靠你爹混來的！哈哈哈！」

寄南話才說完，伍項魁的隨扈撲向竇寄南，裘彪對著眾團員使眼色，雜技班一擁而上，幫著寄南皓禎，與隨扈開打。靈兒使出她的兩個流星錘，突向架著白勝齡的隨扈打去，隨扈不防，被打得滿頭包，白勝齡趁機脫身直奔吟霜，父女相擁。

靈兒見白勝齡脫險，想為吟霜出氣，流星錘又直搗伍項魁面門，嘴裡大喊：

「你這蛤蟆爪子不規不矩，我就打爆你這隻又肥又醜的蛤蟆頭！」

靈兒一出手，伍項魁的隨扈就攔了過來，和靈兒大打出手。武打間，靈兒被眾人推擠，不慎腳一滑，居然撞進了伍項魁的懷裡。伍項魁見靈兒潑辣，濃眉大眼，秀色可餐，心頭大喜，調戲道：「喲！妳這個小潑婦，小辣椒！也挺可口的嘛！來人啊！把那個銀針西施和這個俏姑娘，通通帶回我的項魁府去！」

皓禎打倒身邊的一群隨扈，一躍上前：「什麼幫朝廷招攬人才，原來是色慾薰心，鬼迷心竅！居然膽敢在東市強搶民女，傳出江湖，榮王的面子全被你敗光了！」

「跟這種人別浪費口舌了！打！」寄南拳腳齊飛，還抓起攤販的菜刀剪刀剃頭刀……就像擲飛鏢一樣，擲向伍項魁。

隨扈們全部擁上前來保護項魁，幾個高手招招狠辣，皓禎和寄南寡不敵眾，逐漸陷入重圍，捉襟見肘。靈兒已經被打到外圍，也殺不進去。吟霜和勝齡拖在一起，縮在醫藥攤後面，吟霜握著一把銀針當武器，徒勞的想保護勝齡。整個市場都被打得亂七八糟，攤販和顧客不敢靠近，卻好奇的擠在安全範圍觀望。

項魁眼看自己的人，已經佔了上風，得意的站在一個小矮凳上，居高臨下的說道：

「皓禎、寄南，好歹咱們都是為朝廷效命的人！今天你們兩個不要礙我的事，跟我說兩句好聽的，讓我帶走那兩個姑娘，我就大人不計小人過，原諒你們兩個，否則，你們不會落得什麼好下場……」

項魁正在說著，忽然有一大群活雞，從天而降，咯咯亂叫，撲向項魁的臉孔頭頂。對著項魁張牙舞爪，搧動翅膀，羽毛亂飛。項魁驚喊：「這是什麼招術？怎麼會有活雞從天外飛來？難道有人會妖術不成？等我抓到你，抽你的筋，剝你的皮……」話沒說完，一隻老鼠，不知從哪兒飛來，直射進他的嘴中，封住了他的口。老鼠半截身子和尾巴含在他的嘴外，還在拚命搖擺。

眾人全部停止了打架，不可思議的看著項魁。圍觀群眾，也全部驚愕的瞪大眼睛。皓禎、寄南、吟霜、勝齡、小樂……也都困惑著，這「天降奇兵」，實在太稀奇！伍項魁口啣老鼠的樣子，又實在太有趣！大家面面相覷，個個驚奇，個個想笑。

靈兒和小猴子彼此互看，不動聲色。

項魁唔唔不清的哼哼，想吐出老鼠，受驚的老鼠卻拚命往裡面鑽，尾巴不停晃動著。隨扈們終於驚慌的、七嘴八舌驚喊著：

「有巫術！有妖術！有巫術，有妖術！有巫術，有妖術……」

隨扈們一齊擁著伍項魁，狼狽的逃出東市去了。

4

這一夜，皇上做了一個夢。

他夢到有個聲勢驚人的瀑布，激流飛洩而下。在瀑布下面，有一群彩色鯉魚，奮不顧身的游著。在這些擁擠的魚群中，卻有六條分別為金色、銀色、純白、黑白點、紅色、黃色的鯉魚，突然飛躍而起，逆流而上的跳上瀑布，翻躍龍門，煞是好看。皇上驚喊：

「六條鯉魚躍龍門！」

皇上的喊聲，把自己驚醒了。

因而，這天早朝過後，在皇上的偏殿裡，許多大臣和皇上喜愛的小輩，都集合在偏殿裡，幫皇上解夢。盧皇后也參加了這場盛會，本來，皇上和大臣們的聚會，后妃是不能參加的。但是，盧皇后就是盧皇后，如果她想參加，沒有任何人會覺得奇怪，她的權勢，可以和皇上並駕齊驅。女人要躲在深宮那套，對李氏王朝沒用，對盧皇后更沒用。這是一個尊重女權的朝代，也是一個后妃攬權的朝代。

盧皇后四十歲出頭，依舊是個嫵媚的女子。年輕時候的她，美貌奪人。此時的她，風情萬種，難怪皇上寵愛備至。世間，能有幾個跟你走過風雨，又共享榮華的人？這人還是個美人！還是個有氣魄、有才情、有見識的美人。即使已經年逾四十，對皇上來說，她仍然有「回眸一笑百媚生，六宮粉黛無顏色」的姿質。

皇上看著眾臣，帶著微笑，大聲的問道：

「震榮，世廷，柏凱，還有忠孝仁義四王，你們都是聰明人，趕快幫朕解解這夢！啟望、寄南、皓禎、漢陽……你們這些小輩，有見解也可以說！」

「啟稟陛下，此夢是吉兆，大吉大吉！」伍震榮搶先說道。

盧皇后抬頭，笑容滿面的看看皇上。她眼底餘光掃過伍震榮，清脆的說道：

「榮王最會解夢，如何大吉？快快說來！」

「世廷的學問最淵博，朕很想聽聽世廷的看法！」皇上卻看向方世廷。

方世廷一步上前，躬身正色說道：

「六條鯉魚，飛躍龍門！六六大順呀！金色、銀色、黃色都是帝王之色，紅色為熱血忠貞之色，純白為潔淨無瑕之色，黑白為是非分明之色！皇上身邊，顯然有六位忠心耿耿的大臣，各有特色，在為陛下盡忠效力！陛下大喜！」

「是嗎？」皇上欣喜：「六位忠心耿耿的大臣，那不就是忠、孝、仁、義四王，和……」指指伍震榮，又指指方世廷：「你們這兩位左宰相和右宰相嗎？」

「呵呵！」義王說道：「皇兄即位以來，國泰民安，諸蕃歸順。是皇兄的仁慈，感動了天地，我們四王，只是皇兄的臣子，不敢居功！」

皇上過來拍拍義王的肩，誠摯的說道：

「當初忠孝仁義四王和榮王，擁護朕即位，朕時時念著，不會忘記！尤其你這個四弟，不爭不搶，堅持輔佐，更讓朕感懷於心！」

太子親熱的看義王，他對這個皇叔由衷崇拜著，笑道：

「義王叔叔知道皇上不好當，他當個義王就夠了，樂得逍遙，把國事辛勞都讓給父皇去做！」

「哈哈！」義王爽朗的大笑：「知我者，太子啟望也！就是這樣！」

忠王呵呵笑著：

「不過，我們這四王，確實為陛下盡忠效力，視死如歸！」

眾臣立即阿諛的呼應著：

「正是！正是！微臣們也是，恭喜皇上！」

柏凱、皓禎、寄南交換視線，各有心思。皇上看到他們，過來拍拍寄南的肩。

「還有寄南、皓禎、漢陽你們這些小輩，和大將軍等諸位大臣！朕身邊豈止六位忠臣，六十位，六百位都不止！哈哈哈哈！這是朕的福氣，也是啟望的福氣呀！」

寄南嘻笑著，調侃的說道：

「陛下身邊，各種魚都有，寄南恐怕只會摸魚！」

皓禎忍不住接口：

「寄南會摸魚，皓禎會抓魚！如果陛下身邊有大鱷魚，皓禎負責幫陛下清除！」一面說，眼光有意無意的掃向伍震榮和方世廷。

盧皇后一愣，不悅的瞪向皓禎：

「什麼大鱷魚？會不會說點好聽的？」

「皓禎年輕不懂事……」柏凱急忙賠笑說道：「六條錦鯉躍龍門，更有許多小魚跟隨，主皇上聲威，澤被四海，人人順服，萬民歸心！」

「說到大鱷魚……」伍震榮不動聲色的看向漢陽：「那祝大人應該是其中一條，不知道那案子，漢陽辦得如何？」

「祝大人？」漢陽一怔：「那案子……正在核實證據，嚴查之中！」

太子臉色一正，看著漢陽嚴肅說道：

「漢陽！你把祝大人抓進大理寺，已有多日，我敢用我太子的名譽，為祝之同作證！什麼貪污枉法，都是謠言栽贓！那個一板一眼，守規守矩的祝之同，還做不出來！希望你趕快把他放了！」

「太子殿下不能這樣說！」伍震榮語帶威脅的看著太子：「即使王子犯法，也和庶民同罪！偏袒自己的手下，將來怎樣服天下？」

「榮王在威脅我嗎？」太子怒視伍震榮。

「殿下別生氣！」方世廷急忙打圓場：「榮王也是好意，要幫太子清清身邊污穢……」忽然調頭看漢陽，嚴厲的責備：「漢陽，你辦案也太拖拖拉拉了！案子審理要快！」

「要快？」漢陽又一驚：「要不要公正呢？這案子……」

「漢陽！」伍震榮打斷，命令的說：「證據早就收齊了，你最好快點結案！還有東市出現巫術、妖術的案子，你辦了沒有？」

皓禎和寄南一驚互看，異口同聲說道：

「巫術？妖術？」

❖

從皇宮出來，太子有很多事要和皓禎、寄南討論，三人就直接到了太子府。

三人聚在書房裡，坐在坐榻裡深談。寄南不住磕著瓜子，喝著茶。

忽然間，鄧勇帶著青蘿、楓紅、白羽、藍翎四個美人魚貫走入，盈盈行禮，衣袂飄飄。

四美女陸續各報名字，說道：

「青蘿、楓紅、白羽、藍翎見過靖威王和少將軍！」

寄南拋開瓜子，放下茶杯，從坐榻中站起身，繞著四女打轉，細細打量，笑著說：

「哈哈哈哈！榮王實在對太子有情有義，這等美女，一送就是四個！如果在我王府，對四人不管青紅皂白，個個是『蘭有秀兮菊有芳，懷佳人兮不能忘』！」又解釋道：「我這個懷佳人，不是懷念，是懷抱！哈哈哈哈！」

皓禎不語，也站起身看四人，眼光巡視一番，就落在青蘿臉上。

「妳叫青蘿是吧？」皓禎問：「本名嗎？當然不是！原名呢？」

青蘿氣質高雅，面容清秀，不亢不卑，從容的回答：

「本名叫秋雁，秋天的秋，大雁的雁！」

皓禎用詢問的眼光看太子，太子點點頭，立刻對四人說道。

「青蘿，妳留下，其他的人都退下吧！」喊著：「鄧勇！門外招呼著！」

「是！」鄧勇一揮手，把眾人全部帶下，關上房門。

室內剩下太子、皓禎、寄南和青蘿四人。太子看向皓禎，驚愕的問：

「你怎麼知道是她？」

「蘭有秀兮菊有芳，佳人不同兮在書香！」皓禎學著寄南的語氣笑著說，說完，臉色忽然一正，對青蘿嚴厲的說道：「妳怎麼知道祝大人有難？是誰讓妳對太子洩密？目的何在？妳最好從實招來！」

青蘿看看太子和皓禎寄南，背脊一挺，眼中自有一股正氣，豁出去的說道：

「奴婢就從實招來！」她深吸口氣，眼中閃過一縷悲憤。「青蘿也是好人家的姑娘，四年前被榮王那位長子、駙馬爺伍項麒看中，強行搶回府中，訓練歌舞。三年前又把青蘿獻給榮王，青蘿被他們父子二人蹂躪，誓報此仇，所以察言觀色，暗中注意榮王的一切。這次送到太子府中，目的是要我們四個，讓太子陷進女色裡，不能自拔！至於祝大人的事，是奴婢偷聽到的！」

「原來如此！」寄南恍然大悟：「那麼，他們要把祝大人怎樣？」

「右宰相方世廷對榮王說，一顆老鼠屎，會弄壞一鍋粥！」青蘿說。

太子大怒，甩著袖子說道：

「原來，這左右宰相，是要屈打成招，讓祝之同變成太子門下的老鼠屎！那方漢陽也幫著他爹為虎作倀！氣煞我也！」

皓禎轉動眼珠，有點心不在焉起來，說道：

「捉拿祝大人，為的是找出他和太子的不法事跡，滅太子的威望，但是他們找錯了人，以祝之同的耿介，不可能說出沒有的事！倒是今天榮王那句巫術、妖術的案子，讓我頗為擔心了啊……」

皓禎話沒說完，寄南一唬的跳起身子，十萬火急的說道：「皓禎，我們趕快去東市！」對太子匆匆道：「這青蘿你就收進房中，至於那些紅的藍的白的，你也一起收了吧！免得她們吃醋，會去對榮王嚼舌根！」

「是！」皓禎也急急說道：「你就聽寄南的沒錯！何況那三個，恐怕也是插進你太子府裡的密探，你不能不防！」

兩人說完，就頭也不回，大步往門外走。兩人心念相通，都在想一個問題，如果左右宰相連太子的人都敢動，也敢誣衊下獄，東市那兩個姑娘和那些賣藝的老百姓，如何能逃過這些張牙舞爪、可以吃人的大鱷魚？

太子看到兩人突然退席，大驚的追在兩人身後喊：

「事情還沒談完，你們就走？什麼四個都收進房中，你們真要我當溫柔鄉裡的太子呀？」

「先幫你解決青蘿之謎，其他的事，下次再談！」皓禎說：「事有輕重緩急，我忽然覺得必須先去一個地方！」

「啟望，溫柔鄉裡別有天地，你也不要太迂腐，儘管享受，下次再來和你交換心得！」寄南說道。

兩人就拋下太子，出了太子府，目標一致，急忙去東市。

❖

東市沒有發生什麼大事，但是，仍然有一群人聚集在吟霜的攤位那兒，稀奇的指指點點。原來，那隻矛隼正停在吟霜的肩上，吟霜不住回頭跟牠說話：

「猛兒，外面天空那麼大，你怎麼不出去玩呢？我還要幫病人扎針，別黏著我！」

寄南和皓禎匆匆趕來，一見矛隼，都為之一怔。吟霜見到兩人，趕緊打招呼：

「袁公子，自從那天在這兒保護了我們父女，您就常常過來，生怕我和靈兒被人欺負，公子和竇王爺，實在太有心了！」

皓禎四面看看，不見有異，鬆了口氣，就看著吟霜說道：

「知道我們有心，就別叫公子！直接喊我皓禎！」拍拍寄南：「我們是知己，從小一塊兒長大，現在一塊兒行俠仗義！」

寄南眼觀四方，附和著皓禎：

「還一塊兒闖禍，一塊兒樹敵，一塊兒打架！哈哈！一塊兒做的事可多了！」

靈兒正在表演，手裡拿著一個蘋果，忽然扔向寄南。寄南閃電般拿起旁邊小吃攤上的一根筷子一刺，就刺中蘋果，立刻大吃起來。群眾不禁大笑。吟霜也忍俊不禁。

皓禎看到吟霜，就有點神思恍惚，又看到她肩上那隻鳥，更是好奇，忍不住問：

「這鳥有靈性嗎？怎麼會站在妳肩上不動？」

「這隻鳥是矛隼。」勝齡一笑，解釋道：「我們給牠取了個名字叫猛兒，已經養了二十多年，比吟霜的年紀還大呢！所以牠總以為自己是老大，很有主張，很有個性的！」

皓禎大感興趣，伸出肘彎給猛兒。

「牠會親近人嗎？過來，猛兒！初次見面，指教指教！」皓禎笑著對猛兒說。

「不行！」吟霜笑：「牠只認我和我爹娘，你別伸手過來，牠會咬你！」

皓禎盯著猛兒，請求的說：

「猛兒兒，到我的手臂上站一站，給我一點面子！」

猛兒歪著頭打量皓禎一陣，皓禎溫柔的看著牠。猛兒突然飛了過來，停在他的手臂上。吟霜驚愕的睜大眼睛，白勝齡張著嘴，簡直不敢相信。吟霜屏息的，小小聲說：

「爹！牠過去了！靈兒怎麼逗牠，牠都不過去，現在牠過去了！怎麼回事？」

「猛兒，你知道我帶著善意來，也想交我這個朋友，是不是？」皓禎看著鳥兒，輕聲說道：「如果你批准我了，你就點點頭吧！」

鳥兒真的連連點頭。

吟霜張大了眼睛，驚奇的看皓禎。兩人四目相對，皓禎深深一笑，吟霜的眼光，瞬間變得矇矇矓矓起來。

突然人群一陣騷動，只見伍項魁帶著隨扈，又冤魂不散的出現了。

「來了！不是方漢陽，又是那隻小鱷魚，我們先觀望一下！」寄南對皓禎低語。

「銀針西施！」項魁大呼小叫：「本官又來了！一回生，二回熟，我們不打不相識！咦……」看到皓禎等人，驚愕的說：「你們也在這裡？」看到猛兒，更驚：「這是什麼鳥？」伸手就要抓。

皓禎急忙一退，嚴肅的說道：

「項魁兒！請不要動手，聽說這位猛兒老兄會咬人！」

「怎麼我往哪兒走，你就往哪兒走！」項魁驚愕的看皓禎：「看樣子，我們的目標都一樣！看在你今天還懂禮貌的份兒上，本大人就不跟你計較上次的事！這隻鳥兒，我很有興趣，給我玩玩！」

伍項魁說完，伸手又去抓那隻鳥，囂張的喊著：

「過來！你這隻尖嘴白毛的怪鳥，給本大人欣賞欣賞！」

寄南一派輕鬆的嘻笑道：

「別惹牠！咬人還沒關係，牠還會飛到你頭上去拉屎！」

「放屁……」項魁話沒說完，便被鳥兒的動作驚住了。

只見鳥兒突然飛起，抓住伍項魁頭上的帽子，就直接飛到大街上去了。

「那是什麼怪鳥？」項魁大驚：「怎麼本官到了這兒，就發生這種怪事？」對隨扈嚷道：「你們這些笨蛋！快去追回我的帽子！快去快去！」

項魁跟著猛兒奔去，隨扈們也吆喝著，一起去追猛兒。靈兒大笑道：

「上次的老鼠還沒嚇到他？今天又來招惹猛兒！」

「不好！」吟霜忽然大叫：「他們有武器，有弓箭，猛兒危險了！」急忙對看病的眾人道：「對不起，我得去追我那隻矛隼！」

吟霜奔出東市，皓禎、寄南通通跟著跑出去。圍觀的人群，也都追了出去。到了東市外面，就看到猛兒雙腳的爪子抓著帽子，飛過長安大街。皓禎、吟霜、勝齡、靈兒、寄南、伍項魁、隨扈和市場眾人全部追著跑。吟霜抬頭喊著：

「猛兒！不要玩了！快把帽子還給那位伍大人！聽話呀！」

「猛兒，你今兒個是怎麼了？快回來！你要飛到哪兒去？」勝齡也仰頭喊著。

靈兒大樂，笑得像花兒一般燦爛，也仰頭喊著：「猛兒！飛呀飛，用力飛，飛得越高越好！」

項魁更是抬頭大呼小叫：

「笨鳥！怪鳥！你這個有眼不識泰山的白毛老鳥，趕緊把帽子還給我！快下來！快下來！」

皓禎看看越飛越高的鳥兒，看看伍項魁，一本正經的說：

「項魁兒！那隻鳥兒通靈，你這樣罵牠，牠是不會回來的！牠是矛隼，有名字，叫猛兒！是神醫白勝齡養了二十幾年的神鳥，你對牠恭敬，牠才會對你恭敬！」

「恭敬個屁！」項魁暴躁的怒罵：「對那隻怪鳥恭敬？以為我是傻瓜嗎？」就對隨扈喊：「誰帶了弓箭？把牠射下來！」

「不要不要！千萬別用弓箭，我跟牠好好說，牠會下來的！」吟霜著急，仰頭喊道：「猛兒！到我手上來，我帶你回家好不好？我們去以前的山林裡玩好不好？」

猛兒似乎聽懂了吟霜的話，低飛從吟霜面前掠過。

「來人呀！你們這些笨蛋！弓箭，給我弓箭！」項魁不耐的跳腳。

「啟稟大人，今兒個不是打獵，小的們都沒帶弓箭！」隨扈對項魁回報。

「沒帶弓箭？一群笨蛋！用石頭丟會不會？把牠打下來！」

於是，許多石頭丟向了低飛的猛兒。吟霜著急的對猛兒喊道：「飛呀！趕快逃命呀！」鳥兒飛走，一群人又跟在後面追。只見鳥兒飛到河上，眾人追到橋上，全都仰頭看著猛兒。吟霜跑得氣喘吁吁，不停的喊猛兒。皓禎幫忙喊：「猛兒！我會保護你！別怕！像剛剛一樣，停到我手臂上來！把伍左監的帽子還給他！乖！」

「不要！」靈兒大喊：「猛兒！你繼續飛，那帽子帶到高山上去，給你的同伴當鳥窩吧！」

寄南聽靈兒說得有趣，一笑說道：「這官帽當鳥窩，會不會生下一窩『囂張黑心』蛋？」

項魁見追不回帽子，暴跳如雷，抓了一塊石頭，扔向猛兒，怒罵道：

「什麼樣的人，養什麼樣的鳥！你給我滾下來，我今天要喝矛隼湯，我把你給宰成大八塊，煎的炸的烤的煮的都來……」

項魁話沒說完，猛兒低飛從項魁面前掠過，然後飛到水面，雙爪一開。項魁的帽子，就飄飄然落到河裡去了。至於那隻鳥兒，撲撲翅膀，揚長飛去，不見了蹤影。

有人忍不住，噗哧一笑，於是所有圍觀群眾全都笑了出來，眾隨扈傻眼。項魁氣炸了，瞪著那隨波而去的帽子，跌腳大罵：

「我的官帽！哎呀！」對隨扈怒喊：「你們這群飯桶，笨蛋！還不去給我撈起來！」於是，眾隨扈又紛紛跳下水。撲通撲通，水花四濺，隨扈有的根本不諳水性，在水裡浮浮沉沉，掙扎亂動，喊救命的也有，喊菩薩的也有。幾個會游泳的隨扈，追著帽子游，卻哪兒追得到，帽子早已無蹤無影。

吟霜和皓禎相對一看，兩人眼神交會，若有所思，都想笑卻拚命忍著。

而寄南和靈兒，早就忍不住，笑得天翻地覆。寄南邊笑邊說道：

「長安又一奇景！怪事今年最多！」看皓禎，低語：「這猛兒大鬧長安市，巫術妖術會不會又添一樁？漢陽如果要辦這些案子，恐怕比辦祝大人的案子還難吧？」

❖

漢陽確實在辦祝大人的案子，他端坐在台上，驚堂木一拍。兩個助手分站他身邊，眾衙役站在大廳兩旁，齊聲發出「威武」口號。祝之同愁眉苦臉，帶著兩個兒子和一個女兒站在下面。

漢陽正色的說：「祝大人，這兒羅列了你的各種收賄情況，洋洋灑灑。這些日子，你都不認！但是這些證據裡，有的匿名，有的有名有姓，都言之鑿鑿。說是凡是有事求見太子的人，都要送一份大禮給你，才能得到通報。這事，是你和太子聯手做的？還是你中飽私囊？」

「漢陽！」祝大人回答：「無論你再怎麼問，這些罪名都是子虛烏有！你就是問我幾千幾萬次，關我幾百年，我的答案都一樣！」

「人犯跪下！」助手怒喊：「怎能直呼方大人名字！掌嘴！」

就有衙役衝上前去，揚手要打祝大人。漢陽急呼：「住手！本官說過幾百次，沒有定罪的不是人犯！要掌嘴也要由本官下令！你們怎能自作主張？退下！」

衙役趕緊退下。祝大人的女兒，還不到二十歲的雅容就不平的說道：

「方大人！如果證據那麼多，是不是要把送禮的那些大人也請來，讓他們和我爹對質，這些名字，我爹說過好多次，很多人聽都沒有聽過！」

「是誰告發我爹的？」眉清目秀的小兒子更加不平的說：「那個大人是不是也該到這兒來對質一下？弄個告發名單很簡單，我才十八歲，也可以把朝廷眾臣的名字全部寫進去！」

漢陽臉色一正，沉吟道：

「祝公子和小姐所言不錯！強將手下無弱兵，看來祝大人調教得不錯！」

「漢陽，就算這些狀子，寫的都是事實，收賄的也是我！」祝大人懇摯哀聲的說：「把我的家眷兒女和五歲孫子都關在牢裡，這是大理寺的規矩嗎？難道我那小孫子也收了賄？現在案情都沒查清楚，總不能株連九族吧？」

漢陽正要說話，方世廷大步直入大廳。衙役趕緊通報：「右宰相方大人到！」

漢陽一驚，看向世廷，祝大人也急急看向世廷。祝大人急呼：「世廷！你我相交十幾年！我的為人你還不瞭解嗎？你知道我是被栽贓的，趕快跟你兒子說一聲，還我公道！」

「爹！孩兒正在辦案，你怎麼來了？」漢陽也對世廷驚問。

世廷大步走上台，把台上的證據文卷往漢陽面前一揚，怒聲說道：

「這就是證據！你要看清楚，你在幫誰辦案！該當解決的事，就馬上解決！」

漢陽驚看世廷，背脊一挺，站起身來，對世廷躬身行禮，大聲說道：

「右宰相教訓得是！該當解決的事，應該馬上解決！」便高聲一呼：「來人呀！把祝大人的家眷兒女兒媳孫子全部無罪釋放！祝大人暫時押回囚房，待本官再深入調查！萬萬不可刑求逼供！」然後大聲宣布：「下堂！」

祝大人、兒子、女兒驚喜互看，簡直不敢相信有這樣迅速的轉折。

世廷一臉的愕然，深沉的盯著漢陽。漢陽已拿著證據文卷，看也不看父親，面無表情走下台。

5

大理寺裡，方世廷面對兒子方漢陽，因訓話引發了一場「當庭釋放」。將軍府的書房裡，袁柏凱面對兒子袁皓禎，也正在義正詞嚴的訓話：

「皓禎！你也太大膽了！那天在皇上皇后面前，說什麼大鱷魚？你要公開和左宰相右宰相都宣戰嗎？你以為他們聽不出來你在指桑罵槐？」

「沒辦法！」皓禎說：「看那兩位宰相奉承拍馬，人前一套，人後一套，我就忍不住了！我幾乎聞到各種陰謀的味道！」

「你是狗鼻子，還聞得到各種味道！」

皓禎還來不及說話，皓祥大步進房來。

「爹！你們在吵什麼？皇上那天宣你們進宮，是不是要辦皓禎大鬧東市的罪？」

「什麼？皓禎大鬧東市？」柏凱一怔。

「整個長安城都知道了！」皓祥誇張的說：「皓禎和伍項魁一起搶女人，在東市大打出手！還有竇寄南！昨天更玄，弄了一隻怪鳥，把伍項魁弄得灰頭土臉！」

皓禎驚愕的瞪著皓祥說：

「什麼搶女人？說得這麼難聽？爹，如果那天你在東市，親眼看到那個局面，你也會出手的！那伍項魁簡直不是東西，仗勢欺人，公然調戲民間女子！如果我不管，除非我是瞎子聾子呆子！」

「跟你說過多少次了，不要和伍家的人犯衝突，尤其不能當街對打，你難道不知道現在的情勢，這伍家能惹嗎？那竇寄南有竇妃遺留的勢力撐腰，你呢？」柏凱嘆氣。

「我有輔國大將軍兼左驍衛上將軍，袁柏凱撐腰！」皓禎傲然的回答。

「爹！你聽你聽，哥就是這樣，仗著你撐腰，在外面作威作福！」皓祥輕蔑的說：「講明了，他和那個伍項魁，根本是半斤八兩！」

皓禎看皓祥，怒沖沖嚷：

「這對我可是最大的詆毀！」

「得罪了伍項魁，我們等於得罪了整個朝廷！」皓祥嚷了回去：「我才不想被你害死！何況，我和那伍項魁，還有點交情……」

柏凱一拍桌子，瞪向皓祥：

「你和伍項魁有交情？你給我省省吧！對伍家，我們要採取的是敬鬼神而遠之的態度，你們兄弟兩個懂不懂？既不許交友，也不許打架！見面三分情，背後各走各！」

三人聲音太大，驚動了雪如和翩翩，兩位夫人急忙進了房。

「怎麼回事？父子三個吵成這樣？」雪如關心的問。

「皓祥，你別跟你哥作對！」翩翩拉著皓祥的胳臂勸著：「你哥什麼都比你強，平常跟你哥多學學，也讓我這親娘有點面子……」

「娘！妳這親娘從來沒有讓我有面子，我怎麼帶給妳面子？」皓祥怒看翩翩。

「你說的是什麼話？」柏凱往皓祥面前一站，舉手想打他。

「去找你的青兒翠兒吧！別在這兒惹你爹生氣！」翩翩趕緊拉著皓祥，逃出門外去了。

雪如見翩翩母子走了，識相的看看柏凱父子：

「你們父子好好談！我還有事要忙！」

雪如退下，房內剩下柏凱和皓禎。柏凱臉色瞬間鬆了，真摯的看著皓禎，一嘆：

「唉！即使在家裡，也得防著這個防著那個，我對皓祥一點信心都沒有！」臉色一正：「你和寄南去東市，有沒有什麼收獲呢？」

「木鳶要我們去東市，恐怕就是想收集伍項魁的不法勾當。或者是要我們在民間物色人才，這都不是一天兩天可以辦到的，要走著瞧。」皓禎誠摯的回答。

父子正在談著，忽然窗櫺上咚的一響，只見一支金錢鏢射在窗櫺上。

皓禎一竄到窗邊，迅速的取下金錢鏢，低頭一看。

「金錢鏢？是木鳶又有指示嗎？」柏凱走過來低問。

皓禎打開金錢鏢中的紙條，只見上面寫著：

「長安外，古道邊，崇山峻嶺下，義無反顧時——木鳶。」

皓禎跟著字跡唸了兩遍，深思著，忽然神色一凜，說道：

「不好！他們要派伍崇山去暗殺義王！」抬頭看柏凱：「義王解夢那天又被皇上讚揚，他是皇上唯一的兄弟了！」

「義王一直是皇后的眼中釘！剛好要去汴州……」

「去汴州會經過長安城外最險峻的山陽古道……」他一震抬頭，喊道：「魯超！快進來！」

魯超進門，看著皓禎父子，警覺的問：

「需要多少人？」

「一百個！備馬！準備我的服裝！」

不到一炷香的時間，皓禎換上一身白色勁裝，背上有武器劍袋，他把乾坤雙劍插入劍袋，匕首短箭也俐落入袋，隨即上馬，帶著魯超和一百名白衣騎兵，飛騎而去。

❖

同一時間，竇寄南正在一個名叫「歌坊」的歌伎院裡，陷在溫柔鄉中，放蕩不羈的喝著酒。歌女們圍繞著他，灌酒的灌酒，幫他按摩的幫他按摩，他陶醉享受著，不斷喊：

「肩膀用力一點！拳頭用力一點，妳們這些花拳繡腿，簡直不夠資格侍候本王爺！」大笑：「哈哈哈哈！倒酒倒酒！蘭有秀兮菊有芳，懷佳人兮不能忘！」

歌坊的女主人名叫「小白菜」，是個年約三十歲的女子，風情萬種，綽約生姿。

「最好的姑娘都在這兒了！」小白菜笑著說：「如果竇王爺還不滿意，歌坊只好賣給王爺，讓王爺來經營吧！」

此時，窗子上格登一響，一支金錢鏢射在窗櫺上。

寄南迅速的跳起身子，閃電般竄到窗前，拔下金錢鏢一看，臉色一變。

小白菜匆匆跑過來，低語：

「是不是木鳶的金錢鏢？」

「我的衣服，武器，馬和人手，立刻準備！」寄南臉上的放蕩不羈全部消失。

「是！」小白菜應著，飛奔出去。

片刻後，寄南已換了一身黑色勁裝，背上背著武器袋。他手中之劍，是皇上所賜，採天降隕石，鍛鍊打造而成的「玄冥劍」，劍身通體漆黑，吹毛立斷！這劍和皓禎的「乾坤雙劍」，都是世間無雙、列入劍譜的名劍！沒有一點功夫，是無法使用的。他將玄冥劍、匕首、弓箭都紛紛插入袋，帶著也是黑色勁裝的騎兵一百人，飛騎到郊道上。另外的一條郊道上，袁皓禎一身白衣，帶著他的騎兵，疾馳著。兩隊人馬，馬蹄過處，捲起滿地的黃沙滾滾。黑白兩軍，從兩個方向，奔向木鳶指示的那個地方——山陽古道。

山陽古道地勢險峻，四面崇山峻嶺，截野橫天。嵯峨的岩石，如刀削、似虎踞，拔起於曠野上；岩石中間，是一條曲折的道路，隨著山勢起伏盤旋。古道上，三輛馬車正在官兵簇擁下前進。

忽然間，伍崇山帶著伍家衛隊，從山後殺了出來。伍崇山大喊著：

「攻向馬車！三輛馬車裡有真有假，不管裡面是誰，通通殺了就是！」

伍家衛隊人數眾多，直奔馬車，喊聲震天：

「殺呀！衝呀……」

三輛馬車停下，護送的官兵倉卒應戰。伍家衛隊凶狠毒辣，刀槍劍戟各種武器打向官兵。官兵立即處於弱勢。驀然間，皓禎用白巾蒙著口鼻，帶著魯超和白衣蒙面軍，從另一邊山後衝出。皓禎對魯超說道：

「保護馬車，我去殺了那個伍家刺客！」

「是！」魯超應著，帶著武士直奔馬車保護，一路銳不可當的砍殺著伍家衛隊。

皓禎就直奔向伍崇山，大喊：

「伍崇山，你惡貫滿盈！今天，你的死期到了！」拔出背上乾坤雙劍，一招「撥草尋蛇」，劍尖化為數點寒星，直指伍崇山：「你以為這大好江山，是你們姓伍的可以篡奪的嗎？」

「你是什麼人，居然敢對我下手？來人呀！」伍崇山趕緊應戰。

眾多伍家衛士竄出，立刻把伍崇山牢牢保護著，對皓禎包圍著打來。皓禎的武士，也拔劍應戰。大家頓時打成一片。正打得不可開交，竇寄南用黑巾蒙著口鼻，帶著黑衣蒙面軍，殺了過來。寄南大喊：

「伍崇山！你身上有幾百條人命，都來討命了！你們伍家人，一個個都別想活！」

皓禎一見寄南，聲勢大振。黑白兩軍，迅速的把伍家衛隊一一擊倒，士氣如虹。三把長劍，直逼伍崇山。伍崇山大驚，喊著：

「來人呀！來人呀！有埋伏！」

「什麼有埋伏？」皓禎怒喊：「埋伏就是你！」

寄南和皓禎雙雙刺向伍崇山，只見伍家衛隊越來越多，兩人越戰越勇。

「黑衣大俠，我攻左，你攻右！」皓禎對寄南說。

「白衣大俠，你攻上，我攻下！」寄南對皓禎說。

寄南話才說完，一招「葉底藏花」，一劍劈向伍崇山的馬腿，立刻，伍崇山滾下了馬背。皓禎和寄南雙雙跳下馬，一左一右攻向伍崇山。只見伍家衛隊蜂擁而來，又把伍崇山圍在中間。兩人奮力打著圍攻而來的伍家衛士，仍然無法靠近伍崇山。

忽然山中傳來一陣吆喝，一個頭戴斗笠蒙面的布衣勇士，帶著十幾個斗笠布衣蒙面男子，騎馬直撲伍崇山，一陣強攻快攻，打倒無數伍家衛士。

皓禎和寄南獲得解圍，雙雙再攻向伍崇山。

伍崇山一邊手忙腳亂的應戰，一邊大喊：

「你們……都不要命了，榮王會把你們……全體抄家滅族……你們你們……」

皓禎一招「仙人指路」刺進伍崇山左胸，寄南一招「黑虎偷心」，一劍刺進伍崇山右胸。此時又有兩個伍家強勁衛士上來救人。只見為首的蒙面斗笠怪俠飛馬過來，舞著一把大刀，左劈倒一名伍家衛士，右劈倒一名伍家衛士，再大刀一橫，一式「氣貫山河」，伍崇山脖子立刻濺血，倒地而亡。

皓禎驚看斗笠怪俠，佩服說道：

「勇士好功夫！請留名！」

斗笠怪俠一語不發，對著皓禎拋去一件東西，就帶著人馬疾馳而去。

皓禎接住斗笠怪俠拋來的東西，打開手掌一看，是一個「天元通寶」的錢幣。寄南伸頭一看，振奮的說：

「天元通寶，是我們的兄弟！看樣子，木鳶已經擴大範圍到江湖人士了！」

「太好了！」皓禎說：「江湖中人才濟濟，這為首的斗笠怪客身手不凡！早就該網羅江湖人士了！快，我們去幫魯超！」

魯超已經打倒了馬車邊若干伍家衛隊，其他伍家衛士看到伍崇山被殺，心驚膽戰，全部落荒而逃。皓禎和寄南直奔馬車，見三輛轎子平安，寄南便對第二輛轎子走去。

義王掀開窗帘，看著蒙面的寄南問：

「勇士！請問貴姓大名？」

「忠孝仁義四王個個義薄雲天，小的為無名小卒，奉命護駕，不敢報名！」寄南尊敬的說道。

義王深深看了寄南一眼，低聲說道：

「聲音沒變，心照不宣！」對寄南感激的一笑，放下了帘子。

皓禎對黑白兩軍吩咐：

「大家保護馬車，走吧！」回頭對魯超說：「你帶受傷的兄弟，趕緊回去療傷！」

「公子，黑白兩軍，只有三個人受傷，都是輕傷，大家都挺得住！」魯超回答。

馬車向前繼續前進，黑衣軍、白衣軍和官兵保護著。地上，伍家衛士倒了一地，活命的伍家衛士早已逃命而去。

皓禎和寄南收起武器，騎馬在後面押陣。這場勝仗，打得兩人都無比振奮。

山陽古道的一場血戰，人不知鬼不覺。皓禎和寄南回到長安，仍然各自過著日子。

❖

但是，此日皇宮隱蔽的長廊上，伍震榮氣極敗壞，一路奔跑著。後面一眾隨扈，也哈腰緊跟著。他們迅速的掠過無人的長廊，熟練的奔向一個隱密的小院。院子裡花木扶疏，在林木深處，隱隱約約有一進考究的房子，被衛士嚴密守衛著。這裡正是盧皇后和伍震榮幽會的密室。莫尚宮在小院的石桌邊坐著看書。她是皇后的親信，在皇宮裡，「尚宮」是五品女官，掌管「尚宮局」，皇宮裡只有兩個尚宮，地位崇高。但是，十幾年前，皇后就看上了莫尚宮，收在身邊成了親信，從此，莫尚宮以女官身分，侍候著皇后。宮裡的人，對她非常忌諱，就連一些大臣，也要對莫尚宮禮讓三分。此時，莫尚宮看著飛奔而來的伍震榮，面無表情的通報：

「榮王到！」

皇后正在密室中等待，才打開房門，伍震榮就直衝進去。皇后一驚。伍震榮把房門關好上門，將莫尚宮和隨扈都關在了門外。

「你怎麼了？臉色這麼壞？」皇后急忙問。

「我們失手了！」伍震榮喘息的說：「有三路人馬救下了義王，還殺了我侄兒伍崇山！殺死了我們好多伍家衛士！」

「三路人馬？」皇后不敢相信的問。

「這三路人馬只是服裝不同，也可能是同一路，假扮成三路，就是要混淆我們！」伍震榮說著，跌坐在床榻裡，面色灰敗：「總之，我們暗殺不成，還損失了我一員大將！這會兒，大概已驚動了太子幫，也可能驚動皇上，以後更難下手！」

皇后沉思片刻，走到伍震榮面前，坐進他的懷裡，看著他的眼睛，深刻的說道：

「皇上那兒我負責！至於崇山……為了大位，流血是必須要付的代價，今天失手，還有明天！今天失去一個伍家人，改天本宮幫你討回來幾百個！」就回頭用手臂圈住伍震榮的脖子，崇拜的說：「你是響噹噹的英雄人物，別讓一次失手就給打敗了！」

伍震榮抱住皇后，凝視她，心想，這個女子太鎮定了，也太霸氣了，這樣震撼的消息，她依舊能夠維持冷靜，注視著自己的眼光，也依舊柔情似水，充滿信心！

「是！為了皇后，為了我們的目的，犧牲也是在所不惜！」他看著她說道：「但是，我們的人馬中，一定有奸細！這暗殺行動，怎麼會給對方知道？」

「宮裡應該是安全的，你的人手要注意！」皇后思索著：「你一定要去把那三路人馬搜出來，把奸細找出來，給崇山報仇！不要傷心了！」

皇后說完，面頰就依偎在伍震榮臉上，雙手緊緊抱住他。

伍震榮在挫敗中，被皇后這樣的舉動給安慰了。不止安慰，還燃起他所有的野心。他擁著皇后，輕聲說道：

「野心與美人，這就是男人所要的，皇后都給下官了！下官還有什麼資格傷心呢？」說完，就一把抱住盧皇后，兩人滾進豪華的床榻軟墊裡。

❖

皇宮是個巨大的建築群，除了各種畫棟雕梁，樓台亭閣，花園水榭，還有祕密小院，可供盧皇后和伍震榮私會。至於皇上所在之處，卻是非常公開的。御書房、偏殿，寢宮，還有那上朝議事的大殿！

這天大殿上，皇上正在上朝，曹安帶著幾個太監站在皇上身後，文武百官排列在兩旁跪坐。每個官員，手裡都因官位品級，分別拿著象牙笏、木笏、竹笏，等著出列要面奏的事宜。這些要面奏的大事，很多都寫在那些象牙笏、木笏、竹笏面向自己的那面。在兩邊跪坐的大臣中間，是寬闊而氣派的走道，上面鋪著高級的紅色地毯。出列的官員，就拿著笏，站在走道上對皇上稟奏。整個大殿，是豪華莊重而氣派的。

伍震榮已出列，正氣極敗壞的對皇上稟道：

「陛下！大理寺丞方漢陽居然把祝之同的妻兒都給放了，案子審理還不到一個月，這不是縱虎歸山，明著讓他的妻兒回家滅證嗎？」

漢陽立即出列，氣定神閒的誠摯說道：

「陛下，微臣已經仔細審查過祝大人貪污的案子，實在沒有任何證據。祝家官府乾乾淨淨，家裡最多的是書卷，夫人兒媳，穿戴都十分樸素……」

伍震榮氣勢洶洶的打斷他：

「這就是他們奸詐的地方，故意如此，掩飾貪污的真面目！」不耐的回頭看：「世廷兄，你的兒子辦案，你也該指導一下！真是『嘴上無毛，辦事不牢』！」

世廷急忙出列：

「陛下明察！榮王別氣！犬子漢陽年輕，辦案或有不周之處！但是，祝大人還關在大理寺，妻兒的釋放，恐怕正是漢陽的計策！何不再等幾天，看看這些家眷的動靜？」

伍震榮一愣，看向世廷。世廷遞眼色，震榮恍然醒悟，不禁有些懊惱自己太過造次。跪坐在一起的皓禎和寄南，兩人交換視線，都有憤憤不平之色。

「陛下！」漢陽卻對皇上稟道：「微臣並沒有任何計策，這件貪污案子，等於已經結案！不能憑一堆匿名信，就給大臣定罪！漢陽請皇上下御旨，即日釋放祝大人！」

「陛下！絕對不能釋放祝之同！」伍震榮暴怒的說。

太子出列，正色說道：

「父皇！孩兒的善贊官如果貪贓枉法，孩兒也難辭其咎。祝之同不是一個大人物，萬一朝中有人想扳倒孩兒太子的地位，正好從祝之同這種老實人下手，父皇不得不明查秋毫，免得動搖父皇的根基！」

皇上臉上一震，被太子幾句話提醒了。

皓禎忍不住，出列支持太子。

「陛下！祝大人的清明廉潔，人盡皆知！小案子常常足以壞大事！既然大理寺丞也說案子沒有實據，就應該尊重大理寺丞！請陛下釋放祝大人，免得招來民怨！」

柏凱看到皓禎又沉不住氣，不禁暗暗搖頭。

皇上看著眾人尋思，煩惱的用手拍著額頭。

伍震榮見皓禎出來說話，大怒，狠狠的看著皓禎，質問道：

「袁皓禎，這關你什麼事？用得著你插嘴？你和靖威王在東市大打出手，弄得整個東市『雞飛狗跳』，巫術妖術都出爐，你就不怕招來民怨嗎？」

寄南再也忍不住，立刻跳了出來幫忙皓禎，手裡連木笏都沒有，說道：

「哈哈！陛下，本王可以作證，那天在東市真是熱鬧極了！有我朝官員在東市調戲民女，這件案子，和羽林左監伍項魁有密切關係！請皇上傳伍項魁問話！」

皇上一怔，還沒說話，伍震榮急忙稟道：

「啟稟陛下，小兒項魁前日被妖術和怪鳥驚嚇，如今仍臥病在床，無法上朝！」

「妖術？」皓禎看向寄南：「幾隻雞飛起來就誇張成巫術和妖術了？」

「陛下！」寄南看皇上：「既然榮王提起了東市，本王懇請陛下，嚴厲約束官員，不可強搶民女，更不可帶著羽林軍，大鬧長安市！再有……」看著震榮一笑：「那天的東市，不是雞飛狗跳，是雞飛鼠跳！」

震榮一驚，生怕項魁的醜事被抖出來，急忙轉換題目，對皇上加壓：

「陛下！東市妖術的事暫且不談！關於祝之同，到底如何處置？既然妻兒放了，不如趕緊辦了祝之同，給個全屍吧！絕對要把祝之同繩之以法！」

太子一愣，對皇上急喊：「父皇！萬萬不可！漢陽已經說了，祝之同無罪！」

漢陽也一愣，急忙說道：「太子所言甚是！請陛下明察！」

寄南調侃的接口：

「大家都說，長安有三多，皇親國戚多，官兵衙役多，冤獄冤魂多！」

柏凱急忙出列阻止：

「皓禎、漢陽、寄南，你們這些後輩，還是少說幾句，讓皇上作主吧！」

眾臣就看向皇上，喊道：「皇上作主！皇上作主！皇上作主！」

皇上看眾人，忽然大聲說道：「皇上作主就作主！這祝之同的案子，朕聽得糊裡糊塗，既然有清廉之名，相信也無大罪！就把他削去官職，讓他解甲歸田吧！」

眾人一聽，全部愣住。這，到底祝之同算是有罪還是無罪呢？

6

午後，在皇后那精緻的小院裡，莫尚宮又坐在石桌石椅前看書。若干宮女和守衛，安靜的站在門外守候。房內卻此起彼落的傳出了打情罵俏的嘻笑聲。

莫尚宮聽到屋裡傳出的笑聲，臉色陣陣冰冷，嚴肅的看向遠方。

室內，伍震榮只穿著長版內褂，露著胸膛，和衣衫不整的盧皇后，兩人略有醉意的在屋裡追逐笑鬧著。色迷迷的伍震榮，突然從後面一把抱住了嬌笑不止的盧皇后。他帶著微醺，在皇后耳邊甜言蜜語：

「看我最美的佳人往哪兒跑？」

皇后笑著，喘息著說：

「不跑了！不跑了！累死我了！」

伍震榮抱著皇后往床榻上躺，一面說：

「這樣就喊累了？我都還沒玩夠呢！」

皇后推開伍震榮的手，正眼瞪著伍震榮：

「事情辦得亂七八糟，還有臉來跟我胡鬧！那祝之同，怎會變成解甲歸田了？你不是打了包票嗎？」

「還說呢！都是妳那位皇上做的好事！」伍震榮有氣的說：「不過，解甲歸田就解甲歸田，總算也讓太子面上無光了！妳等著看吧！那姓祝的是文官，哪兒有甲？老家就在咸陽城，歸什麼田？妳那個皇上，優柔寡斷，一點魄力都沒有！」

皇后眼中冒出銳利的光芒。

「你別急！有魄力的皇帝總會出現的，到時候，你是太師，沒人的地位高得過你。我倆聯手，還怕這些眼中釘，逃出你的手掌心嗎？」

震榮怔了怔，心想，一個「太師」，怎是自己的目標？當初先皇駕崩時，自己還太年輕，手中兵力不夠，要不然，那時這李氏江山就易主了！擁立這個皇上即位，就是看中他的心慈手軟，誰知二十年來，支持他的文武百官，依舊不在少數，如果不利用皇后的力量，自己距離目標更遠。何況這盧皇后，還真的打動了他的心。一切走著瞧吧！他心裡雖然這樣想，嘴裡說的卻是另一套：

「皇后這麼一說，下官幾百顆心，都交給皇后了！」

「那麼，在我面前，還下官下官的？」

「妳那個窩囊皇帝，只要一日坐在龍椅上，我就是下官！這麼軟弱，居然還有一群對他死忠的人！」想想，更氣：「還給竇寄南封個什麼靖威王，那傢伙又沒建過功名，有什麼好理會的，在朝廷上，也敢跟本王針鋒相對，當真氣死人！」

「當年竇妃得寵又沒生子，皇上才會一時昏頭給她姪兒封王，不過這竇妃都死那麼多年了，難道小小一個竇寄南，對我們的計畫會有阻礙？」

伍震榮臉色陰沉起來：

「不止竇寄南，還有袁皓禎那一家！現在連方漢陽我都不相信！雖然方世廷說，方漢陽是欲擒故縱，我還是懷疑他！」

皇后起身，倒了一杯酒給伍震榮。

「你呀！讓你身邊的人多長點心眼，這太子幫好像越來越強大，義王沒除掉，還有一堆攔路的大官小官！真是麻煩！」

伍震榮飲了酒，色心又起。

「這還需要妳交代嗎？」放下酒杯，笑著摟住皇后：「剛才被打斷了，現在繼續辦我倆的事，嗯？」

就在兩人繾綣時，一臉霸氣的蘭馨公主，眼睛直勾勾瞪著前方，手裡拿著鞭子，背脊挺得直直的，從長廊盡頭一路行來。沿途衛士太監和宮女，個個都彎腰行禮。

「蘭馨公主金安！」

蘭馨視而不見的走過眾人，筆直向皇后那祕密小院走去。這個蘭馨公主，是盧皇后第二個女兒，今年才十九歲，比樂蓉公主小了好幾歲。盧皇后只有這兩個女兒，沒有兒子，是她最大的憾事。因此，從小就把蘭馨當兒子看待，讓她武術劍術都練過。但是，蘭馨最愛玩的武器，卻是一條軟鞭。她有皇后的美麗，卻比皇后還有氣勢。唇不描而紅，眉不畫而翠，眼睛永遠炯炯有神，雖然不是絕色，身上那種傲骨，卻是她的特色。皇上非常喜歡她，常常遺憾她不是個皇子！伍震榮對蘭馨，也是禮讓三分的。

此時，蘭馨已經弄清楚皇后藏身之處，決定要做件大事！她高高的昂著頭，逕自走向皇后的銷魂窩。蘭馨身後，跟著崔諭娘，「諭娘」是宮中最低階的女官，工作就是侍候公主皇子們。崔諭娘就是帶大蘭馨的諭娘，她急步追著，著急的喊著：

「公主，公主，不可以啊！千萬不能去啊！我們快回寢宮吧！」

「崔諭娘，妳走開，我的鞭子可是不長眼的，妳別攔我！」蘭馨冷靜而堅決的說，對著面前一個衛士，鞭子一抽。「退下！你敢攔住本公主的路！」

衛士挨了鞭子，看看蘭馨那股架勢，趕緊後退。蘭馨就闖進了小院裡。莫尚宮往前一步，阻擋了她的去路，恭敬而嚴肅的說：

「莫尚宮見過蘭馨公主。」

「只要看到莫尚宮，就知道我那位偉大的母后就在這裡！」蘭馨冷冷的說完，一把就大力推開莫尚宮，莫尚宮被推得一個踉蹌，差點摔一跤，蘭馨想往房裡闖，卻又被莫尚宮和眾衛士阻擋。莫尚宮堅決的說：

「公主請回吧！現在皇后不適合接見任何人。」

「哼！本公主想見誰就要見誰，今天誰敢攔我！就是和本公主作對！」看著圍繞過來的伍震榮手下，大聲喊：「誰敢過來，我就大喊父皇！」

衛士們和莫尚宮聞言震懾後退。蘭馨奮力躍起，一躍就跳到了房門口。她再用腳一踹，踹開了房門，怒氣沖沖的闖入。

伍震榮和盧皇后還在溫存間來不及應變，兩人震驚擁抱，瞪著大眼望著蘭馨。蘭馨親眼見到皇后與震榮擁抱在床的畫面，急怒攻心，來勢洶洶，大吼：

「我抽死你們這對姦夫淫婦！」

蘭馨的鞭子立刻抽向床鋪。

伍震榮和皇后兩人閃躲鞭子逃竄。伍震榮胡亂抓著衣服，邊說邊穿衣服，喊著：

「公主，公主，有話好好說，千萬不要亂來！」

皇后匆忙穿上衣服，喝令：

「蘭馨，不要胡鬧！放下妳的鞭子！」

「我亂來，我胡鬧！」蘭馨怒視著伍震榮：「我今天就打死你這個貪圖權勢，勾引我母后的衣冠禽獸！」

蘭馨說完，一鞭子就向伍震榮臉上抽去，伍震榮臉頰上立即出現一道鞭痕。他大驚失色，繞著房間逃竄，蘭馨握著鞭子亂抽。皇后大怒，一步跨前，攔住了蘭馨。

「蘭馨！」皇后聲勢奪人大喊：「看妳敢不敢對本宮抽鞭子？」

蘭馨舉起鞭子，就要對皇后抽過去，但是，畢竟是面對母親，鞭子停在半空，只能義憤填膺的喊道：

「母后，妳怎麼可以跟這個禽獸在一起？妳把父皇放在什麼地位？」

皇后見蘭馨抽不下鞭子，就一把奪下鞭子，反手就狠狠打了蘭馨一個耳光。

這個耳光震驚了蘭馨，也震驚了伍震榮，瞪大眼珠說道：

「皇后！」他心疼蘭馨：「唉呀！這……妳……怎麼可以打蘭馨公主呢？」

「這麼不懂規矩，冒犯本宮就應該教訓！」皇后惱羞成怒。

趕來勸阻的莫尚宮，一進門就目睹皇后打了蘭馨。莫尚宮驚訝的對皇后搖頭喊：

「皇后娘娘！」

蘭馨兩眼冒著火，怒視皇后：

「妳打我？我在為我偉大的母后斬妖除怪，妳居然為這個禽獸打妳的親生女兒，好！我這就把我看到的去告訴父皇！」蘭馨說著，轉身就走。莫尚宮急忙一攔，被蘭馨推得摔下地。蘭馨奪門就要出去，皇后卻面不改色，一面穿著衣服，一面有力的說道：

「去見妳父皇是不是？好呀！我跟妳一起去！妳以為妳父皇知道了，會發生怎樣的事？妳那個父皇，對我言聽計從，我會告訴他，妳又胡鬧，編故事陷害忠臣和母后！妳想想，妳父皇會相信我，還是相信妳？即使他心裡懷疑，他這個皇帝面子往哪兒擱？好！我們一起去！我打賭妳只會讓妳父皇大怒！走呀！」

蘭馨一聽，知道皇后句句說的都是實情，如果父皇知道真相，恐怕小命不保的是自己！對父皇也是莫大的傷害和打擊。她被皇后幾句話就打倒了，咬牙切齒，一扭頭跑出門去。皇后自然知道已壓下了蘭馨，兀自挑眉怒視著她的背影。伍震榮卻急急的說：

「唉！不得了，不能讓蘭馨這麼就走，唉！」

伍震榮已穿好衣服，拿走盧皇后手上的鞭子，追向蘭馨公主。在小院裡，他急喊：

「蘭馨公主，蘭馨公主，請留步！蘭馨公主！」

蘭馨又氣又傷心，轉頭，怒沖沖的問：

「怎麼？你被抽得不過癮，還想找打嗎？」她奪回鞭子，就想對伍震榮抽去。

「公主，別打了，好多雙眼睛看著呢！」崔諭娘死命拉住蘭馨。

伍震榮像是換了一個人，卑躬屈膝，和顏悅色，苦笑賠禮：

「公主，一切都是下官不對，下官不好！公主就別和皇后生氣了，公主是皇后的心頭肉，打疼了公主，皇后也難受呀！別氣了啊！」

「你少貓哭耗子假慈悲，本公主才不吃你這一套！我看到你就倒盡胃口！」

「是是是！」伍震榮謙卑的說：「公主，只要能讓您不生氣，您怎麼發脾氣都沒關係，儘管罵，儘管發洩！要是想再抽幾鞭，下官站著不動，讓您打，讓您抽！」

蘭馨不屑至極。

「哼！我現在想想，打你這種人，都髒了本公主的手！滾開！別擋本公主的路！」

「公主要是息怒了，下官立刻就消失在您眼前！」伍震榮察言觀色的盯著蘭馨：「但是……我看公主還是一肚子氣啊！我不能就這樣讓公主一直憋著氣，這樣吧！公主，您說說看想要什麼東西？只要公主開口，下官必定上山下海，在所不辭的去達成這個任務！公主，您想要什麼？」

蘭馨眼光犀利的盯著伍震榮。心想，好一個奸臣伍震榮，想討好本公主，封我的嘴是吧？哼！我就好好折騰你這個下流東西！想著，就對伍震榮開口：

「看在你似乎有點誠意份上，那麼我就不客氣了，你！三天之內，必須幫我做一件『百鳥衣』！要利用一百種珍禽羽毛來做，送到本公主眼前來，如果三天內我看不到這件百鳥衣，那麼今天這件事情，我還沒了！」

「啊？百鳥衣？三天？」伍震榮驚喊。

那晚，回到榮王府，伍震榮精疲力盡般倒進坐榻裡，對眾多兒子姪兒們喊道：

「難了難了，那個刁蠻的蘭馨公主，三天之內要一件百鳥衣，我哪兒能變出百鳥衣來？」

「什麼百鳥衣？要一百種不同的鳥嗎？」伍項麒問。

「可不是！還要特別的鳥，與眾不同的鳥！」

「特別的鳥，與眾不同的鳥？」伍項魁興奮起來：「其他的我不知道，起碼我知道一隻會抓我帽子的鳥！從明天開始，我帶著羽林軍抓鳥去！」

❖

白勝齡這天受了風寒，躺在床榻上無法起身，吟霜擔憂的捧來一碗熬好的藥。

「爹！我就說你年紀大了，採藥的事我來做，你偏不聽，瞧，現在累得發燒了！趕快，我扶你起來吃藥！」

白勝齡坐起身子，自己拿起藥碗喝著。

「好了！丫頭！妳別為我擔心，妳忘了老爹是神醫嗎？我自己的身子我清楚得很，妳快去東市吧！好多病人都在排隊等妳扎針呢！」

吟霜就收拾著自己的醫藥箱，抬頭對架子上的矛隼說道：

「猛兒！你幫我守著老爹，到時候就提醒他吃藥！你自己也乖乖的，不許再大鬧長安城了，聽到沒有！我把窗子關上了，免得你偷溜出去玩！」

猛兒喉嚨裡咕咕兩聲。勝齡笑著：

「猛兒在罵妳呢！說妳真囉嗦！快去吧！病人已經排長龍了！」

「那……我就走囉！我會早早的回來陪你！」

吟霜就走向門口，到了門口，又回頭對勝齡嫣然一笑，出門去了。勝齡看著吟霜的背影，不勝感慨的想起亡妻翠華來。翠華，妳真該看看這個長大的丫頭！

吟霜到了東市，忙著為排隊的病人扎針。她臉上始終帶著溫柔的、關懷的微笑。一個病人扎完了，起身離去，後面一個上前。

吟霜清理著剛剛拔下的針，一抬頭，看到面前的病人竟是皓禎。

「是你？你生病啦？也要扎針？」吟霜驚奇的問。

「是！最近不太舒服，必須給妳這位神醫扎幾針！」皓禎凝視著吟霜，微笑著說，一面在吟霜面前的矮凳坐下，看看吟霜身後：「妳爹呢？」

「他受了風寒，在家休息！」吟霜就正襟危坐，問皓禎：「你哪兒不舒服？」

「心裡常常亂糟糟的，腦袋常常昏昏沉沉的，該做的事常常忘了做，晚上常常睡不著，一出門就忘了要去哪兒，身不由主來東市看看！不知道是不是採石玉蓮留下了病根？」皓禎豁出去，說了一大串。

吟霜心中一熱，臉驀的紅了，低低糾正著：

「石玉曇，曇花的曇，不是石玉蓮啦！原來你還記得，我以為你早就忘了！」

「原來是曇花的曇，怪不得！我就怕『曇花一現』，怎會忘了？」

吟霜盯著他，眼睛亮晶晶又霧濛濛。

「既然有這麼多病，我給你扎幾針，讓你安神醒腦吧！」

吟霜便在皓禎腦袋上、面門上，各穴道上扎針。

靈兒不知道從哪兒冒了出來，在吟霜耳邊悄悄說道：

「這病妳得幫他好好的治！不過，妳可要扎對穴道，別讓他越病越重！」

吟霜的臉更加緋紅，低語：

「妳去管妳的表演！別來吵我！」

皓禎看到靈兒，就急忙問道：

「寄南呢？」

「你幾時把那位竇王爺交給我保管的？」靈兒俏皮一笑：「我看到他就煩！成天跟我唱反調！今天沒他，我終於可以和我爹好好的表演飛鏢了！」

靈兒說完，一溜煙的跑了。吟霜眼光轉回皓禎臉上，柔聲說：

「手給我！手上的穴道最多，也要扎幾針！」

皓禎急忙伸出右手給吟霜。他攤著的掌心，有一道救白狐留下的傷痕。吟霜看著那傷痕，臉色驟變，回憶突然閃現在她面前。記得母親去世前不久，曾經對她說過：

「記住，妳有一天會遇到那個命中注定的人！妳身上有朵像梅花的印記，他身上有一條像樹幹的傷痕！」

吟霜看著那傷痕，震動而驚悸著，不由自主，雙手捧住皓禎那隻手細看。皓禎被吟霜這樣一接觸，渾身一震，像有電流通過。他抬眼深深的看她，她也從那道傷痕上，抬眼深深的看著他。**兩人就這樣忘形的互視著，都在對方眼中看到某種不可解的宿命。**

半晌，吟霜顫聲的問：

「你手心裡這條傷痕，從哪兒來的？」

「為了救一隻白狐，被箭尖刺傷的！」

「原來，你就是那位捉白狐、放白狐的公子！」

「是！」皓禎凝視她：「這對妳有什麼特殊的意義嗎？」

吟霜垂下眼瞼，睫毛顫動著，心跳加快，面孔發熱。總不能把母親告訴過她的話說出來。但是，勝齡帶著她走遍了四個大城市，經過四年多的飄泊，就是為了尋訪這番相遇嗎？

她真想回家去問問爹。皓禎等待的看著她，被她那欲語還休的神態，弄得心神更加恍惚。終於，吟霜抬起睫毛，深刻的看著他說道：

「是！心存善念，天必佑之！上蒼有好生之德，你有一顆很高尚的心！」

高尚的心？皓禎看著眼前這個帶著幾分仙氣的姑娘，想著，這顆高尚的心現在跳動得很厲害，是顆不安分的心呢！其實，自從在蒼霧山相遇，他的心裡就裝著一個她，何曾安分過？

❖

就在吟霜與皓禎探索著彼此的命運時，白勝齡在租屋裡，忽然聽到砰的一聲，房門被踹開。接著，項魁大呼小叫的喊：

「那隻怪鳥在哪兒？」

在架子上的猛兒被驚動，撲撲翅膀驟然飛起，在室內鳴叫著。

白勝齡從床榻上一驚而起，急忙跑到外廳，看到項魁帶著大批羽林軍衝了進來。

「你們要幹什麼？」勝齡急切的問。

項魁對官兵指著猛兒，命令道：

「看到沒有？就是那隻鳥！給我射下來！」

勝齡大驚，急呼：

「猛兒！快逃！快飛！」這才發現窗子是關著的：「從門口飛！」

猛兒飛向門口，一排箭對空中急射而出。猛兒鳴叫，一根羽毛飄然墜下。

「再射！再射！牠逃不掉了！」項魁叫著。

鄰居們都被驚動了，擠在門口看，議論紛紛。

勝齡大急，慌忙跑到窗邊，去打開窗子，大喊：

「猛兒！逃呀！門口被堵住了！從窗口飛……」

項魁大怒，衝上前去把勝齡拉了下來，一拳打倒在地。但聽噗啦啦一聲，只見鳥兒穿窗直飛而去，一排利箭跟著穿窗而出。勝齡從地上狼狽的爬起身子，看著窗子大喊：

「猛兒！用力的飛呀……」

項魁眼見猛兒逃走了，氣極敗壞，一劍就刺向白勝齡的胸口。勝齡瞪大眼睛看著項魁，身子搖搖欲墜。項魁拔出劍來，再一劍刺下，嘴裡大喊：

「本大人奉皇上命令，為蘭馨公主的百鳥衣抓鳥，你居然敢阻擋我，死罪一條！你這老頭，我早就看你不順眼！」

勝齡胸前鮮血汩汩流出，他不支倒地，看著窗外的虛空，悲鳴著：

「吟霜，爹……沒法照顧妳了！妳娘說的那個人，還不知……出現沒有？」

項魁再一腳對白勝齡狠狠踹去，勝齡頭一歪，渾身痙攣抽搐著，就這麼死去了。

鄰居們不平的、害怕的喊道：

「不好了！伍項魁又殺人了！快逃啊！」

伍項魁帶著隊伍，就衝出門來。對羽林軍喊著：

「去抓那隻鳥！跑遍長安城，也要把牠抓到！」

羽林軍跟著伍項魁呼嘯而去，鄰居們忙不迭的閃避。

❖

吟霜幫皓禎把臉上的針一一拔下。皓禎的心還沒歸位，一瞬也不瞬的看著她。

忽然間，吟霜打了一個冷戰。接著，只見猛兒急飛過來，在吟霜皓禎面前盤旋，尖嘯著。吟霜臉色驟變，跳起身子喊：

「不好！我爹出事了！」趕緊收拾藥箱。

皓禎跟著跳起身子。

「妳怎麼知道妳爹出事了？」

吟霜來不及回答，拎著藥箱，已向門外跑去，皓禎急忙跟著跑去。隔壁的靈兒，被這一陣騷亂驚動了，慌張的回頭喊：

「爹！雜技班交給你了！我去看看白神醫發生了什麼事？」

靈兒也飛奔而去。

吟霜和皓禎奔進租屋，就一眼看到白勝齡躺在地上，遍地的血跡，幾根猛兒的羽毛，伴著白勝齡慘白的臉，和已經死去的屍體。吟霜拖著藥箱，連滾帶爬的撲向勝齡，哭著，連聲的喊著：

「爹！我來了！我來救你，我給你扎針，我給你吃藥，我給你推拿……」

吟霜一邊哭著說著，一邊打開醫藥箱，拿出銀針，顫抖的幫勝齡扎針。

皓禎震驚的撲跪在地，伸手去握住勝齡的脈搏，一握臉色慘然，看著吟霜說：

「吟霜，別扎了！妳爹已經去了！身子都涼了！」

吟霜拚命扎針，又去搓著父親的手，痛喊道：

「醒來！醒來！爹！你不能死啊！求求你活過來，我已經沒有娘了，你不能死！求求你活過來，活過來……」

靈兒趕到，奔進門來，震驚已極的站在一邊看著。

只見吟霜瘋狂般的在勝齡身上腳上各處扎針，哭喊著：

「爹！你是神醫呀，你教我的針法，我全都用了！你活過來，求求你不要丟下我……對對，還有我的推拿……我給你推拿……活過來！活過來！」就用雙手貼在勝齡胸口，拚命運氣，運到整個手掌都變紅了，勝齡依舊一動也不動，吟霜的眼淚滴滴答答落在勝齡死去的面龐上。

靈兒用手蒙著嘴，也跟著眼淚瘋狂滾落。

皓禎紅著眼眶，去一把抓住了吟霜推拿的手，啞聲喊道：

「停下來！妳在做什麼？沒用了！妳能治病，不能續命！白神醫已經去了！妳還忍心在他身上留這麼多針孔嗎？還忍心用推拿使他流更多的血嗎？吟霜，讓他安靜的走吧！」

吟霜抬頭看皓禎，淚眼模糊的，絕望的用拳頭搥打著皓禎的胸口，喊著：

「沒有沒有沒有！我爹還沒死！他答應過我娘，要跟我相依為命！他還沒死，讓我救他呀！他教過我救人的功夫，為什麼沒有用呢？」

靈兒跪了下來，摸摸勝齡的臉和手，悽然的抬頭看著吟霜，哭著說道：

「吟霜，白神醫真的去了！他應該沒有痛苦多久，這兩劍已經要了他的命！」輕搖著吟霜：「冷靜一點！他真的死了！」

吟霜抬頭看著靈兒，這一下，知道眼前的事實，大悲大痛之下，站起身子，忽然轉身，穿過圍觀的人群，疾奔而去。皓禎和靈兒大驚，都跳了起來，跟著追出去。

「妳要去哪兒？」皓禎喊著。

吟霜哭著，沒命的狂奔，邊哭邊喊：

「娘！娘！妳在哪兒？我要找妳，我要問妳……」

皓禎一面急追，一面喊道：

「妳去哪兒找妳娘？她不是已經去世了嗎？回來！回來……」

吟霜已經奔到郊外無人處，地上落葉片片，四周山野寂寂。皓禎和靈兒追著她來到。天空忽然陰暗下來，難道連蒼天也在為吟霜而悲嗎？皓禎覺得有異，抬頭看去，只見有片烏雲從天邊飛捲過來，定睛一看，原來有股強大的龍捲風，飛撲著來到。皓禎大驚失色，急喊：

「吟霜，不要跑了！有颶風！有颶風呀……趕快逃命要緊！」

吟霜卻視若無睹的對著龍捲風衝去，仰頭看天，悽厲已極的哭喊著：

「娘！娘！妳為什麼要我們來長安？娘，妳不是有一些預知的能力嗎？妳在天之靈，看到今天的結果嗎？」放聲大叫：「娘！我要爹啊！我要妳啊！」

在吟霜哭喊之中，龍捲風飛快的撲了過來，立刻就把吟霜捲了進去。靈兒大叫：

「皓禎，快救吟霜，她……她……她……」嚇得口吃。

皓禎大駭，想也沒想，就衝進那龍捲風的漩渦裡，把吟霜緊緊抱住。龍捲風把兩人都席捲過去，地上落葉層層飛捲。

靈兒轉身飛逃，避著狂風，一面回頭張望皓禎和吟霜的情形，嘴裡狂喊著：

「皓禎！趕快把她拉出來呀！危險危險……」

皓禎抱緊吟霜，兩人被強風捲上天空，石片、樹枝、磚瓦……都撲面飛來，驚險萬狀，皓禎拚命用手保護著吟霜的頭，怕她被各種東西砸到。兩人被吹著走，眼看越吹越高，忽然經過一堆大岩石。皓禎就一手抱緊吟霜，一手死命抱住一塊岩石。

龍捲風捲起了地上的落葉枯枝沙石，形成一個向上捲動的黑雲，風的尾端直達天邊。在狂風漩渦中的皓禎，使出全身的功力，緊緊抱著巨石和面無人色的吟霜，在她耳邊大聲喊著：

「吟霜，妳別怕！我絕對不會放開妳！」

龍捲風狂飆著，皓禎就這樣一手抱著吟霜，一手抱著岩石，兩人衣衫飛舞，落葉撲面。風呼嘯著，夾雜各種樹枝斷裂、群鳥驚飛、磚瓦傾倒和碰撞之聲，驚心動魄至極。皓禎必須使出渾身的武功，才能維持那個姿勢，幾度差點抱不住岩石。似乎經過了千年萬年，終於龍捲風飛離現場，樹枝屋瓦紛紛落地。

靈兒看到狂風已去，又奔了回來。只見吟霜額上髮絲零亂，臉色蒼白，在皓禎手臂中，如同一片脆弱的落葉。皓禎放開岩石，雙手抱著吟霜落地。

「吟霜，妳怎樣？振作一點！」皓禎喊。

靈兒看著遠去的颶風，喊道：

「嚇死我，你們兩個差點都被大風吹走了！」

皓禎抱著完全站不穩的吟霜，餘悸猶存的喊道：

「吟霜！颶風走了！妳怎樣？是不是頭暈？還是被什麼東西砸到了？」

皓禎見吟霜面色慘白，把她推開了一點，抓著吟霜的兩隻胳臂搖了搖，急問：

「妳還好嗎？妳說句話吧！妳別嚇我，怎麼不說話？」

吟霜看看皓禎，終於開口了，虛脫般的喃喃說著：

「正心誠意，趨吉避凶……神在哪兒？正義在哪兒？我爹……心存善念，到處救人……菩薩在哪兒？我娘……我娘的魂魄在哪兒？」

吟霜說完，就暈倒在皓禎懷裡。皓禎一把抱起她，慌張的問靈兒：

「她暈倒了！怎麼辦？」

「趕快抱到河邊去！那兒有水！」靈兒指著方向：「我對這兒熟！跟我來！」

皓禎抱著吟霜，跟著靈兒急急奔去。兩人奔到小溪邊，只見溪水潺潺的流著，水色清澈。皓禎急忙把吟霜放在溪邊的草地上，讓她平躺著。

皓禎和靈兒就著急的用手掬了水，不住灑在她蒼白的臉上。皓禎拍著她的面頰說：

「醒來！醒來！」心慌意亂的看靈兒：「怎麼辦？妳有沒有跟著她學一點神醫的功夫？這時候是不是應該幫她扎針呀？」

「我這麼笨，哪會扎針？就算我會，這兒也沒有銀針呀！」靈兒說。

皓禎打濕了帕子，把水絞在吟霜臉上，靈兒又忙不迭的用自己身上的乾帕子，擦乾她的臉孔。見她一直不醒，靈兒也慌了，大喊著：

「吟霜醒來！快點醒來！」

這時，空中傳來矛隼的哀鳴聲。皓禎急忙抬頭呼喚：

「猛兒！猛兒！你快過來喚醒你的主人吧！」

像是答覆皓禎，猛兒飛了下來，繞著吟霜飛著，哀鳴不已，並低飛用翅膀掃過吟霜的面頰，一片羽毛飄落在吟霜面頰旁。皓禎拾起那片羽毛，急忙用羽毛去掃弄吟霜的面頰和鼻子。歪打正著之下，吟霜打了一個噴嚏，睫毛閃動，睜開了眼睛。

靈兒俯頭看吟霜，急忙喊：

「吟霜，妳醒了是不是？看到我了嗎？」

吟霜睜大了眼睛，看到皓禎著急的眼神，她轉頭，又看到靈兒的臉孔。

「我在哪兒？」吟霜恍神的問，忽然坐起，驚慌的問：「我爹呢？我爹呢？」

吟霜搖搖晃晃的站了起來，茫然四顧，皓禎和靈兒急忙起身。皓禎生怕她再暈倒，伸手扶住她，急切的說道：

「吟霜！妳爹……會在天上保佑妳的！妳要振作起來，我想……妳爹最不想看到的，就是妳現在這個樣子！」

吟霜眼前閃過父親遺體的畫面，頓時全部想了起來，立刻悲從中來。她把身邊的靈兒一抱，痛哭喊道：

「靈兒！我爹死了！我娘也死了！現在只剩我孤單單一個人，除了猛兒，我什麼親人都沒有了！」

靈兒背脊一挺，有力的說：

「妳還有我！我們袠家班會收留妳！妳還能當神醫幫大家治病！我們一起跑碼頭，一起找生活！」

皓禎就正色的，鄭重的，承諾的說道：

「不止靈兒，妳還有我！我一定會好好照顧妳，蒼霧山中的一抱，加上今天這陣颶風，已經把我捲進妳的生命裡去了！我再也不會放開妳！」

吟霜從靈兒肩頭，抬頭淚眼看著皓禎，兩人眼中，一個充滿了悲悽，一個充滿了憐惜。

7

就在郊外發生龍捲風的同時，東市裡也不平靜。因為颶風沒有經過長安市區，攤販和群眾都不知道颶風的事，照樣在做生意，依舊熱鬧無已。

忽然間，漢陽帶著衙役約二十人出現，徇徇儒雅，從容淡定。衙役步伐整齊，踩在地面篤篤有聲，一行人逕自走向裘彪。市場內攤販、老百姓都驚惶的讓出路來。

「請問裘彪班主是哪一位？」漢陽有禮的問。

裘彪一步上前，雙手抱拳行禮。

「在下裘彪，不知道官爺有什麼指教？」

「你們這個雜技班四海為家，日出而作，日入而息，到處行走江湖，是嗎？」漢陽咬文嚼字的問道。

「裘彪沒唸過多少書……」裘彪頭痛的回答：「沒住過四海，連海長得啥樣也不清楚，都在一個城一個城的換地方，就是跑碼頭耍雜技討口飯吃就對了！」

「你們這個雜技班一共有多少人？」漢陽依舊溫文爾雅，看起來風度翩翩。

「加上在下，和小女，一共十二個人！」

「嗯！」漢陽點頭，看著逐漸聚攏的雜技班。「現在人都在嗎？」

「除了小女，都在這兒！」

「我是大理寺丞方漢陽，有請諸位跟我去大理寺走一趟！」

攤販開始議論起來，裘彪這才知道漢陽是來捉拿他們的，大驚失色急問：

「我們裘家班犯了什麼法？」

裘家班裡的眾人，個個緊張的摩拳擦掌起來。

「我何曾說你們犯法？只是有人糾舉你們，前些日子用『雞飛鼠跳』的妖術大鬧市場，必須去我們那兒說明一下！」漢陽眼睛掃過眾人：「雞飛鼠跳，是你們做的吧？」

小猴子做賊心虛，急忙小聲說道：

「不是我們！不是我們！」

裘彪回頭就大喊一聲：

「官兵又來抓老百姓了！這長安還能混嗎？兄弟們！闖！」

雜技班個個抄了傢伙，就往四面八方逃去。漢陽一步攔在裘彪面前，說：

「還是請班主跟你們的兄弟說一聲，大理寺只在調查案子，不會為難大家，說清楚了就可以回來繼續做生意。如果多加抵抗，會讓整個市場混亂，請班主以大局為重，不要誤傷百姓！」漢陽說著，還恭敬的雙手行禮。

裘彪沒見過這麼有禮的「官」，整個人傻住了，像是被催眠了一般，居然不再拒捕，帶著整個裘家班，跟著漢陽走了！

❖

而靈兒完全不知道裘家班已經被官府帶走，她和皓禎帶著吟霜，回到了吟霜的租屋，再度面對滿室零亂和白勝齡的遺體。

吟霜一見到父親遺體，情不自禁的又撲上前去。看到銀針還插在遺體上，就一根一根的拔著，每拔一根，淚水就落下一滴。靈兒忍不住，也上前去幫忙拔針。

皓禎打量著那像經過戰爭一樣的房間。門口，還擠著看熱鬧的人群，皓禎問鄰居：

「到底這兒發生了什麼事？好好一個人，怎會被刺死了？那傷口一看就知道是劍傷！白神醫這麼好的人，總不會有敵人吧？」

「哎呀！都是那個伍項魁！說是公主要一件百鳥衣，他奉命來抓猛兒！帶了一群人來又打又砸又射箭，白神醫要保護那隻鳥，就被殺死了！」一個鄰居說道。

「又是那個伍項魁！」皓禎滿面憤恨。吟霜低俯著頭，一面拔針，眼淚不停的掉，聽了鄰居的話，低語：

「我爹，那麼好的一個人，為了一件百鳥衣，死於非命！這實在太不公平了！不是『心存善念，百病不容』嗎？不是『正心誠意，趨吉避凶』嗎？」

皓禎一震，蹲下身子，幫忙拔針，問道：

「這幾句話，在妳幫祝大人治病推拿的時候，我聽妳唸過！這是什麼口訣嗎？」

吟霜眼光直直的看著勝齡死去的面容，說道：

「我爹，他在我六歲時，就教我醫術，還把他自己沒練成功的治病氣功傳授給我。我那推拿就是治病氣功，我爹和我娘告訴我，當我用這氣功治病時，一定要虔誠的唸那口訣，**因為，就算是大夫，也要用善良的心，真摯的大愛治病，那才是最好的良藥！**」

皓禎聽得出神，白勝齡夫妻，有出世的飄逸，有入世的仁慈，為何不長命呢？

「我爹和我娘，他們是神仙一樣的人……」吟霜繼續落淚說：「我們在山中採藥製藥，再到山下的村莊裡去幫人治病，我很小就跟著他們，什麼樣的病人都看過。我們救活過很多的病人，我爹都說是因為我們心存善念！可是……可是……他現在躺在這兒，為了一件百鳥衣，被人殺死了！他沒有救活自己，我也沒有救活他……」

吟霜說著，大慟仆伏在勝齡身上痛哭。

皓禎眼眶紅了，拍撫著吟霜的背脊，著急心痛的說道：

「別哭了！平靜下來，經過了颶風吹襲，剛剛才昏倒，不要把自己弄病了！我也會氣功，讓我幫妳用氣功推拿一下行嗎？妳這樣我真的很擔心呀！」

吟霜振作了一下，拭淚說道：

「你那個學武的氣功，和我爹學醫的氣功是不同的！這氣功我也不常用，因為我身體不好，我爹說會傷元氣！但它是很有用的，每次都很靈的，可是，可是為什麼這次救不活我爹啊？」

靈兒一邊聽，一邊陪著哭，此時一唬的從地上跳起身子，咬牙切齒的說：

「居然又是那個大混蛋！吟霜，妳別哭，我這就幫妳報仇去！」

靈兒說完，轉身就飛奔出門去。

皓禎要陪著吟霜，只能伸長脖子對靈兒喊道：

「先去跟妳爹商量一下再說！千萬不要輕舉妄動，上次東市的事都驚動朝廷了，別再讓妳爹也陷進危險！聽到了嗎？等我幫吟霜葬了她爹，再找寄南商量……」

但靈兒早已跑得不見蹤影了。

皓禎見一位好心的鄰居提了水，拿了帕子來，他就絞了帕子，幫著吟霜為父親拭去臉上手上的血跡。吟霜這才看了皓禎一眼，搶下帕子說道：

「我來就好！你的身分地位，別做這個，會弄髒了你的手和衣服！」

皓禎深深看她一眼，鄭重的答道：

「我的身分地位，就是守護一個無父無母，冰清玉潔的妳！為高尚的白神醫洗掉血污，更是一件神聖的事，怎會弄髒我的手？」

吟霜聽了，感動至深，眼淚又從眼中滾落。

❖

靈兒離開了吟霜的租屋，就氣極敗壞的一路飛奔著穿過人群，穿過長安的大街小巷，抄近路衝進東市，急促悲憤的喊著：

「爹！爹！你快帶著大家逃命要緊，那天東市調戲你女兒的癩蛤蟆，把吟霜的爹殺死了！」

攤販們驚叫，七嘴八舌的喊：

「什麼？白神醫死了？不可能啊！昨天還好端端的……」

「白神醫被殺死了啊？又是那個姓伍的敗類啊……」

靈兒找不到裘彪，見班子裡一個人都沒有，急問：

「我爹呢？我們的雜技班子呢？」

「靈兒姑娘！」一位攤販上前同情的說道：「妳爹和班子裡所有的兄弟，都被一個大官帶走了！妳趕快逃命吧！」

「什麼？全部帶走了？」靈兒聞言如五雷轟頂。「是哪個大官？是不是伍項魁？」

「不是姓伍的，是另外一個！說是你們那天用妖術什麼的……」

靈兒剛剛經過勝齡的慘死，又經過龍捲風的震撼，再經過吟霜的撕心裂肺，心智都沒恢復，也無法細想，聽到整個班子被大官帶走，腦子裡轟然一響，直覺大難臨頭，頓時驚惶無比，心亂如麻的喊：

「全部帶走了？我爹就乖乖跟著走？不好！他們要趕盡殺絕嗎？先殺吟霜的爹，再殺我的爹！」臉色慘變的說：「完了完了！我爹沒命了，我得去找救兵！」

靈兒便轉身飛奔而去。再度穿過大街小巷，穿過拱橋街道，抄近路一口氣跑到靖威王府門口。王府門口戒備森嚴，一群衛士站崗守衛，看到靈兒衝來，上前一攔。靈兒痛喊著：

「我要見靖威王竇寄南！」

「妳從哪兒來的？」衛士喝道：「咱們靖威王爺的大名，妳就這樣連名帶姓的喊？妳不要命了！」

靈兒抽出腰間繫著的流星錘，對衛士打去，衛士被打個正著。靈兒暴跳如雷的喊：

「我就是要見他！你們叫竇寄南出來！」

「哪兒來的瘋子？居然敢跟人動手？打！」

一群衛士立刻圍了過來，對著靈兒就開打。靈兒哪裡打得過，只能又跳又閃，手裡的流星錘亂揮亂舞，嘴裡大喊大叫：

「竇寄南！你快出來救我呀！新班主，你再不出來，我們裘家班真的要換班主了！竇寄南！竇寄南！竇寄南……」

正喊著，一個衛士抓了個空檔，一拳打在靈兒鼻子上。靈兒往後倒，仰天飛出去，鼻子流著鮮血。

寄南被這陣驚天動地的大鬧驚動了，奔出門來看個究竟。一看靈兒被打，大驚失色，急忙奔來，正好接住了仰天飛倒的靈兒。靈兒的流星錘往後一甩，又正好甩在寄南腦門上。寄南橫抱著靈兒，又是震驚又是痛，喊道：

「靈兒！妳為何要來謀害我？」

靈兒急怒攻心，咬牙說道：

「竇寄南！你想當我們那裘家班的班主，現在你就去當『一人班主』好了！因為，我爹和十個兄弟都被抓走了！這會兒，有命沒命都不知道！吟霜的爹已經被殺死了……你的手下，也快把我打死了……」

靈兒說著，眼淚就從眼角紛紛滾落。

寄南又驚又急，抱著靈兒往門內走，回頭對眾衛士怒吼：

「誰動手打她的？待會兒跟你們算帳！」

片刻以後，在王府大廳中，靈兒已經梳洗過了，拿著帕子，摀著還在流血的鼻子，坐在一張坐榻裡，一面擦著鼻子，一面狼狽的訴說著。寄南額頭腫了個包，仔細的聽著靈兒述說。丫頭不斷送茶，送帕子，川流不息。寄南越聽越沉重。

靈兒說完了，寄南走過來，低頭檢查她的傷勢。

「妳這冒失鬼，到了我這兒，不會好好跟衛士說嗎？瞧妳這場打，挨得真冤！怎麼血還沒止住？氣煞我也！」寄南喊著，摀著頭：「妳那是什麼武器？害我跟著受傷！」

「你們王府都一樣！」靈兒瞪眼：「你的手下跟伍項魁的手下比起來，並沒有高明多少！」

「居然拿我和伍項魁比，妳的腦子被蟲蛀了！」寄南臉色一沉。

「說話都說了老半天了，你還在這兒慢吞吞！」靈兒跳起身子，急如星火的喊：「我爹被抓走，你到底有沒有辦法救他們？」

「這事……」寄南想著。「得去找皓禎一起辦！」

「皓禎正忙著幫吟霜料理她爹的後事呢！」

「後事不急在一時，反正人都走了！但是，活著的人，早營救一刻是一刻！咱們走！找皓禎去！」寄南拉著靈兒就向外走。

❖

皓禎剛剛才安放了勝齡的遺體，陪著渾身縞素的吟霜從「靈安寺」走出來，說道：

「辦喪事不是一天兩天，總要找一塊風水比較好的地，現在暫時讓妳爹在廟裡住幾天，我再去安排一切。目前，最重要的是要給妳找個安全的地方住，妳那個家，已經不能再住了！」

「我還要回去收拾東西，我爹的醫書，我的銀針和藥箱，還有衣服……」

兩人正說著，只見靈兒和寄南急沖沖的奔來，靈兒臉上還帶著傷。寄南說：

「我們去了吟霜家，才知道你們來這兒了！」看著吟霜問：「妳還好吧？」問完才覺得是廢話，懊惱的一拍腦袋：「當然不好！所有發生的事，靈兒都對我說了！哎喲，腦袋疼！」

吟霜看看靈兒和寄南，心驚膽戰的問：

「你們怎麼受傷了？難道直接去找伍項魁打架了？」

「別管我跟誰打架，我們是趕過來商量的，我爹和整個裘家班都被抓走了！現在得先救我爹，再去幫妳報仇！」靈兒著急的說。

吟霜和皓禎大驚。皓禎急問：

「被誰抓走？是不是為了巫術妖術的事？」

「就是就是！他們硬說我爹會妖術，那雞飛鼠跳怎麼是妖術呢？就是我和小猴子幹的事嘛！那大官幾句話一說，就把我們整班的人都帶走了！」靈兒說。

皓禎看向寄南，恍然大悟的說道：

「這死腦筋的漢陽，還真當回事，居然把裘家班全部帶走了！」

「你確定是方漢陽？不是伍震榮的手下？」寄南問。

「我確定是方漢陽！」皓禎點頭：「因為是『帶走』，不是『抓走』！這是漢陽的作風，就算逮人，也不失風度！裘班主他們一定在大理寺！」

「既然你們認得那個大官，我們就趕快去救我爹吧！把一個妖術的大帽子扣在裘家班腦袋上，會不會砍頭呀？我去招認，活雞、老鼠，都是我的傑作！」靈兒嚷。

「妳不能去！」寄南一拉靈兒：「我和皓禎去！妳那個妳的傑作這種話也不許再說！現在已經成了妖術，妳想變成妖女嗎？這會兒，有理也說不清了！」

「那麼，你們趕快去救人要緊！我和靈兒回我家去收拾東西，我爹有很多珍貴的藥，都是他親手調製的，現在他再也不會做新的了！每瓶藥膏，每顆藥丸……都成了無價之寶，千萬不能丟！」吟霜說。

皓禎看著吟霜，千般萬般的不放心，說道：

「吟霜，妳剛剛喪父，又受到颶風驚嚇，現在身子虛弱，哪兒也不能去，要收拾妳爹的遺物，等我回來陪妳去！」又看寄南，鄭重的說：「寄南，現在只好先把靈兒和吟霜借住在你的王府裡，你那兒好歹有衛士可以保護她們！我們兩個，就趕緊去一趟大理寺吧！」

❖

大理寺中，方漢陽確實在審問裘彪，他端坐在庭上，裘彪和雜技班眾人站在下面。衙役若干侍立兩旁，庭上莊嚴肅穆。

忽然間，衙役大聲通報：

「靖威王竇王爺到！袁少將軍到！」

漢陽一驚抬頭。裘彪等人精神一振。

只見皓禎和寄南，並肩大踏步走上前來，站在漢陽面前。漢陽皺皺眉問：

「兩位一起過來，難道是為了裘家班嗎？」

「不錯！」寄南立刻侃侃而談：「漢陽，論年紀，你比我大了一點，論學問，你比我也高了一截！可是，論處世，你循規蹈矩，我玩世不恭！論出入環境，你不是在宮廷，就是在大理寺或宰相府，所以，你所見所聞，一定沒有我這個到處鬼混的人多！我現在用我所有的智慧來提醒你，捉拿裘彪，你大錯特錯！」

漢陽不悅的問：

「你是來教訓我的？還是來教我辦案？」

「我是來救你的！」寄南語不驚人死不休。

「這話什麼意思？我聽不明白！」漢陽說。寄南還沒回答，皓禎就接口說道：

「漢陽！當天出沒市場的，大概有三、四百人，正好我和寄南也是其中兩個！事情的經過，根本沒有榮王說的那麼嚴重！雞飛鼠跳只是打架中的一個環節！你真的有心辦案，不是辦雞飛鼠跳，而是該辦伍項魁！」

「你這是舉報伍項魁嗎？」漢陽睜大眼睛。

「對！三、四百人都可以做見證！那天伍項魁的目標是白吟霜和裘靈兒！這兩位姑娘，你也見過，就是那天押送祝大人時，出來治病的吟霜，和翻車的靈兒！」

漢陽眼前閃過那一幕，驚愕震動著。寄南就急呼道：

「你這長安城的神捕、大公無私的大理寺丞，敢不敢動伍項魁？不敢動伍項魁，就別把無辜的裘家班抓來交差！」

「這是什麼道理？」漢陽一愣：「聽說伍項魁才是受害者，搶民女搶到一半，就被雞飛鼠跳給嚇傻了！」

「哈哈！」寄南大笑：「那麼你已經知道伍項魁搶民女的事了？裘彪！趕快告狀！請這位青天大人幫你伸冤！我們都幫你作證，那天有伍家人欺負你的閨女！」

「是是是！」裘彪趕緊應道，就對漢陽一個勁兒行禮：「請青天大人為小民伸冤，把那位官爺抓起來！要不然還有別的姑娘會受害的！」

漢陽一怔，還沒開口，只見皓禎義正詞嚴，憤憤的說道：

「順道報案，今天一早，為了公主要一件百鳥衣，有位官爺帶了羽林軍，闖入民宅去抓鳥，居然把白神醫活生生打死！這官爺也是伍項魁！如果你和我想像一樣，是位有正義的大理寺丞，請先抓伍項魁！」

漢陽大驚，問道：

「那位在大街上救治祝大人的神醫被活生生打死了？真有此事？」

「現在遺體還暫厝在『靈安寺』裡，身上傷痕累累！致命的是劍傷，可以比對伍項魁的劍！因為他身邊的寶劍可是有名的！」皓禎激動的說。

漢陽著實震動，心裡的正義感翻騰著，遲疑的說：

「可是……這是兩回事吧！不能因為伍項魁的行為，就放掉雞飛鼠跳吧？」

小猴子再也忍不住了，大哭著跪了下去，哭著喊道：

「青天大老爺！是我小猴子做的，那天靈兒姑娘和吟霜姑娘被欺負，這兩位公子打不贏那麼多人，是我爬到樑上，把兩籃活雞給丟下去的！」

大家都看向小猴子，漢陽不解的問：

「那麼，老鼠呢？」

「老鼠是靈兒姑娘幹的，那個姓伍的被活雞砸了滿頭滿臉，還在那兒亂罵一通，靈兒姑娘站在牆邊，沒辦法進去幫忙打架，忽然有隻老鼠從靈兒姑娘面前跑過，她抓起老鼠，就像射飛鏢一樣，對姓伍的射過去，哇！正中目標！」小猴子表情豐富，雖然涕淚交加，卻說得活靈活現。

眾人呆了呆，你看我，我看你。皓禎趕緊說道：

「妖術之說，真相大白！漢陽，這位小兄弟才十歲！幫著好人打壞人，應該獎賞一番才對吧？假若你不辨伍項魁，卻把這小兄弟和裘家班抓起來，你會讓百姓大大失望的！」

「哈哈！」寄南嘻笑的接口：「打架有各種打法，這小猴子和靈兒別出心裁，就地取材！這對我們學武的人，是一種啟發！善哉善哉，小猴子、俏靈兒！」

漢陽看著兩人，眼底閃著莫測高深的光芒，再看看雜技班眾人，搖搖頭一嘆，說道：

「總算真相大白，妖術不攻自破！裘家班暫時回去吧！如果案情再有轉折，務必請你們再來說明！」

「還要再來說明？你辦不辦……」寄南不滿的嚷。

皓禎急忙拉了一下寄南的衣服，阻止他說話，大聲喊道：

「裘彪和兄弟們，趕快謝謝青天大老爺放了你們，咱們這就走吧！」

就這樣，皓禎和寄南，出乎意外的順利，救出了裘家班。大家立刻趕到東市，靈兒也趕來了，帶著班子裡的人，就匆匆收拾著行裝。靈兒拖來箱子，乒乒乓乓的把賣藝的東西往箱子裡丟去，嚷著：

「爹！好不容易你們脫險回來了！這個長安城太不安全，你們趕緊收拾東西逃命去吧！那個大官現在放了你，說不定那天又要來抓你！」

「那妳呢？難道妳不跟我們走？」

寄南看看靈兒，捨不得的說道：

「裘班主，我們會保護靈兒的！」

「吟霜剛剛失去爹，傷心得不得了……」皓禎也誠摯坦白的說道：「我們想讓靈兒陪她一段日子，幫她度過這段傷心的時期！」

裘彪奪下靈兒手裡的東西，激動的大嚷：

「他們殺了白神醫，咱們就趕著逃命，那還是人嗎？裘家班雖然功夫不大，也都是有情有義的兄弟，咱們要給白神醫報仇！」

「你報什麼仇？」靈兒跺腳說：「咱們這一大家子人，要點小功夫唬唬老百姓可以，和那些有權有勢，動不動就來幾百個羽林軍的人相比，是他們的對手嗎？要真是他們的對手，你們還會被帶到大理寺去？」

「要走，妳這丫頭也得跟我一起走！」裘彪說。

「唉！爹，你別婆婆媽媽了，你們快走，我裘靈兒命賤，閻羅王還不稀罕我呢！你們走了，我才比較安心！」

「裘班主，你放心吧！」寄南說：「我會派兩個人護送你們，等到你們都安全了，我再把靈兒護送過去，這樣你放心了嗎？」

裘彪勉為其難的點頭應允，嘆氣說道：

「唉！笨女兒啊！妳可要自求多福，爹就聽妳的，保命去了！」對皓禎和寄南託付：「我這傻丫頭就先交給你們兩位了！請幫我問候吟霜！」

「我會把你的問候帶到的！」皓禎環顧眾人，一一行禮：「後會有期！」

眾人一起回禮，依依不捨的，拱手齊聲說道：

「後會有期！」

❖

送走了裘家班，皓禎、寄南和靈兒立刻回到靖威王府。寄南已經幫吟霜和靈兒準備了一間精美的臥室。當三人去救裘家班時，吟霜一直臉色蒼白，神情悽楚的呆坐在床沿。靈兒回到房裡，這才開始東張西望打量著房間。

皓禎看著寄南，說道：

「這兩天，吟霜和靈兒就住在你這兒了！我還要去安排白神醫的後事，至於報仇，我們再商量著辦！絕不能讓白神醫這樣死不瞑目！」

「你放心吧！我這兒房間多，讓她們住一陣不成問題！你也該回去了吧！」

「是！這一整天真夠受！」他就看著吟霜說道：「我知道妳吃不下，睡不著，但是，總要試著去吃點東西，試著好好睡一覺，我隨時過來看妳！」

「謝謝你！」吟霜低聲說，看眾人：「還好你們把袠家班救出來了！那個大理寺丞，沒有很刁難吧！」

「那個大理寺丞啊，妳見過的，就是那天在長安大街，押送祝大人的官員，他實在是個人才！可惜他爹是右宰相，在朝廷上，屬於伍家那派，他們就算知道伍家的惡行惡狀，也不會動伍家的！」皓禎說。

「那可不一定！漢陽是個熱血青年！總有一天，他的良心會提醒他！否則，今天他也不會放掉袠家班！」寄南說。

靈兒總算到處打量夠了，一屁股坐在吟霜身邊，對兩人說道：

「原來你們有錢人都住著這麼豪華的房子！好了，你們都退下吧！吟霜哭了一天，累了一天，該休息了！你們退位，我來接手！安慰吟霜，是我的事了！」

「靈兒！」寄南忍不住叮囑：「我家這個小偏院很安靜，妳最好不要亂闖，丫頭會來侍候妳們，不要再引起那天打架受傷的誤會！」

靈兒對寄南一瞪眼，問道：

「你的夫人住在哪兒？還有你的如夫人，小夫人，各種夫人都住在哪兒？怕我們兩個姑娘嚇到她們，引起誤會，是嗎？」

寄南對靈兒哭笑不得的大聲說：

「我還一個夫人都沒有！行了吧？」

「咦！」靈兒大驚小怪的說：「這長安城裡，居然沒有一家的姑娘願意嫁你呀？你的名聲這麼壞？」

寄南生氣起來，對靈兒一瞪眼說：

「妳簡直……」

皓禎趕緊息事寧人，拉著寄南就走。

「千萬別吵，她們兩個都累了。我們確實該出去，讓她們好好休息。」

皓禎就深深看了吟霜一眼，拉著寄南出門去了。

8

這天，天氣晴朗，萬里無雲。皓禎、寄南、魯超騎著馬，走在兩邊都是農地的鄉間道路上。一眼望去綠油油的小麥田地，農民們忙著除雜草，兩邊都是忙碌的農民和農婦。這些農民個個衣衫襤褸，面黃肌瘦，工作得十分辛苦，似乎不堪負荷。

寄南不滿的對皓禎說道：

「這已經是永業村了，距離長安那麼遠，你還沒幫吟霜找到一塊滿意的墓地嗎？我跟你說，你只要在長安附近，任何荒郊野外找塊地就行了！吟霜上墳比較容易，不要來這麼遠的地方！」

「是呀！公子！」魯超深以為然：「這兒都是農地，不是墓地，要找墓地，還是回長安附近去找吧！」

「別吵！我們確實跑得太遠了！我在找像她家鄉普晴山那樣的地方！」皓禎說。

「那……你知道她家鄉長得什麼樣嗎？」寄南問。

「不知道……」皓禎四面看著：「應該是個山明水秀，地靈人傑的地方吧！」忽然看向遠處，驚喊：「你們看！那一大片烏雲是什麼？」

三人看去，只見天空一大片黑呼呼的雲層，迅速的向農地飛捲而來。

「還有嗡嗡嗡的聲音呢！你們聽到了嗎？」寄南驚愕的說。

農民也被驚動了，紛紛起身向天空看去。只見那片烏雲，黑壓壓，密麻麻，重重疊疊的對農田飛撲過來，嗚嗚有聲，像一個天空中的大怪獸。

驟然間，一個農民驚惶至極，悽厲大喊：

「蝗蟲！蝗蟲！大家快拿傢伙呀！蝗災又來了呀！」

農民一陣紛亂，奔跑，叫嚷，奔回屋裡拿傢伙，農地瞬間變成戰場。

皓禎三人還在驚怔中，只見那片烏雲已經直撲向農地。原來全部是蝗蟲，千千萬萬隻數不清，像是大軍壓境，剎那間，已經攻佔了整個麥田。首批蝗蟲迅速的飛降到小麥田裡，啃食著綠苗，天上，更有無數無數的蝗蟲飛來，整個天空都暗了下來。

「不得了！這些蝗蟲簡直是土匪強盜！」皓禎驚喊。

皓禎從馬背上跳下地，拔出雙劍，就衝進農田，雙劍在蝗蟲陣中飛舞。寄南也拿出他的玄冥劍，對著那些蝗蟲又劈又刺又砍，使出全身武功。魯超也跳下馬，拿出武器，攻入農地，和空中密密麻麻的蝗蟲奮戰。寄南邊邊打邊罵：

「我殺你一個是一個！居然敢搶我們農民的糧食！」

農民們拿著鍋碗瓢盆，不住瘋狂的敲打。但是，那些蝗蟲「前吃後繼」，對鍋碗瓢盆完全不顧。皓禎等人的最強武器，對那千千萬萬的蝗蟲也都無可奈何。

剎那間，蝗蟲來得急，去得快，又都像一陣烏雲般飛撲而去。只見農田，已被風捲殘雲般吃得光禿禿，什麼麥子都不見了！狼狽的農民丟下鍋碗瓢盆，哭倒在麥田中。一個老農民，哭得悽慘：

「去年才鬧蝗災，租稅還欠著，現在辛苦種的麥子，眼看過陣子就可以收割了，這可惡的蝗蟲還是不放過我們，老天不給飯吃呀！」

農民們呼天搶地的哭著，捶著地：

「才到春天，麥穗都還沒成熟，怎麼蝗蟲又來搶！」

一個農婦嚎啕大哭，喊著：

「這是要我們上吊嗎？不能活了，不能活了……」

寄南、皓禎、魯超見農民們哭得慘厲，震驚的上前。寄南大聲說道：

「別哭了！我靖威王竇寄南在此，你們的損失，本王看見了，到底損失多少？我幫你們去減免租稅！」

農民們一聽，全部圍繞過來，七嘴八舌喊：

「賫王爺救命呀！小民們已經三年沒繳租稅了，今年再不繳，田地就要被朝廷沒收了！沒有田地，咱們要怎麼活下去？」

「家裡也沒糧食，孩子們都快餓死了！還要繳稅！」農婦哭著。

「什麼？就在長安城外，居然有人要餓死？」寄南看著農婦：「難道幾年都沒有賑災嗎？還要繳稅？」說著，就怒氣沖沖問：「你們的知縣是誰？」

皓禎一拉寄南說道：

「這事恐怕和知縣無關，他們是農民，賦稅有規定！像你是王爺，名下就有六頃良田，還能免稅，他們沒有！蝗蟲過境，不構成不繳稅的理由！」

「豈有此理！王爺就享有特權嗎？」寄南大怒。

「不錯！」皓禎說：「我爹也有，他是勳官三品以上，免徵稅！至於啟望，就更別說了！」

寄南一怔，突然大聲對眾人說道：

「大家不要哭！我靖威王保證你們今年可以不繳稅，至於目前沒糧食的問題，你們等著，我馬上幫你們解決！」一拉皓禎：「上馬！我們快馬加鞭，幫他們找糧食去！」

三人就迅速上馬，疾馳而去。魯超被派回了將軍府，皓禎和寄南則一路衝刺到了太子府。太子驚愕的看著兩人問：

「什麼？蝗災？不能免稅？全村都快餓死了？朝廷的稅制是不是出了問題？」

「先別管稅制了，那是後話，現在最著急的是要給那些災民糧食！」皓禎急急說道：「魯超已經快馬回將軍府，我猜我家已經全部出動，能搬能拿出來的，一定都拿去了！我們要分三路進行，你這兒怎樣？」

「這根本是我李啟望的事，我怎會坐視不顧？」太子著急大喊：「來人呀！把府裡的糧食，不管是大米小米，還是麥子玉米，還是綠豆紅豆黃豆黑豆……通通用馬車運到永業村去！」

「殿下，全部嗎？」鄧勇一驚上前：「那太子府裡這麼多口人，要吃什麼？」

「鄧勇！不要小器！」寄南喊道：「只聽說餓死百姓，還沒聽說餓死太子的！」看著太子：「你這兒能拿的都拿，我們兩個該回到靖威王府去搬糧食了！」

兩人回到靖威王府，看到王府一片忙亂，衛士們正在一包一包的把糧食搬到院子裡，堆在裝貨的馬車上。寄南下馬就監督著，喊著：

「快快快！府裡有什麼拿什麼！都堆到馬車上去！必須在天黑前趕到！」

靈兒和吟霜聞聲而來。靈兒驚看著滿院的衛士、馬車和搬運中的糧食，喊道：

「竇寄南！你們在幹什麼？」

「妳沒看到嗎？在搬糧食！」寄南頭也不回的說。

吟霜就走到皓禎面前去，詢問的看著皓禎，大惑不解的問：

「搬糧食？要搬到哪兒去？」

皓禎看著吟霜，一本正經的說：

「今天都是托妳的福，讓我見到從來沒看見的奇景，還打輸了一架，現在，有一個鬧饑荒的村莊，因為妳而不會餓死！」

「打輸了一架？輸給誰？你也會打輸？」吟霜不解著。

「我也會打輸，而且輸得很徹底，寄南和魯超全部輸了！」

「那強敵是誰？你們又碰到姓伍的人了？」靈兒稀奇的挑著眉毛。

「天下的災難不是只有姓伍的人，我們輸給蝗蟲了！」皓禎說。

「哦？哪個村莊鬧了蝗災？」吟霜恍然大悟：「你們正急急的幫他們送糧食去？難道他們在鬧蝗災以前，就都吃不飽了？」

「正是！」皓禎回答。

吟霜回頭就跑，邊跑邊說：

「我跟你們一起去！我去拿我的醫藥箱，如果他們又餓又累，一定是貧病交迫，我去幫他們治病扎針！」

「那我也要去！你們真是笨，怎麼連蝗蟲都打不過！」靈兒嚷著。

「奇哉怪也，難道妳打得過蝗蟲？妳看過蝗蟲過境的情形嗎？」寄南瞪視靈兒。

「雖然沒看過，想像也知道！不過是蟲子嘛！」靈兒振振有詞：「你們不會讓村民用稻草紮成火把，燒幾千個火把，用火燒牠們，用煙燻牠們嗎？」

寄南啼笑皆非的嗤笑著：

「好方法！等妳的火把紮好了，蝗蟲早就把莊稼吃光了！」

吟霜抱著醫藥箱奔來，急急的喊道：

「寶王爺，只送糧食不夠，府裡有舊衣裳舊棉被，也都送去吧！饑寒兩個字，一直是連在一起的！饑寒交迫，饑寒交迫呀！」

寄南被點醒了，一拍腦門說：

「我怎麼沒有想到還要送衣服棉被！」大喊：「來人呀！趕快，準備衣服棉被！」

皓禎不禁深深的看著吟霜，見她在這緊張時刻，從喪父的悲哀中走出來，積極振作只想助人的情形，十分感動著。他心裡不由自主的默唸著：

「如此堅強，如此智慧，如此善良，世間能有幾個白吟霜？」

兩個時辰後，永業村的村莊外，已經搭起幾個臨時軍用帳蓬，吟霜在帳蓬裡給村民診治扎針，忙忙碌碌。帳蓬外，也搭起一連串幾個大灶，大灶上煮著香噴噴的大鍋飯。另外還有許多大灶，王府和太子府裡的伙夫都出動了，都穿著便衣，正熱騰騰的在炒菜。

村民個個衣衫襤褸，排隊拿著碗裝著飯菜。

寄南、皓禎、魯超都在指導著陸續來到的馬車，卸下各種糧食物資。

一團忙亂中，太子一身便衣，跳下一輛馬車指點命令著：

「鄧勇，恐怕你們要趕緊幫他們搭一個臨時的糧倉，把這些糧食先堆進去。然後分類，計算一下有多少人家，每家能分到多少糧食……」

寄南和皓禎一驚，都奔到太子身邊去。

「你怎麼親自來了？」皓禎四面察看，不安緊張的說：「帶的人手夠不夠？這種事，你還不能放心的交給我和寄南嗎？」

「你快快回去吧！你在這兒我更忙！」寄南也著急的喊著：「鄧勇……」

太子一攔，堅定的說道：

「你們兩個不要太緊張好不好？長安城外永業村，居然有災民！我想到自己在京城裡豐衣足食，簡直坐立不安！真是『朱門酒肉臭，路有凍死骨』！」

「可是你這樣多不安全？我忙得很，現在要黏在你身邊保護你！你知道有多少人想要你的命嗎？」皓禎著急的說。

「算了算了！」寄南灑脫的擺擺手：「說他也沒用！從小就是這樣，任性！反正他命大！蝗蟲我們兩個打不過，如果有人敢來破壞我們賑災，我可絕不手軟！」

「都是你們兩個的錯！既然告訴了我，我怎麼可能不來？」太子說：「何況，我也想看看那蝗災過後是怎樣的場面？剛才過去看了，簡直觸目驚心！」

三人正說著，吟霜提著一個水桶，從帳蓬裡出來，挽著袖子急步走來，喊道：

「皓禎！我需要乾淨的水，越多越好！這些孩子身上都有瘡！我得一個個上藥弄乾淨，我的銀針也不夠用……」忽然看到太子，趕緊站住。

皓禎急忙介紹：

「吟霜，過來見過……李大人！」

太子被吟霜的美麗吸引了，仔細看了一眼。

「吟霜？哪兩個字？」太子問。

吟霜落落大方的行禮：

「見過李大人！小女子名叫吟霜，吟詩的吟，霜葉的霜！」

太子衝口而出：

「好名字！」看皓禎，說道：「蘭有秀兮菊有芳，佳人不同兮在書香！過幾天，你要好好跟我介紹一下這位姑娘！」

寄南笑著說：

「李大人好眼光！此佳人還是一位女神醫！連祝大人都被她治過……」

皓禎瞪了寄南一眼，寄南趕緊住口。此時，靈兒大驚小怪的衝了過來喊：

「寄南！竇寄南！你還不趕快來幫忙，這兒有一位老爺爺發瘋了！吃了六大碗飯還要吃！如果撐死了怎麼辦？不讓他吃，他就大發脾氣……」看到太子，一愣，繼續說：「餓死事大，撐死也不行吧！」

「咳咳！」寄南趕緊咳著喊：「妳這個丫頭，什麼寄南竇寄南的亂喊！要喊竇王爺！過來！趕快見過李大人！」

靈兒盯著太子看了一眼，好奇的說：

「李大人？你不會是一位王爺？一位皇親國戚？」

「妳怎麼知道我是一位王爺？是皇親國戚？」太子一驚，這樣微服出門，已經穿得非常樸素了，怎麼會被這個丫頭一眼看透？狐疑中，靈兒更發出驚人之語：

「我打賭你不止是個李大人！你的地位可大了！」

太子更驚，吟霜趕緊拉了靈兒一下，喊道：

「我去盛水，妳來幫忙提水吧！」

靈兒正要跟著走，太子一步攔在前面，好奇的問：

「為什麼我不止是個李大人？妳說說看！」

吟霜急著要提水，就看著太子說道：

「靈兒只是猜想，如果你是個大人，竇王爺就不會罵靈兒直呼他的名字了！」就正色說道：「這兒有很多需要幫忙的人，不管你是大人還是更大的人，都來幫忙行不行？提水的提水，燒火的燒火，煮飯的煮飯……這些災民太可憐了，他們衣食不濟，貧病交迫，他們才是現在最大的人！」

吟霜一篇話，讓三個公子都傻了，包括太子，立即全部加入工作，忙碌起來。

❖

永業村太子親自賑災一事，很快就傳進了宮裡。這天，大家聚在皇上的偏殿中，義王笑呵呵的對皇上說道：

「皇兄，太子這次風馳電掣的救災行動，實在太讓人感動了！那些老百姓事後才知道除了靖威王、少將軍，還有一位太子在幫他們提水燒火送糧食，個個都誠心的哭了！說要幫太子立上長生牌位，天天為太子祈福！」

「哎呀，怎麼會讓老百姓知道的？」太子不安的說：「我只是悄悄過去，那兒缺人手，我總不能什麼事都不幹！」

「那天太子也太大意了，」皓禎由衷的說：「隨從衛士雖然穿著便衣，三個府裡的人都認得太子，人多口雜，難免會洩露！」

伍震榮不懷好意的笑著，話外有話的說：

「皓禎這話就見外了！你和寄南，應該算是太子身邊的左右謀士，既然讓太子涉險到災區，怎會不讓百姓知道呢？更不會讓太子閒著吧！」就看著皇上說道：「陛下，這個賑災，靖威王和少將軍功不可沒！皇上如果要論功行賞，可不能忽略他們！」

皓禎和寄南氣憤的互視一眼。太子急忙接口：

「榮王錯也！本太子到災區，也嚇了皓禎寄南一大跳！」

皇上心裡溫暖著，對伍震榮的話似乎沒聽懂，心無城府的說道：

「不管怎樣，這次啟望親自去救災，朕聽著也很震撼呢！而且連太子府，將軍府和靖威王府的糧食都拿去救急了！朕的兒子和臣子，都讓朕由心坎裡感到驕傲！」就大聲吩咐道：

「曹安！趕快先讓宮裡撥出三千斤糧食，分別送到他們的府裡去！」

曹安大聲應道：

「領旨！曹安這就去辦！」

「皇上別急，府裡還是有東西吃的！瘦死的駱駝也比馬大！」寄南笑嘻嘻。

「陛下！」皓禎趁機稟道：「真正讓人擔心的是那些災民！天子腳下的老百姓，居然被一群蝗蟲給打敗了！自己都吃不飽，還要年年上稅！皇上如果要論功行賞，就賞給微臣一個恩典，今年免除了永業村的賦稅！」

皇上深深看皓禎，欣賞的點頭：

「皓禎所請照准！不過這不是賞賜，這是應該的。」皺眉思索：「為何稅制裡沒有災民免稅這條呢？」

右宰相方世廷趕緊稟告：

「啟稟皇上，是有的！但是許多毛病也隨著發生了！沒有災情卻謊報災情的事屢屢發生，朝廷年年發放賑災的銀子，也往往用不到災民身上去！尤其蝗災這種事，如果不是親眼目睹，只要村民聯合，誰都可以說鬧了蝗災，就不上稅了！」

寄南看到這左右宰相就生氣，聽了這番言論更生氣，對世廷口氣不佳的說：

「右宰相不會認為這次的蝗災有詐吧？」

「有少將軍和靖威王親眼目睹，又有太子親自賑災，怎會有詐？」世廷一愣說道：「世廷只是答覆陛下的問題而已！」

寄南、皓禎和太子，都交換著暗怒的視線。

皇上卻積極說道：

「啟望、寄南、皓禎，你們親民愛民，朕都感同身受！百姓的溫飽是天子的責任！這次，朕一定重重賞賜！重重賞賜！義王吾弟，你幫朕想想，要如何賞賜這幾個孩子！」

「遵旨！領旨！」義王歡聲的說：「本王一定稟承皇上的恩澤，想出最好的方案，重重賞賜！重重賞賜！」

伍震榮和方世廷交換著不安的一瞥。

當天，皇后就知道這事了。在密院中，她恨恨的一跺腳，對伍震榮說道：

「蝗災？難道連蝗蟲都幫著他們？這下子，太子的聲望不是更大了？」

伍震榮困惑已極，百思不解的說：

「下官已經去看過了，還真是鬧了蝗災！只是，下官左想右想，就是想不出來，這袁皓禎和竇寄南有事沒事，跑到永業村去做什麼？」

這個問題，恐怕是震榮和皇后永遠都猜不透的謎！

9

丫頭捧著一疊白色繡著小花邊，非常考究飄逸的衣服，放在吟霜面前。吟霜一驚，抬頭就看到皓禎微笑的臉孔，和他那溫暖的眼神。皓禎指指衣裳說道：

「我知道妳現在還是在熱孝期間，但是，這兒好歹是寄南的王府，妳不能每天穿著素服，所以我幫妳準備了一些白色的衣服，可以換著穿！」

「你想得太周到了！」吟霜驚愕而感動。

「聽小樂說，皓禎已經在郊外幫妳找了一棟房子，正在大費工夫的裝修！」靈兒說：「等到房子裝修好了，妳就有自己的家了！」

吟霜再度驚愕看皓禎。

「我有個地方住就行了。還裝修什麼？我和我爹，什麼破房子舊房子都住過，只要收拾乾淨就好。你太費心了！」

「妳也苦夠了！目前長安城裡我不放心，總要把妳安排好！」皓禎說道：「鄉下房子只能隨便住住，也沒裝修什麼，就是『收拾乾淨』而已！還有，妳爹的墓地，我就依妳的意見，在附近的虎頭山上定下了，選個日子，我們也該讓妳爹入土為安！」

吟霜點點頭，提到爹，她的眼神就暗淡下來。

「妳別再為妳爹傷心……」寄南安慰吟霜：「如果不是為了幫妳爹選墓地，我們還救不了永業村的災民，妳爹一定是天上的什麼神仙，把我們帶到那兒去的！」

靈兒擁著吟霜，笑著說：

「而且還幫太子寄南皓禎獲得大大的賞賜！妳爹在天上看著我們呢！下葬那天，妳不許哭！」

吟霜低下頭，暗暗傷心著。皓禎看著她，也暗暗心痛著。

終於，到了下葬那天。虎頭山那塊墳地，在山頂最高處，俯瞰著山下的層巒疊翠，遠眺著四周的遠山遠樹。這塊地並非墓地，是皓禎特別為勝齡買下的。此地環境清幽，沒有別的墓，這樣，吟霜上墳時，就不用和別人擠著燒香。至於可以遠眺，皓禎是這樣告訴吟霜的：

「無論從哪一個方向看去，總有一個方向，面對著妳娘的墓地！他們這對神仙眷侶，不能同穴相依，也可遙遙相望！」

皓禎能夠體貼到這個地步，吟霜心中大大震動，只能淚眼相看，無言以答。

墓碑上寫著「神醫白勝齡之墓　不孝女白吟霜泣立」。

勝齡下葬了，白幡飄飄，香煙裊裊，和尚們圍繞著墓地誦經。吟霜一身縞素、盈盈欲涕，更顯得楚楚可憐、飄飄欲仙。靈兒、皓禎、寄南、小樂、魯超都哀傷的陪著吟霜。等到棺木入土，吟霜含淚跪在墓碑前燒紙錢，低語著：

「爹！我知道你要我長成一個像娘那樣的女子，超然脫俗！但是，想著我那殺父之仇，我怎能甘心呢？」

靈兒聽著吟霜的低語，咬牙切齒，心裡發著誓：

「吟霜，如果我不能幫妳報仇，我就不配當裘彪的女兒，不配當江湖上的奇女子！妳等著瞧！」

和尚們灑著剪成圓形的紙錢，紙錢隨風飛舞。

皓禎臉色沉重，陪在吟霜身旁，跪在那兒，也幫著燒紙錢。

葬禮悲悽而莊重的進行著。

矛隼在天空翱翔，盤旋，悲鳴著。

葬禮過後數日，寄南就被皇上召進宮，要他去一趟洛陽，拜訪洛陽的府牧、府尹、少尹等高官。寄南對於這種應酬之事，實在頭痛。但是，皇上看重他，才會給他這麼重要的工作，他只得奉旨去洛陽。他離開長安之後，皓禎就把吟霜從靖威王府，接到他為她精心裝修的那棟鄉間小屋去了。離開王府那天，皓禎對靈兒有點不高興，本來想讓靈兒陪著吟霜住進小屋，誰知靈兒也離開了長安城！吟霜告訴皓禎：

「靈兒說，小猴子跑回來報信，說裘班主到了季門賣藝，離長安不遠，她就待不住了，說是要和我小別數日，去幫幫她爹！」

「原來如此。她說走就走，也沒跟我知會一下！」

「靈兒是獨斷獨行的人，什麼規矩都不管，哪兒會想到要知會你！」吟霜笑著。

看到吟霜的笑，皓禎心裡，就飄過一陣春風。就像搬家這天的天氣，陽光普照，風和日麗。小屋坐落在一片山明水秀中，屋後，是一片青翠的竹林，屋前，是一片新栽種的花圃。這時正是春天，花圃中，玫瑰與杜鵑爭艷，金雀花與鳳仙花怒放，奼紫嫣紅，煞是好看。小樂駕著馬車，循著石板鋪的馬車道，踢踢踏踏來到小屋前。吟霜被皓禎抱下馬車，看到這種景致，就整個人都呆住了！

「這些花，是本來就有，還是你種的？」吟霜問。

「本來就有，不在這兒，我不過找花匠把它搬過來而已！」皓禎笑著，指著一叢花說：「這花的名字叫『仙客來』，是不是太應景了？」

吟霜深深的看了他一眼，眼中盛滿了各種言語。然後，她掉頭看著四周的環境，小屋藏在竹林掩映中，倒是非常樸實的小農莊。小屋左側有馬廄，右側有雞鴨鵝等家禽的柵欄。花圃前面，是一片綠地，石板路蜿蜒著，不知通向何方。幾株杏花樹，點綴在綠地上，遠眺過去，山在虛無飄渺中。吟霜看得醉了。

「妳以後就暫時住在這裡，這兒要進城有段路，雖然不方便，但是，應該會很安全的。」皓禎說：「希望這個環境，有一點點妳家鄉的味道！」

「我家鄉比這兒原始，沒有人幫玫瑰杜鵑仙客來鳳仙花搬家……所以，這兒更美！」吟霜說。

皓禎笑了，拍拍小樂的肩。小樂就揚著聲音喊：

「常媽、香綺，公子和吟霜姑娘到了！」

常媽帶著香綺奔出門來迎接。小樂熱心的幫忙彼此介紹：

「公子，吟霜姑娘，這位就是我的姨婆，街坊都喊她常媽！」

常媽趕緊向皓禎和吟霜行禮：

「民婦見過少將軍！見過吟霜姑娘！」

「常媽快起，不須多禮！」皓禎扶起下跪的常媽。

「常媽，我來打擾妳了！」吟霜微笑著說。

「什麼打擾？我這鄉村小屋，迎來妳這麼標緻的姑娘，是這小屋的福氣！」喊著：「香綺！還不向吟霜姑娘行禮！」

香綺就跪了下去，對吟霜行大禮：

「奴婢香綺拜見小姐！」

吟霜一驚，趕緊拉起香綺，迷糊的問：

「這是怎麼回事？」

「雖然幫妳安排了住處，總不能沒人服侍，」皓禎笑：「以後，常媽和香綺就是服侍妳的人！香綺是個孤兒，沒爹沒娘的，常媽看她可憐收留了她，現在正好，就讓她來當妳的丫頭！」

吟霜看著楚楚可憐的香綺，同是天涯淪落人的感覺，就浮上心頭。

「哦？沒爹沒娘，和我一樣呢！妳幾歲啦？」

「回吟霜小姐，香綺十六歲！」香綺誠惶誠恐的說。

「我比妳大個好幾歲，別說什麼丫頭，我們就做個伴吧！」吟霜拉著香綺的手。

「姨婆，妳要好好照顧吟霜姑娘喲！」小樂輕快的嚷著：「要是妳照顧得不好，公子回去肯定找小樂出氣！」

猛兒在天空盤旋，低飛過來掠過眾人頭頂。常媽驚訝看著猛兒：

「咦！這是什麼鳥呀？太稀奇了，白色的羽毛，真漂亮！」

「牠叫做猛兒，是打我出生就在我家的鳥兒。猛兒很聽話，非常有靈性。」吟霜說。

「莫非牠就是大鬧長安城的大白鳥？難道牠也要來和我們一起住？」常媽問。

「牠呀！自由自在的，要來就來，要走就走！反正是吟霜的家人，我看妳這兒有雞有鴨又有鵝的，不差多一隻矛隼吧！」

「當然當然！來了這麼一隻漂亮的鳥兒，我這小屋更熱鬧了！哈哈！」常媽大笑。

皓禎、小樂、香綺都笑著。吟霜感染著這片溫馨，不由自主，唇邊綻放出一個絕美的微笑。皓禎的眼光，離不開吟霜這個微笑了。

吟霜跟著皓禎，走進了小屋的大廳，吟霜不禁一怔。

但見窗明几淨，室外普通，室內卻是個幽靜雅致已極的房子。無論桌椅擺飾，都是非常考究而舒適。桌子、坐榻、小几……全是配套的，一色紫檀木，充滿了書香和溫馨。吟霜驚訝的說：

「這麼考究的房子，這麼充滿書香的布置，皓禎，你太費心了！」

「知道我費心，就領情吧！千萬別說一些生疏的話！」皓禎說著，就回頭喊：「小樂，你們去把馬車上的行李衣服搬進來吧！小心那些瓶瓶罐罐的藥，都是白神醫留下的無價之寶，千萬別打破了！這兒有間藥房，就放到那兒去！」再對吟霜說道：「看看妳的閨房吧！有什麼不滿意，還可以慢慢改！」

吟霜跨進那間「閨房」，再次一愣。

只見房間全部是簇新的傢俱，臥榻上垂著白色的帘幔，格子窗上，垂著同色的窗帘，窗子半開著，帘幔隨風飄動。床榻上是全新的床單棉被枕頭，都是白色繡花成套的寢具，一看就是無比的舒適，讓人恨不得躺上去睡一下。

一張低矮式書桌放在窗前，文房四寶俱全。書桌邊有個小小書架，上面整齊的放著一卷一卷的書籍。皓禎指指那些書，有點不安的說：

「不知道妳愛看什麼書？也不敢拿孔子孟子來煩妳，當然不能把孫子兵法搬來，所以，就把我能夠收集到的有關醫藥和藥材的書，都搬到這兒來了！另外還有詩經和楚辭……妳還想看什麼，告訴我，我再幫妳去找！」

吟霜定定的看著他，眼中矇矇矓矓，輕聲的說：

「你把這小屋當成王府在布置嗎？小樂說裝修，你大概不是裝修，是重建吧？」

「只是想給妳一個安靜雅致的小天地，讓妳忘掉那些傷心事！希望以後妳的生命裡，都沒有會讓妳傷心流淚的時候！」

「你幫我安排了住處，千方百計為我布置，還找來常媽香綺陪伴我，你……怕我不夠堅強，怕我傷感無家可歸嗎？」

「是！」皓禎坦白而真摯的凝視她：「還不止那樣！我想重建妳的快樂，那個會幫大家看病，縱使面對麻煩病人，也帶著甜甜微笑的姑娘！我還想把妳好好藏起來，免得妳再遇到任何災難！」

「你幫我太多太多了！葬了我爹，還有這些事，我不知道該怎樣報答你！」吟霜感激感動的說，眼光始終定定的看著他。

「我不要妳的報答！只要妳的笑容！」皓禎也定定的回視她：「妳知道嗎，自從妳爹去世，我簡直看不到妳笑！」

吟霜眼睛裡浮起一層霧氣，眼珠黑黝黝又亮晶晶，一瞬也不瞬的看著他，然後，唇邊展開一個微笑。這微笑像水波的漣漪，從嘴角向上漾開，漾開……整個臉孔，都被那漾開的溫柔給淹沒了。

皓禎看著這微笑，頓時不知心之所在，魂之所依了！

❖

當皓禎把吟霜遷進鄉間小屋時，靈兒已在伍項魁府前前後後，到處打量了許多次。看到大門前，全是衛士嚴密把守著，她有點洩氣，心裡想著：

「這些衛士都是武功高手，我絕對打不過！要混進去不容易！」

她在附近閒逛了一會兒，向項魁府鄰居們和那些出入的僕婦丫頭，打聽了許多府裡的情況，腦子裡想著各種計策。不管怎樣，先混進去，在那大大的院落中埋伏下來，才是第一步，只有潛入府內，才有機會行刺。

黃昏時分，她繞到項魁府後面，發現有個爬滿藤蔓的矮牆，四顧無人，她不想再耽擱，拿下腰間的流星錘，下定主意：「我從這兒翻牆進去，再見招拆招！萬一失手，就照我的計畫去做！為了吟霜，拚了！」

靈兒就爬上矮牆，忽然間，四面人聲大作。只聽到衛士們喊道：

「有人在爬牆！女賊！女賊！來人呀！這兒有個女賊！快把她抓起來！」

靈兒跳下地，拿起流星錘，對著包圍過來的衛士們，一陣揮舞。但她怎是那些衛士的對手，迅速的過了幾招，就敗下陣來，被衛士們抓得牢牢的。她又踢又踹，拚死掙扎，衛士們把她高高舉在頭頂，一群人扛著她，喊著：

「把她扛進府裡去！」

靈兒很洩氣，沒想到這樣幾招，就落進敵人手裡。腦子裡飛快的轉著念頭，手中的流星錘亂舞，一路被衛士扛進院子，又扛進大廳，她也一路大呼小叫的嚷著：

「喂！放我下來，放我下來，你們竟敢對你們的新夫人這麼無禮！一會兒都要你們給本姑娘跪著磕響頭！」

進了大廳，衛士用力的將靈兒一摔，摔在正在飲茶的伍項魁面前，喊道：

「大人！抓到一個女賊，正在翻牆！」

項魁飲了一口茶，驚得跳起身子，茶也灑了，定睛一看，喊道：

「喲喲喲！這不是我心心念念的那位小辣椒、俏姑娘嗎？」拉起靈兒仔細瞧：「想不到幾日不見，妳今天更加漂亮了，真是個美人啊！」捏著靈兒的下巴問：「妳爬牆進來，是準備當我的新夫人嗎？」

靈兒對伍項魁掀眉瞪眼，氣呼呼說道：

「我不爬牆進來，難道還大搖大擺走進來不成？本想爬到你房間，晚上讓你銷魂一下！計畫都被你那些粗人給破壞了！氣死我！」收起流星錘，張開雙手：「你看，我一個人過來，不管翻牆不翻牆，都是自投羅網！」又輕蔑的一笑：「以為你是有權有勢的官爺，天不怕地不怕，結果也不過如此！」

「什麼不過如此？」項魁被刺激了。

「聽說你有四位夫人，大概不敢要我！」靈兒霸氣的一挺身：「免得你家裡打翻醋罈子！不敢要就算了，我走人了！」靈兒說完，轉身就走。

項魁趕緊拉住她，說道：

「妳進得來就出不去！既然妳說妳是來當我新夫人的，管妳是真是假，本大人就讓妳趁心如意！妳爹呢？就讓妳這麼簡單嫁人啦？」

靈兒一氣，跺腳嚷道：

「還提我那個見錢眼開的爹做啥？人家給他一點小錢，他就想把我賣給一個老頭，我一想不對啊！同樣嫁人，如果我當了伍府的官夫人，榮華富貴都有了，幹嘛去嫁給小鼻子小眼睛的小老頭呢？」

「嗯！故事編得還不錯！」項魁盯著靈兒：「妳這小辣椒還真會說，合情合理！」

「你當我編故事就算了！我爹看我死活不嫁小老頭，一氣就帶著班子走人了！你相信有這種爹嗎？所以，我只好投奔你來了！你倒是給我一句，你娶我還是不娶？」

天下有這種好事？項魁滿腹狐疑，卻色令智昏，色迷迷的說：

「好好好！別的姑娘是讓漢子抬轎上門去迎親的，妳這小辣椒是翻牆讓衛士抬進門的！哈哈哈！我就喜歡妳這自動送上門的潑辣勁！太好了，本大人今天就把妳娶進門，當我的……」掐指頭算著：「一二三四五……五夫人！反正本大人就姓伍，妳是五夫人也是伍夫人！」

「五夫人？」靈兒一瞪眼，摔開項魁，走向門口：「那我可不幹！我還以為憑我的姿色……給個二夫人還差不多，五夫人？太丟臉，我不幹啦！」說完逕自往門外走。

項魁拉住靈兒的手，就往自己的懷裡一抱。

「妳以為伍項魁府是妳想來就來，想走就走的地方嗎？」笑著：「五夫人不滿意，我就休了元配，給妳當正室如何？」

項魁的話才說完，身後響起一個女子有力的聲音：

「誰要休了我？」

項魁頓時大驚失色，靈兒也一驚，抬頭一看，只見有個身材高大肥胖，臉色凶惡的女子，正大步走來。她再看項魁，已經氣焰全消，縮著腦袋賠著笑臉嚷道：

「夫人息怒，我在和新來的丫頭說笑！不能當真，不能當真！」

靈兒大眼珠一轉，對項魁誇張的說道：

「哇呀！你說你的正室是個母夜叉，我還當你說笑話，原來還真是個母夜叉，才哼那麼一聲，你就趴下啦！」

「誰對妳說過我家夫人是母夜叉？不要胡說八道！」項魁急喊。

只見胖夫人一步向前，就拉住了項魁的耳朵，大聲吼道：

「你又弄了一個小老婆進來？你不要命了？」

「夫人饒命！這不是小老婆，是她翻牆進門要嫁給我，我……」項魁縮頭縮腦，話沒說完，靈兒一聲大喝：

「母夜叉！放開大人！他已經是我的人了，怎能被妳欺負！」

靈兒說著，閃電般翻過矮凳，躍上前去，一拳就把母夜叉打倒在地。大廳裡的衛士奴婢全部驚呼出聲，卻個個露出大快人心狀。大夫人氣得在地上大叫：

「來人啦！把這個野丫頭給我綁起來！」

「綁我？看妳綁得到還是綁不到！」靈兒飛快的跑著，回頭對伍項魁喊道：「男子漢大丈夫，在外面那麼凶，怎能怕家裡的母夜叉？我今天幫你收拾這個禍害，讓你重振雄風！」又對大夫人下戰書：「母夜叉，妳已經快被休了！我本來不想要那元配位子的，當個二夫人也就不錯了！今天見到了妳，元配之位我要定了！」

大夫人被扶了起來，大喊：

「抓住她！抓住她！把她綁起來給我狠狠的打！」

一群衛士衝了過來。靈兒往門外就逃，邊逃邊喊：

「大人！你說句話，要我還是要她？」又對母夜叉喊道：「追我呀！有本事妳自己來追！」

靈兒說著，就跑到花園裡去了。

母夜叉氣喘吁吁追著而來，追著喊著：

「去把三位夫人都請來，一起對付這個小潑婦！」

項魁頭昏腦脹，左看右看，跳腳喊道：

「本大人是男子漢大丈夫，這種凶老婆，我早就想休了她！」對衛士們下令：「誰都不許碰本大人的小辣椒，聽到沒有？」

靈兒奔進花園中，看到一個很大的鯉魚池，她就繞著鯉魚池奔跑。母夜叉帶著三個如夫人在後面追。

伍項魁一面觀戰，一面喊著：

「小辣椒！妳當心別摔了！地上有水，很滑！」

二夫人氣壞了，喊著：

「伍項魁，你有了新人忘舊人，她登堂入室來欺負我們，你還幫她撐腰？到底她是什麼來頭？你打聽清楚了沒有？我看她就是上門搗蛋的……哎喲！放開我！放開我！」

原來靈兒飛身一躍，躍過魚池，伸手拉住了二夫人，再一個過肩摔，就把二夫人摔進魚池裡去了！靈兒喊道：

「讓妳去魚池裡喝點水，涼快涼快！」

項魁趕緊對衛士喊道：

「去把二夫人撈起來！不許碰我的小辣椒，知道嗎？」

衛士趕緊去救二夫人。三夫人拚命跑，也不知道是在逃還是在追，嘴裡喊著：

「伍項魁！你從哪兒弄來這樣一個潑辣貨？一看就不是好東西……」

靈兒奔過去，一拉一扯一摔，三夫人也進了魚池。

四夫人眼見苗頭不對，就向屋裡逃去，嘴裡還不肯吃虧：

「我才不跟這種沒教養的婊子一般見識……」

「妳說我是什麼？婊子？」靈兒大吼：「妳把這兩個字給我吃進肚子裡去！」

靈兒追上來，抓著四夫人，也把她丟進魚池裡去了！

剩下早就跑不動的大夫人，在那兒拚命喘氣，對靈兒虛張聲勢的喊著：

「別過來！妳敢碰我，我會把妳撕碎了餵狗！」

靈兒一步上前，雙手拉住她的雙手，對她溫柔一笑，說道：

「可是，我先把妳餵魚！」說完，靈兒用力把母夜叉的身子往後翻，母夜叉騰身而起，撲通一聲，也落進魚池裡去了。因為體形太大，水花濺得快要沖天。

圍觀的衛士們和丫頭，個個拚命忍住笑。

魚池裡面，四位夫人在水中掙扎，魚兒在她們頭髮身邊亂轉，四人驚喊著，手舞足蹈。衛士丫頭們手忙腳亂的救著自己的主子，一時簡直蔚為奇觀。

靈兒拍拍手，帥氣的一回頭，對著伍項魁嫵媚的一笑。

「看見了嗎？伍大人！對付這樣的女人，就要用這種雷霆手段！我先幫你清理門戶，再來談談我是大夫人還是二夫人？」

項魁這人，就和許多怕老婆的人一樣，在外一條龍，在家一條蟲。明知老婆打不過自己，就是拿老婆沒辦法。此時，看到靈兒把幾個老婆治得狼狽不堪，大喜說道：

「小辣椒！妳真是我的福星，我這四位夫人把我折騰夠了，現在有妳來治他們了！當然妳是大夫人，讓她們依次排列下去！」

「好！就是這樣！你說了算！但是，我不要你張燈結彩，也得選一個吉日良辰，我們才能洞房花燭！今天我打累了，情緒也沒了！你給我弄間舒服的房間，讓我先好好睡一覺！明天我們再來挑日子吧！」靈兒說。

「什麼？還要明天再挑日子？今晚就是好時辰！」項魁又是驚愕，又是猴急。

「你已經三妻四妾了，我可還是黃花大閨女！」靈兒再嫣然一笑，看看魚池，對項魁不懷好意的笑著：「嘿嘿！還是依我吧！」

「妳當我是傻子嗎？這洞房花燭，可由不得妳！本大人說今晚就是今晚！妳這個翻牆的新娘，不知道肚子裡有幾個彎？如果不馬上把生米煮成熟飯，恐怕就會被妳把全家都弄翻了！」項魁大叫：「來人呀！給我準備一間洞房！」

❖

洞房很快就準備好了，喜燭高燒，紅幔低垂。靈兒被送進了洞房裡，經過這一番打鬧，也鬧到晚上了。靈兒在屋裡來回踱步，心裡想著：

「原來這畜牲並不好騙！咬定要洞房。這夜長夢多，我得趕緊下手才行！」

房門被打開，伍項魁剛洗過澡，只穿著一件長板內褂踏進門，喜孜孜說道：

「靈兒啊！我可是聽妳的吩咐，已經沐浴更衣好了，咱們是不是可以圓房啦！咦！妳怎麼還穿著這身衣服？」轉著眼珠一想，色迷迷的伸手要幫靈兒脫衣：「喔！是不是要本大人為妳寬衣解帶呀？」

靈兒一把推開項魁。

「大人，你別急啊！這良辰吉時還沒到啊！要不……你先上床去，我一會就來！」

「哈！好！好！我這就上床去，等著我的小辣椒來侍候我，嘿嘿！妳動作要快呀！」項魁就脫了外衣，露著胸上床，猴急的等待著。

靈兒決心放手一搏，背對著項魁，先吹掉紅燭，再吹熄了油燈。屋裡立刻漆黑一片，項魁起疑的問：

「妳幹嘛把燈都吹了？」

「都說了，我可還是黃花大閨女，這第一次……我會害羞的！」靈兒羞答答說。

「唉呀！為了對本大人投懷送抱，翻牆都敢翻，害什麼羞？快上床來，本大人專門治姑娘的害羞！」

靈兒的雙眼，在暗夜裡閃著怒火。她悄悄從衣服裡抽出一把匕首。

「妳打起架來還挺有架勢的，這床上功夫就不行了！怎麼盡在那兒耽擱？快上床呀！」項魁喊。

靈兒匕首出鞘，緊握匕首，喊道：

「我來了！」

靈兒飛撲上床，一匕首就往項魁心口位置直刺而去。不料，靈兒的匕首刺進了一個軟棉棉的靠墊裡。原來項魁見靈兒吹燈，已有疑惑。又聽到靈兒飛撲過來，衣服帶動的絲綢之聲，加上匕首的刀鋒之聲……大驚之下，緊急抓了一個靠墊擋在胸前。

靈兒見一刺不成，拔出匕首再刺，項魁狼狽的滾下床去，在窗子射進的餘光中，躲避著匕首。靈兒也在這餘光中，追著項魁的人影再刺。項魁大喊：

「來人啊！快來人啊！」

一陣腳步聲奔來，房門砰然大開，大隊的衛士帶著油燈湧入房裡。房間突然通亮無比，項魁定睛一看，只見靈兒一副氣定神閒的坐在床上，拿著匕首正在削蘋果，笑吟吟的說道：

「本姑娘別的不怕，就怕嫁給一個窩囊廢！洞房先試試大人的武功，誰知大人不跟我交手，還大呼小叫把這麼多人喊進來！真是壞了我的興致！」

衛士們全部傻住了，站在那兒等著項魁指示。項魁憤憤的看著靈兒，明知有假，卻被靈兒這股潑辣勁兒迷戀住了，仍然不想放手。他瞪著靈兒喊：

「妳在試我的武功？妳明明就是個刺客！」

「刺客！哈哈！我傷了你一根寒毛嗎？」靈兒譏笑著，大口吃著蘋果：「既然大人對本姑娘起疑，實在太無趣，又誤了良辰吉時，那今晚的花燭之夜，我也沒興趣了，只好另選佳日！」

「妳在洞房的時候試武功？妳以為本大人還會相信妳嗎？」項魁怒聲：「妳給我上床去！今晚我一定要跟妳洞房合歡！」

靈兒跳下床，拿著項魁的衣服塞給他，大力的把項魁往門外推。

「我裘靈兒一向不按理牌出牌，大人還不清楚嗎？好啦！你今晚就去找別的夫人痛快去，咱們擇日再約！」

項魁對靈兒，真是又氣又恨又愛。

「妳想跟本大人鬥心機是吧？」他傲然的說：「好！本大人就奉陪，看看妳如何逃出我的手掌心！今晚，妳也壞了我的興致，妳就在這洞房裡等著本大人吧！」命令衛士：「你們派人在夫人門外守著，絕對不許夫人離開房門一步！」

「是！遵命！」衛士們應著。

項魁帶著一臉怒氣，大步出門去。接著，靈兒就聽到眾衛士關上房門，卡啦一聲，房門在門外鎖上了。靈兒趕緊去推窗，發現窗子也關得非常結實，紋風不動。她突感事態嚴重，後悔的在心底自言自語：

「糟了！偷雞不著蝕把米，我小看了這個伍項魁，被軟禁了！」

10

皓禎和小樂騎著兩匹馬，馬背上堆著許多東西，吃的用的穿的都有。馬蹄聲蹋蹋踏踏來到鄉間小屋前，小樂揚著聲音喊：

「香綺！常媽，趕快來搬東西！公子又送東西來啦！」

香綺、常媽、吟霜都奔出房來。香綺笑著說：

「哎喲，公子，前幾天不是才給咱們送東西來，怎麼今天又送來了？」

「傻丫頭！」常媽悄悄打了香綺一下：「妳去搬東西就對了，吃的呢，送進廚房，穿的用的，就送進小姐房裡去！」

吟霜走過來，看著皓禎微笑。

「你認為我需要這麼多東西嗎？三天兩頭送東西過來？我覺得，你當初裝修這房子的時候，應該多裝修一間庫房的！」

皓禎帥氣的翻身下馬，打量著吟霜，微笑著點點頭說：

「很好！很好！」

「什麼東西很好很好？」

「妳的氣色，總算臉頰紅潤了！眼睛裡也有了光彩，而且，好像還胖了一點！」

「難道我幾天之間就胖了？」吟霜驚愕的問。

皓禎深深看著她，動情的說：

「自從在狂風落葉中抱過妳，我就覺得妳太瘦了！每天都想著怎樣才能把妳養胖一點！」

吟霜臉一紅，就把頭垂了下去。

皓禎看到馬背上的東西已經卸下了，就四面看看，很有興致的說道：

「這附近我還沒有好好逛過，我帶妳騎馬去逛逛如何？我看這兒天寬地闊，是策馬奔馳的好地方！走！整天待在家裡妳會悶壞的！我的『追風』是匹名駒，跑起來厲害得不得了！」

「騎馬？我沒騎過呢！」

「騎馬很好玩呢！我教妳，只要幾天，妳就會愛上馬的！我還幫妳準備了馬廄，等妳學會了，送妳一匹好馬！」說著，就把吟霜抱上馬背，自己再跳上馬：「今天呢！就讓我們共乘一騎吧！」

皓禎就帶著吟霜，騎馬奔去。

香綺、小樂、常媽笑吟吟的看著。常媽忽然想起什麼，伸長脖子喊。

「不要太靠近『三仙崖』喲，那兒很危險……」

但皓禎和吟霜早就跑得老遠老遠了。跑過石板路，跑進沒有路的原野。馬兒反而越跑越快，好像這原野才是牠馳騁的天下。吟霜依偎在皓禎懷裡，起先有點緊張害怕，接著就放鬆了下來。她額前的髮絲飛揚著，白色的衣衫也飄飛著，臉色因奔馬而紅潤。皓禎雙手環過她的身子，拉著馬韁，幾乎感到她在他懷裡的悸動，聽到她那微微的喘息聲。什麼是心動？他活了二十一年，終於明白了！**心動？豈止是心動？根本就是淪陷，淪陷在她那眼神中，淪陷在她那輕言細語中，淪陷在她脆弱的時候，也淪陷在她堅強的時候**。可是，她呢？她對他，有沒有同樣強烈的感覺？忽然，他就覺得，這個答案對他太重要，重要到會讓他患得患失。可以問嗎？不該問吧！她有對神仙父母，他只要有一點點不小心，可能就褻瀆了她！

馬兒在原野中奔跑，雖然載著兩個人，馬兒依舊揚著四蹄，輕鬆自在。皓禎擁著吟霜，迎著撲面而來的風，迎著她髮絲飄在他臉上的感覺；酥酥的，觸動心弦！微醺的，有著酒意！怎麼可能？馬兒躍過一塊岩石，她輕顫了一下，他立刻在她耳邊說道：

「妳別怕，我的馬術是一流的，絕對不會摔了妳！」

吟霜輕輕拉著一撮馬兒的鬃毛，不由自主的說道：

「你有很多地方，都是一流的！」

皓禎心中一跳，風太大並沒有完全聽清楚她的話，正想追問，忽然看到地勢陡峻，馬兒載著兩人，如飛般對高坡飛騎而去。草地不見了，樹木不見了。眼前巨石聳立，峭壁重疊，水聲轟隆隆的響著。剎那間，他們已經置身在一個大峽谷中，而且是在萬丈懸崖的邊緣。吟霜大驚，喊道：

「是懸崖！好高的懸崖！趕快停下來……」

皓禎急忙勒馬，馬兒一聲長嘶，人立而起，皓禎控緊馬韁，馬兒好不容易收住馬蹄，驚險萬狀的停在懸崖邊緣。皓禎立刻抱著吟霜跳下地，兩人驚魂未定的看向懸崖。

只見懸崖峭壁，高不可攀，下面是驚濤駭浪的激流，流水沖擊著巨石，發出轟隆隆的響聲，峭壁再把這水聲加上回音，更加驚心動魄。皓禎驚喊：

「怎麼這兒有個大峽谷？實在太危險了！萬一掉下去，我們兩個都沒命了！幸好我的追風反應快！」拉著吟霜，關心的問：「把妳嚇壞了？」

吟霜吸了口氣，平定了一下說：

「還好，相信你就不會害怕！只是突然冒出懸崖，還真的有點意外！」看看下面，又看看四周：「但是，這個大峽谷實在雄偉！就算小小驚嚇了一場，也不虛此行！」

吟霜走到崖邊站著，迎風而立，白衣似雪，衣袂翩翩，飄然若仙。皓禎趕緊走到她身邊，一把拉住了她喊：

「過來一點，別站在懸崖邊上，妳讓我很緊張！」

皓禎這樣一拉，吟霜腳下不穩，就要跌倒。皓禎生怕她摔到懸崖下去，立刻把她一抱，抱著跳開了一段距離。吟霜就腳步不穩的倒在他懷裡。皓禎用手托著她的身子和頭，兩人臉對著臉，眼睛對著眼睛，深深的互看著。時辰似乎完全停止了，水聲風聲都聽不到了，聽到的是彼此的呼吸，彼此的心跳。

在那一刻，皓禎沒有辦法思想，沒有辦法移開自己的視線，眼中只有她！世間怎有如此甜蜜的震動？吟霜那對霧濛濛的眼睛，把他拉進一個渾然忘我的境界裡。那眼神如此朦朧，又如此專注，如此恍惚，又如此深刻……他覺得他會融化在這樣的眼光裡。他忍不住輕聲說道：

「閉上妳的眼睛好嗎？」

「是！」吟霜被動的，順從的回答，就慢慢把眼睛閉上，睫毛顫動著，髮絲飄動著，嘴唇蠕動著……皓禎看著這樣的她，再也控制不住，低頭吻住了她。她似乎沒有料到他這個舉動，渾身一顫，微微掙扎了一下。他怕她逃出他的手臂，用力抱緊她，他的唇貼在她的唇上，感到她的唇那麼柔軟，那麼溫潤，那麼纏綿……他幾乎是虔誠的吻著她，帶著他內心最深最深的熱情。她不再掙扎，相反的，她的手臂環抱過來，圍繞住了他的脖子，情不自禁的回應著他的吻。**她已等待很久，等待今生必然的注定！他已承諾很久，承諾今生永遠的守護！**

❖

當吟霜和皓禎一吻定情時，靈兒正獨自一人，陷在水深火熱中。

她已經被關在那間洞房裡好幾天了，門外窗外，都守著衛士，她就是插翅也飛不出去。項魁這次是鐵了心，除了每天讓人送飯給她，對她不聞不問。這，實在不是好事，見不到項魁，她什麼花招都使不出來。更別說行刺了！靈兒苦思懊惱著，踢著床榻，看著窗外的衛士，低語：

「居然把我軟禁好多天不理我！」拍自己腦門：「唉！現在就算我哭爹喊娘，他們也不會放我出去，我把伍項魁看得太簡單了！」突然，靈兒從窗戶縫裡看到大夫人從衛士身邊經過，好奇的對著房裡窺視。靈兒大眼睛一轉，立刻在房裡大呼小叫：

「大夫人！我有事情找妳，大夫人，請進來說話！」

「開門！我倒要看看這個囂張的野丫頭，還要耍什麼把戲？」

衛士們在門口圍了一圈，才放大夫人進去。大夫人踏進房裡，毫不客氣的諷刺：

「現在大夫人不是已經換人做了嗎？妳找哪一位大夫人？」

靈兒堆滿笑臉，逢迎拍馬的說：

「唉呀！當然妳才是大夫人吶！那天我會那麼一說，其實也是被逼上梁山，完全是因為受到生命威脅才會進門來的！」

「可是……」大夫人疑惑的說：「我看妳是翻牆進來大鬧我們項魁府，攪得我們上上下下雞犬不寧，誰能威脅得了妳這野丫頭啊？」

「當然是伍大人啊！他威脅我如果不嫁給他，就要殺光我們全家老小！伍大人早已惡名在外，夫人可別說妳完全不知情啊！」

大夫人臉色略有遲疑，默認著不吭聲。靈兒轉以柔弱的聲音說道：

「大姊，其實我打從一進門，就發現妳一定是個有慈悲心腸的大好人，我千不該萬不該和大姊搶位子，所以啊！妳放心好啦！這個家的地位，妳絕對是牢牢的大夫人！要是其他夫人敢欺負妳的話，我裘靈兒立刻為妳出頭，教訓她們！」

「是嗎？」大夫人半信半疑：「妳確定要站在我這邊？」

「當然！而且我還想了一個好法子，可以讓伍大人更喜歡大夫人，妳要不要聽一聽呢？」

「好啊！什麼好法子？」大夫人頭腦簡單，對這個小辣椒其實很佩服。

靈兒嬌笑著，俯著大夫人耳朵竊竊私語。

❖

這天中午，項魁終於出面了，帶著奴婢送來午餐給靈兒。他看看有點消瘦的靈兒和她那對冒火的眼睛，就是喜歡得緊，無法放手。清清喉嚨，他乾咳兩聲說：

「咳咳！小辣椒，妳可別怪我把妳關在屋子裡，對妳的照顧我可沒有少，妳看我還給妳帶來了那麼多好吃的飯菜，妳餓了吧？快吃！」

靈兒氣呼呼的說：

「大人，你把我關在這兒，就是你不對！如果真心喜歡我，有喜歡的辦法！關我算那一套？那晚我跟你鬧著玩，可能玩笑開大了！但是，我可是真心想跟了你，這樣吧！」她一挺胸，霸氣的說：「今晚我就跟你洞房！」

「洞房時再來刺我一刀嗎？」

「嘖嘖嘖！」靈兒輕蔑的嘲笑：「堂堂一位伍大人，這點兒膽量都沒有？我的小刀也被你沒收了！我還怎麼刺你呀？好吧好吧！不洞房就算了！」

「妳那是小刀嗎？明明就是一把鋒利的匕首！」項魁被激得氣憤不已。

靈兒噗哧一聲笑了，轉眼千嬌百媚的說：

「本姑娘在雜技班長大，削水果就用那把刀！好了好了，我認輸，想你了！今晚你到底跟不跟我洞房？」

「喲！」項魁被挑逗得心猿意馬：「我這小辣椒嘴一甜起來，就讓本大人的骨頭酥了一大截，今晚不淘氣了？要乖乖侍候啦？」

「不淘氣了，一定乖乖侍候大人！」靈兒笑吟吟的點頭，裝害羞：「我……我會在床上等著大人來，記得！不能點燈，你知道人家……人家害羞嘛！」

「我的姑奶奶呀！」項魁親熱的摟著靈兒喊：「被妳這麼一逗弄，我都等不到晚上了，不如咱們現在就上床去吧！嗯！」

靈兒一聽，迅速的一推，就將項魁推到門外去，立即關上門說：

「大人，夜色春宵才有情趣！」故意裝嗲聲嗲氣的：「靈兒晚上等你！」

「行！再依妳一次！看看妳這次還有什麼花招？」

夜色春宵時分，項魁依約前來，已經沐浴更衣穿著內褂，趁夜摸索著進房，又滿臉賊笑的，小心翼翼摸上了床。床上，果然佳人躺在錦被中，害羞的用錦被蒙著頭。

「難道這次是真心想跟了本大人？」項魁狐疑的想著，再一想：「當然了！每天獨守空房，肯定想通了！」就色迷迷的抱著錦被說：「總算讓妳心服口服了？跟了我，妳是名正言順的官夫人，有什麼不好？來來！讓大人好好教教妳真正的功夫！」

項魁粗魯的掀開錦被，整個身體就壓住錦被下的人兒，貪婪的到處親吻對方，到處摸著。項魁隨即感覺不對勁，又仔細的摸著被壓在他身體下的人的肩膀和腰部，嘴裡嘰哩咕嚕的唸唸有詞：

「這皮膚還算細皮嫩肉，可是……這觸感和體型……怎麼那麼像我那個母夜叉？」

被項魁壓在下面的人，突然一個翻身，立刻把項魁壓在她的身體下。

「什麼母夜叉？」大夫人大嗓門的吼道：「我可是你冬天的暖爐！」

項魁臉色驟變，想起身，卻被大夫人龐大的身軀壓制著。

「怎麼是妳？」項魁發現又被靈兒耍了。「好個裘靈兒，又被妳擺了一道！」大喊：「裘靈兒！裘靈兒！妳給我滾出來！」

項魁想下床，大夫人把他牢牢的箍住，說：

「你在發什麼火？那個小辣椒逼著我把大夫人的房間讓給她！說她才是大夫人，要在大夫人房裡跟你洞房！難道你以為她會在這個房間裡跟你洞房嗎？」

「啊？」項魁大驚：「難道是我走錯房間了？」掙扎著想起身。

大夫人一把把項魁壓回床上：

「新人到不了手，你就和舊人將就將就吧！」

❖

第二天一早，靈兒穿著一件寢衣，慵懶的打了個哈欠，從大夫人床上坐起來。房門打開了，伍項魁也穿著內褂，推開門外的衛士們，閃身進房。

靈兒一看到伍項魁就開罵：

「你跟我開玩笑嗎？我等了你整個晚上，你去哪兒了？不是你急著要洞房嗎？跟你說了，昨晚亥時是良辰吉時，你居然讓我孤伶伶在這兒空等！你是什麼意思？」

「唉！是妳沒說清楚！」項魁急忙撲上床去：「我到妳原來的房裡去了，又被母夜叉給叉住了，沒法脫身啊！好了，小辣椒，我們現在補洞房！」

靈兒一跳就跳下床。

「我是『大夫人』，你居然跑到『小夫人』那兒去了？還跟母夜叉不三不四，你的身子已經髒了，不許碰我！」

項魁大怒，對靈兒厲聲吼道：

「妳這女刺客果然頑劣狡詐，就關在這間屋裡關到死吧！不管妳有多少花招，妳都進了本大人的府，上了本大人的床，妳就是本大人的夫人！我遲早會把妳弄到手，也有的是工夫跟妳磨！看看最後誰會贏！」大喊：「來人呀！把這間『大夫人房』給我守得密不透風！把窗子都給我釘死！」他大步出門去，嘴裡兀自嘰咕：「不把她征服，我還算是伍家男子漢嗎？我非要讓她心甘情願對我投降為止！」

靈兒瞪大眼睛，傻在當場。

11

晚上的皇宮，無論長廊裡還是各宮裡，都是燈燭輝煌的。皇后和嬪妃，都不喜歡宮裡暗沉沉。子時以後，才會有些偏僻之處，開始熄燈。當然冷宮或是地牢，除了衛士守衛之處，是別想有燈燭供應的。至於皇上的寢宮，就算皇上去了嬪妃的宮裡，大太監曹安會隨侍，其他太監們依舊值夜，經常整夜燈火通明。除非，皇后自動來到侍寢，又要求氣氛，才會把燈火調成皇后喜愛的亮度。除了皇后，別的嬪妃是不敢主動來皇上寢宮的，這也算盧皇后的特權吧！

這夜，皇后就到了皇上的寢宮，風情萬種的依偎在皇上懷中，時辰還早，皇上正靠坐在臥榻上看奏摺，身邊也放著一堆還沒過目的奏摺。

「皇上！放下那奏摺吧！天下事千千萬萬，都要皇上過目，也太傷身體了！」

皇上見皇后用迷濛動情的眼神瞅著他，不禁心動，喊著：

「曹安！把這些奏摺拿到桌上去，你們都下去吧！外面侍候著！」

「是！」曹安彎腰，對眾太監使眼色，收集好奏摺放在矮桌上，再稟道：「小的外面侍候著！」就帶著眾人出門去。

寢宮內只剩下兩人，皇上就看著皇后，見她眉目含情，眼神嫵媚，就寵愛的問皇后：「妳是用什麼法子，讓妳二十年來容顏不變，依舊維持著當年的容貌？」

「皇上謬讚！」皇后說：「臣妾年華已老，每次看到新進的宮女才人，都嘆息歲月不留人！心裡是惴惴不安的，只怕皇上有了新人，忘了舊人！」

「怎麼會？」皇上誠摯的說：「妳永遠是朕心中最珍惜的人，想當初，先皇要改立二皇兄為太子，把朕放逐到邊疆，跟朕一起在邊疆吃苦的是妳！在朕最潦倒的時候，提醒朕重用榮王的是妳！榮王聯合了忠孝仁義四王，把朕送上王位，幕後功臣也是妳！朕不會忘記妳，永遠不會！」這些往事，一直是皇上的隱憂和劇痛。難忘當初大哥和二哥骨肉相殘，雙雙斃命的日子！更難忘那段隨時可以被暗殺和處死的年歲！這皇位是盧皇后的智慧，榮王的賣命得到的。還好義王盡忠效命，否則，這龍椅很難坐穩呀！

皇后淚眼看皇上，好像看進了皇上內心深處。

「皇上，提到那些事，臣妾依舊心驚膽戰呀！幸好，皇上即位以來，榮王依舊忠心耿耿，不曾因功高而震主！」

「所以，朕把心愛的樂蓉公主，都嫁給了他的兒子伍項麒！現在跟他是親家了，等於一家人！他也是少數朕給了特權，可以隨時出入宮廷的人！」想了想，問：「怎麼？榮王有什麼不滿意嗎？」

「榮王哪敢有什麼不滿意？倒是朝廷上，許多小輩的人才出來了！個個鋒芒畢露，皇上愛惜著他們，讓他們恃寵而驕，對榮王充滿嫉妒，詆毀榮王，也是有的！」

「妳指誰？」皇上問。

「太子、寄南、皓禎……他們那一群，皇上，你要小心哪！**有時最親近的人，就是最危險的人**，當年你的兩位皇兄，就是例子！」

「太子他們三個呀！」皇上想著，坦然一笑：「他們血氣方剛，正是意興風發的年齡！讓他們盡情發展，才是正路！朕信得過他們！」

皇后就笑著，鑽進皇上懷裡，皇上被她弄得渾身癢酥酥，說道：

「讓曹安進來幫朕脫衣服……」

「噓！」皇后輕輕噓了一聲：「讓臣妾親手幫皇上吧！」

皇上坐起身子，皇后就為他解衣。她的頭幾乎依偎在他胸口，抬眼對他嫵媚一笑，又帶點委屈的說：「宮裡人多口雜，皇上最好取消榮王隨時進宮的特權，免得有人製造謠言，胡言亂語！」

皇上一怔，笑著說：

「那些謠言嗎？朕也聽到一些，朕豈是聞雞起舞的人，皇后也太小看朕了！」

皇上脫下衣服，就抱著皇后，兩人共赴龍床。

❖

同一時間，蘭馨在自己寢宮裡，驚愕的抬頭，看著面前的崔諭娘。

「什麼？母后又是這樣，也不等父皇宣她，就跑到父皇寢宮去投懷送抱了？」

「公主！別說得那麼難聽，這是好事呀！」崔諭娘說道：「妳看後宮多少佳麗，皇后還是獨佔著皇上的心！皇上，是個君子啊！」

「**君子是什麼？君子專被壞人欺！**」蘭馨咬牙切齒，轉身就往門外跑：「讓我去見見我這偉大的母后！」說著，就奪門而出。

崔諭娘大驚，在後面追著：

「蘭馨公主！蘭馨公主！使不得……使不得呀！」

皇上正擁著皇后溫存，門外一陣喧嚣，只聽到崔諭娘、曹安、太監們都在喊著：

「公主不能進去，公主請留步……」

皇上和皇后還沒緩過神來，蘭馨已經衝開門，慌慌張張的躍進門內。莫尚宮、崔諭娘、曹安、太監們追在後面，一擁進房。蘭馨放聲喊叫著：

「父皇母后，大事不好，蘭馨得到密報，那榮王被暗殺了！」

皇后大驚，衣冠不整的跳下床，嚇到臉色慘白，語無倫次：

「什麼？榮王？被暗殺？怎麼會？人呢？在哪兒被暗殺？」

「好像在一個春香苑還是秋香苑的地方！總之是個風月場所！」蘭馨說。

皇上坐起身，一邊扣著衣鈕，一邊比較鎮定的問：

「蘭馨，好好說！這麼晚了，妳這個養在深宮裡的公主，從哪兒得到了這消息？妳還有密報？是誰跟妳說的？」

蘭馨銳利的看了皇后一眼，再看皇上，放聲大笑：

「哈哈！父皇！你畢竟是最聰明的天子，哪像母后那樣嚇得魂不附體？當然是我胡謅的，聽說父皇母后在一塊兒，我就忍不住過來鬧鬧你們玩兒！」說完轉身就走：「好了！不吵你們了！」又話外有話的看皇后：「母后臉色蒼白，真的被我嚇到了？我保證，明天榮王還是會活生生的進宮問候母后的！」

皇后大驚之後，又氣得渾身發抖，聽到蘭馨還在明諷暗刺，就忘了拚命保持的形象，奔到蘭馨身前，抓著她的雙肩，一陣亂搖，喊道：

「妳半夜三更，跑到皇上寢宮來胡言亂語！妳是不是瘋了？」

「皇后息怒！」衝進門的莫尚宮，上前來拉皇后。

「皇后！」皇上急道：「蘭馨從小淘氣，妳不是不知道！發這麼大脾氣幹嘛？」

「這也是被嬌寵得無法無天的一個！」皇后對蘭馨怒喊：「好端端的咀咒榮王死！對妳的長輩，對妳父皇的功臣，妳有沒有一點點尊敬？」

蘭馨一個掙扎，身子一扭，就擺脫了皇后的手。她正色的凝視皇后，鋒利的說道：

「我尊敬值得尊敬的人！討厭虛情假意的人！」再對皇上深深看了一眼，柔聲說道：「父皇！淘氣的蘭馨去睡了，免得被溫柔的母后打死！」

蘭馨說完，一溜煙的從門口跑走了，崔諭娘急急跟著追去。

皇上被蘭馨這樣一鬧，遐思綺念都飛了，看著蘭馨的背影，若有所思起來。皇后被驚嚇的情緒還沒撫平，被威脅的感覺還在心頭繚繞，悄眼看皇上。見皇上沉思不語，竟然亂了方寸，不敢輕舉妄動，也不敢再說什麼。畢竟，面前是操生殺大權的一國之君！

❖

皇宮中這一幕，很快就傳進了太子府。在練武場中，武士們一色紅色制服，正在練劍。眾多武士行動畫一，一邊練著，一邊嘴裡呼喝著，十分壯觀。

太子偕同皓禎，在練武場中間空出的走道上邊走邊談。皓禎驚奇的問：

「蘭馨公主真的這樣對皇后和皇上說？她天不怕地不怕嗎？」

「宮裡都竊竊私語著，蘭馨幾乎挑明了在對父皇報信，只有父皇，依舊執迷不悟……」

太子一嘆：「英雄難過美人關！」忽然想到什麼，就看著皓禎問：「談到美人關，你那個女神醫如何？是怎麼認識的？聽說你已經金屋藏嬌了？」

「是誰對太子多話的？一定是寄南！」

「寄南不是被父皇派到洛陽去辦事了嗎？」太子深思的看皓禎：「你有沒有發現，父皇有意在栽培寄南，逐漸給他一些輕的重的工作，這對寄南是好事！只是，會不會耽誤……你知道的！」

「太子放心！」皓禎說：「寄南那人三頭六臂，不但事事不誤，風月場所照樣穿梭！你想，蘭馨公主怎會知道『春香苑』『秋香苑』這種名稱？都是寄南告訴她的！」

「長安城裡，真的有春香苑和秋香苑？」太子驚問。

「當然！」皓禎一笑，對太子耳邊低語：「還是伍項麒私下開設的！」

「原來如此！」太子驚愕的說：「怪不得皇后怒發如狂，蘭馨是放了一個雙響炮！」

兩人正談得專心，忽然練武場中，有個武士失手，手中長劍被另一個武士打飛，長劍掠過空中，迅速的對太子胸前飛來。皓禎大喝：

「太子小心！」緊急推開太子。

太子一驚，跳起身子，一招「青龍飛昇」，漂亮的空中倒翻，躲開了長劍，落地時，又一招「水中撈月」，右手俐落的接住飛來的劍柄。眾武士在大驚之後，都為太子的身手，哄然叫好。皓禎卻衝入劍陣中，飛快的把兩個闖禍的武士扣著手腕，拉到練武場中的行道上，摔到太子面前。皓禎大喝：

「你們兩個！是誰讓你們混進東宮衛士裡來？居然膽敢行刺太子！」

兩個武士頓時跪地，伏地喊冤，一個驚慌喊道：

「太子殿下饒命！少將軍饒命！小的是練武失手了，怎敢行刺太子殿下？」

另一個磕頭如搗蒜說：

「太子殿下明察！是失手！是失手！劍沒握牢，就脫手而去了！」

太子看著手裡的劍，再看向地上跪著的兩個武士，喊道：

「鄧勇！」

鄧勇上前，心有餘悸的跪下。

「殿下，鄧勇護駕出錯，請太子懲罰！」

「誰要懲罰你，起來！」太子瞪了鄧勇一眼。「你仔細看看這兩個人，是生面孔？還是熟面孔？至於他們的名字，出身來歷，通通給我調查清楚！」

失手的武士磕頭，解下腰牌雙手奉上。

「殿下！小的出身農家，是府兵制加入軍隊，老家在薊桐，上有老父老母，下有兒女妻室，都靠小的從軍，才能免去租調！剛剛確實是失手，不是行刺呀！」

「住口！即使是失手，如此嚴重，也是死罪一條！」起身的鄧勇大喝。

另一個武士滿臉悲壯之色，慘然說道：

「太子饒命！太子饒命！小的如果命喪戰場，也是一種榮光！現在命喪練武場，小的不甘心啊！」

「殿下！」皓禎趕緊說道：「此事實在不能輕率！要明察秋毫才行！」

太子把手中長劍，拋到兩個武士面前，正色說道：

「本太子諒你們也不是行刺的料，姑且相信你們的話！」看第二個武士：「命喪戰場，才是軍人的榮光！本太子喜歡這句話！你們兩個起來吧！今天之事，就算是你們失手，純屬意外！劍術練得如此之差，必須繼續努力！」

「殿下？」鄧勇驚喊：「就這樣饒了他們，不關進大牢調查一番嗎？」

「本太子說了，信得過他們！不用調查！」看著二人鄭重叮囑：「盡忠效力，才是軍人本色！你們戴罪立功吧！」轉頭對皓禎說：「走！屋裡去談！」

太子便帶著皓禎、鄧勇、衛士們向屋裡走去。

練劍場的武士，忽然全部半跪於地，用軍禮將劍柄觸地，發出整齊的篤篤聲，再將長劍豎舉在胸前，如雷般高喊：

「太子英明！太子威武！誓當效忠！萬死不辭！」

皓禎看看太子，微笑起來。兩人就在武士們的高喊聲中，到了太子的書房談話。兩人剛剛落坐，只見青蘿、楓紅、白羽、藍翎魚貫而入，奉茶奉水奉點心。

皓禎驚奇著，低問太子：

「殿下真的把她們四個都『收房』啦？」

太子瞪了皓禎一眼：

「都收房還讓她們出來奉水奉茶？太子府裡從來不需要歌舞伎，本太子也無此嗜好，何況太子妃溫婉賢慧，本太子不想破壞閨中氣氛！不知道要讓她們四個做什麼好？只好當丫頭了！」

皓禎不禁佩服的看太子，說道：

「殿下！皓禎服了！」

「服我什麼？沒碰她們四個嗎？」太子微笑問。

「這還是小事！」皓禎想想說：「在練武場中當眾放掉那兩個肇事的武士，才是大事！」

「為什麼？」

「殿下看了那把劍就明白了，就是一把練武用的舊劍，劍鋒不利，連上戰場都不行！何況，若要行刺，怎會在光天化日的練武場？那兒高手如林，他們不會那麼笨！如果選在那兒，就不會只有兩個人，會是一隊人！所以，只是一樁意外！」

太子不禁大笑，欣賞的看皓禎說：

「什麼都逃不過你的眼睛！但是，你也怕我會處理不當，才會提醒我『明察秋毫』吧！」

「皓禎不是太子的對手，什麼都被你看穿了！多此一舉的提醒！」皓禎也大笑。

「提醒永遠不嫌多！」太子臉色一正，誠懇的說：「皓禎，你要隨時提醒我，如果我將來過分驕傲，或者過分享樂，或者過分自負，或者變得昏庸，或者變得貪婪……你都要提醒著我！」

「是！」皓禎也臉色一正。

青蘿走到兩人面前，換上熱茶，笑靨迎人的說道：

「恭喜太子殿下，練武場的小小意外，殿下收服了當場所有軍心，是大大收獲，殿下要什麼有什麼，唯有人心，看不清摸不著買不到，這場收獲，可喜可賀！」

太子愣了愣，眼光深刻的注視著青蘿。皓禎看在眼裡，微微一笑，心想：

「青蘿太聰明，這位坐懷不亂的太子，大概還是逃不開美人關吧！」

❖

皓禎自認是逃不開吟霜這關的，也心甘情願投入在這讓他意亂情迷的境界裡。所以，這天皇上有點不適，取消了早朝，他便帶著魯超小樂，騎馬去了吟霜那兒，誰知卻撲了一空。

原來，這天早上，吟霜、香綺、常媽正在門前整理藥草。忽然，鄰居青年鄭虎駕了一匹沒棚的、莊稼用的破馬車疾馳而來。他瘋狂的大喊大叫著：

「常奶奶！常奶奶！我嫂子難產，產婆沒辦法了！說是大人小孩都保不住……」

「什麼？難產？多久了？」常媽驚問。

鄭虎著急的勒住馬車，喘息的說著：

「昨晚喊了一天一夜，生不出來！我娘要我趕快請妳去看看……妳經驗多……我嫂子已經快斷氣了，我哥在發瘋……」

吟霜聽了，臉色一變，緊急的喊道：

「香綺！準備我的藥箱，剪刀、刀子、針線、銀針都帶著……我們一起去幫忙！」

「鄭虎，別著急！」常媽精神一振：「我們這兒正好有位小神醫！說不定她有辦法！我們馬上去！」

香綺緊張的奔進屋裡去拿藥箱和一切。吟霜喊著：

「救人如救火，一點時辰都不能耽誤，已經熬了一天一夜，情況很危急了！」

於是，吟霜帶著常媽和香綺，全部跳上鄭虎的馬車，連房門都來不及鎖，就飛快的趕到鄭虎家裡去了。

到了鄭虎家，吟霜衝進產房，才發現情況不妙。產婦臉色慘白，汗水和淚水齊下，身子已經完全無法用力，不住發出慘烈的哀號：

「哎喲！哎喲！鄭鵬鄭鵬……我快死了……哎喲，我生不出來，娘、娘！救孩子，讓我死……救孩子……」

「什麼救孩子，兩個都要救！兒媳婦啊，妳再用力試試……」鄭婆婆流淚喊著。

常媽帶著吟霜、香綺進房，就急急的喊著：

「金花！振作一點，我帶救命菩薩來了！這位白姑娘是神醫，讓她來幫妳……產婆，妳先讓開，讓神醫姑娘看看！」

吟霜衝到床尾，在掀開的棉被下看了看，只見血濕床褥，觸目驚心。她洗了手，再伸手進去檢查嬰兒，產婦慘叫：

「痛死了！哎喲哎喲……救孩子救孩子，讓我死掉吧……」頓時喘不過氣來。

吟霜站直身子，臉色緊張，十萬火急的問道：

「鄭婆婆，你們家有沒有羊腸？如果沒有，趕快殺一隻羊！我需要羊腸！」

「羊腸？」鄭婆婆莫名其妙的問，卻一個勁兒點頭：「有有有！昨兒個才殺了一隻羊，預備等金花生了，大家烤全羊慶祝……」

「那麼羊腸在哪兒？」吟霜打斷，急問。

「泡在藥酒裡，預備……」

「泡在藥酒裡？天助我也！」吟霜打斷她，就緊急的命令道：「香綺，把剪刀過火，跟著婆婆去拿羊腸，洗乾淨手，然後把羊腸刮淨，最裡層的膜取出、擦乾，剪成細線，縫衣針過火，穿上針！我要幾根羊腸線！快！」

「是是是！」香綺緊張的答著，拉著鄭婆婆去拿羊腸。

鄭鵬也不管不顧，衝進來對吟霜問：

「妳這個姑娘，要幹什麼？」

吟霜緊急的說道：

「我看過我爹救過一位產婦，我在旁邊幫忙……現在只有一個辦法，你們要不要相信我？我要用我爹的辦法，剖腹取胎……」

吟霜話沒說完，鄭鵬衝上前來，拉住她兩隻胳臂猛搖，漲紅眼睛大叫：

「妳說什麼？剖腹取胎是什麼意思？妳想殺掉我老婆嗎？我不要那孩子，妳救我老婆，妳敢剖開她的肚子，我跟妳拚命！」

吟霜掙扎著，急切喊著：

「我不是殺掉你老婆，是想救母子兩個，剖開肚子，取出胎兒，我會把傷口再縫好，我會用我爹教的功夫來幫忙止痛！你如果再耽擱，一切都來不及了！」

「什麼剖開肚子，不許不許！」鄭鵬激動大叫：「妳這個姑娘才多少歲？妳有什麼經驗？妳不許碰我老婆，我不相信我老婆剖開肚子還能活！產婆……產婆……」

產婆著急的，對鄭鵬跪拜著：

「我真的沒辦法了！母子都不保，我先走一步，讓這位神醫姑娘來接生吧……」

產婆說著，起身就去收拾東西想開溜。吟霜一把拉住她：

「妳得留下來幫忙……」

產婦又一聲悽厲的哀號：

「哎喲……天啊……讓我死吧！剖開我，把那孩子拿出來……哎喲……」

吟霜大急，用力掙開鄭鵬，一臉正氣的喊道：

「你們要不要我幫忙？如果要我幫忙，就要快！我不保證母子都能救，但是可以試一試！你們趕快把鄭鵬拉出去，我再不動手，兩個都沒命了！」

婆婆和香綺拿著羊腸線匆匆進門，香綺喊著：

「羊腸線來了！」

常媽、家人都來死命拖著鄭鵬出房。

吟霜一面捲袖子，一面用剪刀剪開產婦肚子上的衣服，一面緊張的吩咐：

「香綺，給我皂角熱水洗手，再把我藥箱裡的那把刀拿來！大家都把手洗乾淨，產婆妳在旁邊幫忙，鄭婆婆妳給我一瓶酒，幫我塗在肚皮上，我要開始了！」

鄭鵬一面被拖出去，一面悽厲的喊著：

「什麼神醫？妳醫死了我老婆怎麼辦？我要我的金花，金花，金花……」

就在鄭鵬的喊聲中，吟霜用皂角洗淨了手，把雙手按在產婦的肚皮上運功止痛，低低唸道：「正心誠意，趨吉避凶。心存善念，百病不容！」

吟霜拿起刀子，深吸口氣，在產婦用酒消毒過後的肚子上一劃。產婦一聲尖叫！

咕咚一聲，鄭婆婆暈倒在地。又咕咚一聲，常媽也昏倒在地。

❖

當吟霜在搶救鄭鵬母子時，皓禎已經找遍了附近的地方，看到屋裡三個人都不見了，大門開著，爐子上還燒著水，水壺都燒乾了，顯然走得匆忙！他腦子裡，立刻浮起白勝齡死去的樣子，浮起東市中項魁要搶吟霜作妾的情形，浮起各種想像的恐怖畫面。魯超納悶而擔心的說：

「公子，這事不對勁，會不會這個鄉間小屋已經洩露了？」

皓禎大急，跳腳喊：

「我就擔心這個！這兒必須重兵守衛！這是絕對絕對不能出事的地方！房裡沒人，她們去了那裡？我再騎馬去找！我們分頭找，任何蛛絲馬跡都不要漏掉！萬一她們被擄走了，說不定會留下釵環手帕什麼的……快！快找！」

三人衝出房，跳上馬，又分別疾馳而去。

❖

吟霜滿頭大汗，從產婦肚子裡抱出胎兒。咕哇的一聲，胎兒清脆的哭聲響起。

吟霜趕緊把胎兒交給產婆，喊道：

「產婆，剪臍帶！是個壯小子！胎盤也出來了！香綺！趕快把羊腸線給我！針都用燭火烤過了吧！快！我要一層一層的縫！」

香綺嚇得臉色蒼白，卻是唯一還支撐著的人，趕緊遞上針線。

產婦聽到兒啼聲再也支撐不住，頭一歪，失去了知覺。此時，兒啼聲驚醒了鄭婆婆，她從地上驚喜的爬起來，問：

「孩子是活的嗎？我兒媳婦呢？」

香綺看到產婦暈倒，失聲驚喊：

「金花嫂子死了！金花嫂子死了……」

婆婆驚呼一聲：「金花啊！」咕咚一聲，又昏倒在地。

「什麼？香綺不要亂說！」吟霜大驚，趕緊看過去。「沒事沒事，她只是昏倒了！產婆，趕快把嬰兒洗乾淨包好，我要處理傷口！」就埋頭縫著產婦的傷口。

嬰兒的啼哭聲也驚動了鄭鵬，他掙脫家人的阻止，衝進房門來。產婆急忙捧上嬰兒給鄭鵬，一疊連聲說：

「恭喜恭喜！是個胖小子，你當爹了！」

鄭鵬看了嬰兒一眼，就急急的撲到床前，著急心痛的大喊：

「金花！金花！妳怎麼樣？」看到金花昏迷，看到吟霜正在縫金花的肚子，大驚失色，對吟霜大叫：「妳真的剖開了她的肚子？她死了嗎？我跟妳說過，要救大人！救我老婆，如果她死了，我會恨那個孩子……」

吟霜縫著傷口，誠摯的說道：

「別叫別叫！我知道你不能失去金花，她只是暈倒了，暈倒也是一種保護，讓她不覺得那麼痛，她過一會兒就會醒來的！」

「妳不許走！妳留在這兒，等到我老婆活了妳才能走！」鄭鵬紅著眼眶大叫：「金花是我的命，我要我的金花！」

吟霜充耳不聞鄭鵬心急如焚的吼聲，眼神專注、心無旁騖的縫著傷口，一針又一針，快速而又綿密的縫著。她是如此的專心於手中的傷口縫合工作，全身彷彿籠罩在一層神聖而不可侵犯的光輝裡，那是視病猶親的聖潔光輝！這樣的氣氛，連那鄭鵬也感受到了，他的吼聲，突然之間，停止了。

等到產婦悠悠醒轉，已經鬧到快黃昏了。鄭鵬大喜的坐在床沿，緊握著產婦的手。

「金花！妳怎樣？妳肚子痛嗎？妳能說話嗎？」

「我很好，真的很好！肚子也不是很痛……」產婦虛弱的笑著：「孩子呢？」急迫的要坐起身：「孩子沒事吧？我要孩子！我要孩子！」

婆婆急忙把嬰兒抱來，放在產婦身邊，喜悅說道：

「是個帶把兒的！咱們鄭家第一個孫子，金花，妳真了不起，還有那位活菩薩，神醫姑娘，她救了妳們母子的命！」

吟霜捧著一杯熱茶坐在坐榻上，幾乎和產婦一樣衰弱，卻心情良好。

「我不是菩薩，我只是一個大夫！恭喜兩位爹娘……」吟霜看鄭鵬，微笑的說：「怎麼可以恨孩子？如果我出了錯，恨我可以，孩子生下來，就是為了讓人愛的！」

鄭鵬抱著孩子，愛極的看著，啪的一聲，打了自己一個耳光，說道：

「兒子！剛剛爹胡說八道，你別跟爹計較，現在你娘沒事，你也沒事，是我這個鄉巴佬太有造化了！」

鄭鵬把嬰兒放回產婦懷中，奔過來就對吟霜一跪落地，磕頭說道：

「活菩薩！神醫姑娘！小的今天像隻瘋狗，妳別跟瘋狗生氣！小的亂叫一陣，明天會把田裡最好的莊稼送到妳家去，謝謝妳救活了我的老婆和兒子！」說著說著落淚了。

「我沒生氣！」吟霜紅了眼眶：「我看到了人性！你這人對老婆的珍愛，讓我很感動。現在，可以放我回家了嗎？我明天會來幫金花的傷口換藥，七天後拆線，她就會完全復元了！現在，你們也可以烤全羊慶祝了！」

常媽這才歡天喜地的喊道：

「哎呀，總算老天保佑……我嚇得昏倒，也沒仔細看這神醫是怎麼接生的，太冤枉了！現在，趕緊回家吧！我爐子上好像還燒著水呢！」

因此，當吟霜回家的時候，已經是落日銜山的時候了。

皓禎、小樂、魯超正在那兒急得團團轉。皓禎心慌意亂的喊著：

「現在，已經證明絕對是出事了！從早上到現在，她們三個都沒個人影，這太不合理！也絕對不是吟霜的作風，我現在一刻都不能等了！我要殺到那個項魁府裡去！除了那個大色鬼，我想不出還有別人會擄走她們！」

「公子，你一整天沒吃沒喝，先弄點東西吃，魯超再陪你去把人劫出來！」魯超說。

「我來煮飯，隨便吃點東西再去！」小樂說。

三人正說著，忽然看到鄭虎駕著他的破馬車，飛馳而來。三人就驚怔的看著，只見那沒棚的馬車上，赫然坐著吟霜、香綺和常媽。

馬車到了門口，大家看到三人，個個驚訝著。鄭虎勒住馬，回頭喊道：

「常奶奶，妳家有客人哦！」對著皓禎等人打躬作揖：「我把神醫姑娘送回來了！沒想到一去就是一整天，連一餐晚膳也沒招待她們吃，烤全羊還沒開始烤呢！家裡實在亂成一團，大家都樂得忘記時辰，哈哈哈！什麼都忘了！」

皓禎看到鄭虎如此歡天喜地，簡直傻了。吟霜看到皓禎，心中一急，趕緊跳下馬車問：

「你幾時來的？等我很久了嗎？我去鄭家了，就是山那頭的鄰居……」

吟霜話沒說完，皓禎拉起吟霜的胳臂，就一直拉進房裡去了。他神色凝重，臉色不佳，拉著吟霜，穿過外面的大廳，一直拉進臥室，砰的一聲，把房門關上。吟霜著急，掙扎著喊：

「你幹嘛？有話好好說！」

皓禎把吟霜一甩，回頭面對吟霜，就爆發的，一連串的說道：

「妳問我幾時來的？我告訴妳，一清早就到了，妳們房門沒鎖，三個人全不在家！原來妳們去鄰居家串門子！妳居然一個字都沒留給我？妳要逼瘋我嗎？妳知道這一整天我怎麼過的？我去了幾百個地方找妳，三仙崖、東市，妳爹的墓地……幾乎把整個長安城都找遍了！妳，妳氣死我了！」

吟霜一愣，立即奔來，把皓禎一抱，歉然的喊：

「讓你擔心了！以為你今天不會來，當時也沒空細想……」

「以為我不會來，妳就可以出去一整天不回家嗎？」皓禎打斷：「如果這樣養成了習慣，我不能過來的時候，妳讓我怎麼辦？」越說越大聲：「妳知道『著急』兩個字怎麼寫嗎？妳知道『害怕』兩個字怎麼寫嗎？」

吟霜抬頭，癡癡的看著他，眼中充淚了。皓禎繼續喊：

「我以為妳被伍項魁那個混帳抓走了！我以為妳又要吃苦受罪，甚至被侮辱，我急得快瘋了，時辰越晚，我就越急，結果妳去了山那頭的鄭家……」

「等我說幾句話好不好？」吟霜輕聲打斷。

「妳說！妳說！」皓禎憋著氣。

「鄭家的兒媳婦金花難產，今天是我第一次，接生了一個嬰兒！而且我是剖腹取胎的！如果不當機立斷，剖開肚子，拿出胎兒，母子都會死！那經過實在太緊張了！加上孩子的爹像瘋了一樣，看到老婆昏倒，就說我殺了金花！全屋子的人都被我嚇昏了，可是我做到了！我忙了一整天……現在母子均安！」

皓禎整個人震撼的呆住了。

兩人對看著，皓禎眼裡，從生氣轉為驚佩和愧疚，睜大眼睛問：

「妳切開產婦的肚子，抱出嬰兒，那傷口怎麼辦？」

「用針線縫起來，縫了好幾層，裡面用羊腸線，外面就用普通的線！傷口會長好的。我看我爹做過一次！但是大家太害怕了，不能接受這樣的方法！」

皓禎呆了片刻，簡直無法言語，半晌後才說道：

「所以妳忙了一整天，有沒有吃點東西？妳用氣功止痛不是會消耗元氣嗎？」

「是！被你沒頭沒腦一罵，現在快要昏倒了！」

「不許昏倒！不許嚇我！」

皓禎就抱住她，把她緊緊的摟在懷裡。吟霜立刻忘形的用雙手環住他的腰，把頭埋進他的肩窩裡。兩人就這樣緊擁著，片刻，皓禎輕輕推開她，深深看著吟霜的眼睛。

「抱歉，跟妳亂吼亂叫，一整天找不到妳，我就發瘋了！」

「你是我今天碰到的第二個瘋子……」吟霜溫柔的笑著：「你知道嗎……」深情嚮往的說道：「我其實……很喜歡你們這種會發瘋的人！」

皓禎就再度抱住她，說不出有多麼珍惜，說不出有多麼疼愛，兩人緊緊依偎著。

12

在皇后寢宮外的大廳裡，伍震榮終於拿著百鳥衣，誠惶誠恐的笑著，獻給蘭馨：

「公主，這是您上回要的百鳥衣，下官今天給您送來了。」

「不是跟你說三天嗎？」蘭馨傲然而不屑的說：「現在是多少個三天了？你算過沒有，你顯然不把本公主放在眼裡！期限過了，你就該受罰！」

「不不不！」震榮急得冒汗：「公主，在下官眼裡，您的命令和皇上一樣重要，請您息怒，實在是因為這個百鳥衣太不容易了，首先得先去找鳥兒，這隨便的鳥兒還配不上公主您的身分，所以大家上天下地，到處搜刮奇珍異鳥才做成這件百鳥衣……」

皇后幫腔緩頰，接了衣服，驚嘆的說：

「蘭馨呀！妳看這百鳥衣上各種漂亮的羽毛都有，簡直是稀奇珍品，相信榮王確實費了一番工夫，妳也不要再刁難了！」

「什麼刁難？言而無信是何罪？延遲覆命又是何罪？何況是他自己說要送禮物讓本公主消氣的，難道還是本公主欺負了他？」蘭馨振振有詞。

「唉唉唉！皇后殿下，這不怪公主，都是下官不好，下官有錯！」震榮接過衣服來到蘭馨跟前：「公主，這百鳥衣是下官讓『尚服局』的裁縫師傅做的，為了能搭配公主的行裝，特別為公主做成一件斗篷，公主快試試合不合身？不合身的話，下官讓尚服局再去改。」

蘭馨瞄了那件百鳥衣一眼，說實話，這件衣裳還真是獨出心裁，以白色羽毛為主，各種鮮艷羽毛為輔，鴛鴦紫、錦雞紅、鵝黃、孔雀藍，鸚鵡綠……不一而足，用了鑲嵌織法、重疊織法、交叉織法……做成了一件奪目的斗篷。

蘭馨心裡雖然覺得好看，卻不屑一顧的說：

「崔諭娘，把它收到舊衣庫去吧！」

「妳這是什麼態度？人家好心好意，千辛萬苦送來的禮物，妳還說送到舊衣庫，妳到底有沒有禮貌？」皇后生氣的說。

蘭馨一臉正氣的看著皇后，昂首說道：

「禮貌，也要看是對什麼樣的人！給榮王一句話『人必自侮而後人侮之！』請榮王記住了！」

「公主好學問！」震榮欣賞的說道：「允文允武，真是女中豪傑！」

「拍馬奉承這一套，對本公主無效！」蘭馨說完，拿起百鳥衣，隨便的披在肩上，就揚長而去了。

「你看看……」盧皇后氣得發抖：「這女兒，越長大，那股傲氣就越大，幾乎把她的母后當成敵人了！那晚在皇上面前，居然也含沙射影，差點把我倆的事說出來！」

「皇后殿下，所以妳也要拉攏拉攏她！」震榮著急的說：「不要老是責怪她！嗯？總是寶貝女兒嘛！再說，她那股傲氣下官欣賞！還不都像殿下妳哪！」

❖

蘭馨順口說出的一件百鳥衣，害死了吟霜的爹，又害得靈兒陷進項魁府。這一切都是連鎖關係，一件事帶出另一件。當寄南從洛陽回來，在吟霜那鄉間小屋裡，聽到靈兒去季門幫裘彪賣藝了，這才震驚跳起身，打翻了香綺剛送來的熱茶。

「靈兒去季門幫她爹賣藝？哪有此事，裘彪哪兒，我一直有人保護著，裘家班現在到了鳳翔，根本不在季門！」

「裘家班不在季門，那靈兒去哪兒了？」吟霜大驚。

「她說得活靈活現，什麼小猴子報信，難道都是假的？」皓禎瞪大眼。

「你們也由著她去？現在都多少天了，她還在長安嗎？難道這些日子來，她一點音信也沒有嗎？」

「確實一點音信也沒有！我們都相信她去幫裘彪了！怎會懷疑她在說謊呢？」皓禎著急起來。

「妳一心一意都在吟霜身上，對靈兒連一點關心都沒有！」寄南罵皓禎。

「這才冤哉枉也！」

「她會不會幫我報仇去了？」吟霜驀的想通了，臉色頓時沉重起來。

「報仇？」寄南喊：「我們大夥在一起的時候，她不計畫報仇，等我們都有事的時候，單槍匹馬去報仇？而且，那是伍項魁！她有什麼本領動得了他？」

「別說了，我趕緊讓魯超帶人，到處去找就是了！」皓禎起身就要出門找魯超。

皓禎還沒出門，小樂氣喘吁吁的奔進房來，喊著：

「不得了！不得了！我剛剛得到一個消息，那項魁府的衛士丫頭們都說，靈兒姑娘現在是項魁府裡的『大夫人』！」

「什麼？你怎麼知道是靈兒？」寄南震驚的問。

「她坐不改名，行不改姓，就用裘靈兒的名號，十幾天前就闖進項魁府去了！」

「什麼大夫人？伍項魁家裡本來就已經有四位夫人了，難道她跑到項魁府去篡位了不成？」皓禎不可思議的說。

「氣煞我也！」寄南喊道：「天下有這麼笨的姑娘嗎？這分明是羊入虎口！居然成了伍

項魁的『大夫人』，會不會被那個畜生給欺負了？」

「寄南，妳先別怪靈兒了！」皓禎深思的說：「我反而為靈兒這股見義勇為、奮不顧身的精神感動！她這樣為吟霜報仇，實在讓我慚愧！我想，她一定有備而去，她太機靈了，不會笨到讓自己失身的！」

「不能這麼說，姑娘家就是姑娘家，怎樣也打不過伍家人的！何況姑娘家的名節多麼重要，她怎麼允許自己變成大夫人呢？我們大家要快想辦法救出她呀！」吟霜急得快哭了。

「公子，小樂還有一條消息，榮王伍震榮將在三天後做大壽，宴請朝臣百官……」

寄南一聽兩眼發光，像看到希望。

「榮王過壽？」寄南揣測的說：「伍項魁當天一定會帶著他的夫人們去給榮王祝壽，我們可以去榮王府碰碰運氣……」皺眉深思：「但是，這大夫人的地位太離奇，伍項魁會讓她出現在宴會裡嗎？」

「不管會不會，我們都得試試看！」皓禎堅定的說：「而且，我們還要擬定一個援救計畫才行！否則，就算她出現在榮王府，那兒衛士高手林立，我們如何劫持伍項魁的『大夫人』？」

大家面面相覷，苦苦思索。

轉眼到了伍震榮過壽的日子，皓禎、寄南、吟霜為營救那位「大夫人」傷腦筋，伍項魁也為了如何安置這位「大夫人」傷腦筋。

他進入「大夫人」房，拉著靈兒向門外走，頭痛的嘟囔：

「走！我爹過壽，全家都要去，衛士也不在家，把妳關在這兒，太不放心了，一個不注意，妳就穿牆溜走了！我得把妳關到地窖裡去！」

靈兒眼珠一轉，得意的笑：

「哈哈！太好了，本姑娘有老鼠幫忙，鑽地窖是第一流的好手，難道大人忘了雞飛鼠跳的事？去去去！地窖我喜歡！」

「妳真的會鑽地窖……我才不相信！」項魁狐疑的說。

「大人！你爹過壽？」靈兒對伍項魁正色道：「乾脆你把我帶去，我有很特別很出彩的禮物，可以獻給你爹，到時候，你爹一高興，你就告訴他，我是你的大夫人，讓我名正言順！這些日子，我不從你，總是因為沒得到你家正式承認的緣故！等到你爹承認了我，我就心甘情願當你的大夫人，再也不逃了！」

「妳有禮物？特別出彩的禮物，是什麼？」項魁不信的問。

「你帶我去還是不帶我去？不帶我去的話，告訴你也沒用！」靈兒一跺腳，瞪著他：

「你想，那榮王府有多少高手？再加上樂蓉公主也會去吧？全城的高手武士都集中在榮王府，諒我變成矛隼也飛不出去！就像你說的，我已經進了你的府，成了你的人，我只是要個名正言順！」

「聽起來也有道理，我派幾個人盯著妳就是！」項魁不禁點頭，注視她，見她明眸皓齒，嬌媚可人，忍不住心動著。「好吧！就帶妳去，免得妳去鑽地窖！妳那特別出彩的禮物，可得讓本大人臉上有光！」

「那還用說嗎？」靈兒喜悅的一笑，鄭重說道：「那就趕快幫我準備各種道具！」

「還要準備道具？」

「可不是！流星錘、扯鈴、大旗、盤子、飛鏢、陀螺、鑽圈……都準備起來！」

❖

這晚，榮王府可熱鬧了。大門口貼著大大的「壽」字，門口人來人往全是祝壽的賓客。袁柏凱、皓禎、寄南和拿著壽禮的小樂，也前來榮王府祝壽。柏凱忍不住對皓禎、寄南悄悄提醒：

「今天榮王做壽，你們可要給我安分點，見到壽星榮王，你們就恭敬說幾句，千萬不要再與他們公然為敵，聽到沒有？」

皓禎和寄南兩人交換視線，皓禎便笑著說道：

「知道了，爹！今天是來祝壽的，大家把氣氛弄得愉快熱鬧一點就成了！」

寄南拍拍皓禎的肩膀，東張西望的：

「反正我這個靖威王也不歸袁大將軍管，萬一有什麼狀況，我的腦袋就管不住我的手了，哈哈哈！我盡量不闖禍，如果有人闖禍，算在我頭上也無所謂！」

就在寄南說話之際，方世廷也帶著方漢陽前來祝壽，忙著和柏凱打招呼。

「哦！袁大將軍也來給榮王祝壽了，真巧真巧！」世廷大方客氣的說，看著皓禎，不由自主欣賞起來：「你這位公子，越來越出色了！」

「那裡那裡，常常惹我生氣呢！」柏凱謙虛的說：「倒是你的公子，彬彬有禮，一表人材！讓我非常羨慕！」

漢陽趕緊對柏凱行禮說道：

「袁大將軍謬讚了！我爹在家，常常誇獎少將軍呢！」

「哦？」皓禎心不在焉的四面打量：「你們長輩這樣互相誇獎沒關係，我這個小輩聽著有點肉麻！嘴上無毛，做事不牢！我們就是做事不牢的那種人，哈哈！」

「皓禎，你怎麼說話越來越像我的口氣了？」寄南抗議：「你別學我！袁伯父會把我列進損友那類，讓我和你保持距離的！哈哈哈！」

大家就這樣說說笑笑，進了榮王府的大院。只見大院裡布置得喜氣洋洋，同時也已經擺滿了酒席。一張張方桌，排列在大院的左方和右方，中間留出走道。由於賓客太多，本來一張桌子只坐一個客人，現在卻坐兩個。皓禎和寄南就順理成章的坐在一桌。賓客依序入座，紛紛向伍震榮祝壽，正是冠蓋滿堂、佳賓雲集。

伍項麒帶著盛裝的樂蓉公主駕到，又引起一陣熱鬧。眾人七嘴八舌的指著：

「那是樂蓉公主和伍項麒駙馬爺！」

伍震榮帶著項魁迎向公主，先給公主行大禮，說道：

「下官見過樂蓉公主！小小壽誕，驚動公主，實在不安呀！」

「榮王說哪兒話？兒媳今天來給榮王爹爹祝壽，只行家禮，沒有皇家禮數！祝榮王爹爹萬壽無疆！」樂蓉雍容華貴，禮貌周到的說。項麒對著眾人舉杯，高聲的說道：

「項麒先代表皇室，祝我爹榮王壽比南山！再代表我爹榮王，謝謝大家光臨！來，大家乾一杯！」

眾人起立，全部舉杯，喊著「榮王壽比南山」。寄南皓禎舉杯後坐下，兩人都眼光銳利的到處搜尋著。寄南對皓禎低語：

「看到靈兒了嗎？」

「女眷不少，就沒看到她！」皓禎說。

在絲竹悅耳的曲調聲中，賓客們開始吃吃喝喝，伍震榮帶著伍項魁到處敬酒。項魁伺機諂媚：

「爹！項魁今天給你準備了一個特別的禮物，是個餘興節目為您祝壽，您等下好好欣賞，要是讓您開心滿意，項魁還有要求，請爹恩准！」

「為我祝壽還跟我談條件？」震榮寵溺又諷刺的說：「到底是你過壽還是我過壽呀！你事事出錯，你的禮物不出錯就好！」

大院裡一側有個表演台，突然鑼鼓大作，眾人望向表演台。

台上，靈兒穿著薄紗般曼妙舞衣，妝扮得美麗無比，頭上釵環流蘇，臂上套著鮮花花環，豔光四射的飛舞著出現，手裡還耍著流星錘。她時而跳躍而起，時而劈腿甩著流星錘，兩端裝飾著的流星錘，被靈兒甩得像火球般在她身邊旋轉。眾人看到如此精采的表演，紛紛喧嘩鼓掌，驚喜萬分。伍項魁、伍震榮、袁柏凱、方漢陽、方世廷等人也看得著迷叫好。

寄南發現台上的女子是靈兒，瞪大眼珠，扯著身旁的皓禎，低聲驚呼：

「皓禎，你看，原來她在上面！實在太稀奇！」

「我看到了！」皓禎鎮定的低聲說，壓抑寄南的情緒：「你少安勿躁，我們隨機應變！看看這位『大夫人』在幹什麼？」

靈兒繼續精彩的表演，讓觀眾看得歡聲雷動不停喝彩。趁著大家完全入迷欣賞特技之時，突然將流星錘向伍項魁的臉面甩了過來，伍項魁雖然一驚，但不是真打到他，只見靈兒對他嘻皮笑臉，以為是靈兒故意在和他打情罵俏挑逗他，開心叫好，起身鼓掌：

「好好！甩得漂亮！再來一個！」

當眾人陶醉之際，靈兒終於發難，突然對著伍項魁方向，射出藏在袖子裡的飛鏢。飛鏢直射項魁的面門，項魁大驚，手中拿著酒壺，舉起手來一擋，喀啦一聲，飛鏢驚險的刺破酒壺，壺身四裂碎了一地。

賓客們譁然，起身躲避。靈兒的飛鏢再次發出，伍項魁狼狽的逃竄，嗤啦一聲，衣袖又被刺破了。伍震榮見狀氣急敗壞，大吼：

「有人行刺，抓刺客！抓住台上那個刺客！」

榮王府頓時亂成一團。靈兒縱身一躍落地，想逃離大院。項魁大怒，罵道：

「裘靈兒，妳居然敢暗算我！」

「飛鏢可是你準備的！蒙面飛鏢是我的絕技，你還不知道嗎？讓你準備，你就準備，真是聽話！」靈兒對項魁說著，第三支飛鏢又射了過去。驚險的掠過項魁的耳朵，把他耳朵削去一層皮，鮮血迸出。伍震榮大驚，拚命喊著：

「來人呀！把大院給我圍個水洩不通，全體出動抓刺客！」

漢陽也起身大喊：

「各王府的衛士全部出動！各位貴賓的衛士也全部出手，務必要抓住這個刺客！」

皓禎飛快的從漢陽身邊滑過去，在他耳邊說：

「你又弄不清狀況了！這位刺客抓不得！抓了會讓榮王顏面掃地！尤其公主在場！你別

幫榮王丟臉了！」

漢陽一怔，只見賓客紛紛逃竄，場面混亂。

皓禎和寄南互相使了眼色，皓禎便放聲大喊：

「寄南！別閒著，我們快幫榮王抓刺客！」

皓禎和寄南就竄進衛士之中，小樂也來幫忙，製造更多的混亂，一下擋著衛士，一下翻倒了酒席，一下踩住了女眷的衣襬，害得女眷摔跤。靈兒就在這一片混亂中，用流星錘應付大批的衛士，打得吃力難逃。寄南裝著醉意，到處亂撞衛士，藉機幫靈兒開路，嘴裡大叫：「抓刺客！抓刺客！別給她跑了！」就飛快的靠近靈兒，小聲問道：「大夫人當得過癮嗎？那畜生沒有讓妳真的變成『夫人』吧？」

靈兒一面舞動流星錘，一面小聲回答：

「差不多了！」

寄南一驚，手上拿著酒壺，摧動內力，一招「黃雀點頭」，酒從壺口激射而出，伍項魁奔來抓靈兒，酒正好射中他的眼睛，伍項魁摀著眼睛大叫：

「誰在暗算本大人？給我打！」

衛士對寄南拿刀相向。寄南一氣，丟了酒壺便和衛士大打出手，吼著：

「你們居然敢對本王動手！沒看到我在幫你們抓刺客嗎？」

寄南一邊和衛士對打，一邊又挨到靈兒身邊，低語：

「妳好大的膽子，居然敢一個人行動，妳到底想幹嘛？怎麼不等我回來商量？」

「我為什麼等你商量？你是我的誰呀？」靈兒氣沖沖。

靈兒和寄南說話間，更多的衛士殺來了，兩人趕緊應付。皓禎見狀，知道非出手不可了，大喊了一聲：

「寄南，抓刺客要緊！我來幫你，把她拿下！」

皓禎就飛躍到兩人面前，一式「擒拿手」，迅速的去抓靈兒，握住了她的手腕，對靈兒低語：

「今天這個狀況，妳是逃不掉了！各路好手，全部在場！妳必須見機行事！」說完，大叫：「我抓到刺客了！大家退！」

靈兒機警的配合做戲，掙扎著喊：

「放開我！放開我！我不是刺客，我是在為老百姓除害！」

「大家讓一讓，不要擠在這兒，刺客已經抓住了！」寄南對圍過來的衛士喊道。

「皓禎！不過是個姑娘家，總不需要我出手吧！」柏凱喊著。

「大將軍請喝酒，這兒交給皓禎就是了！」皓禎回答。

衛士見刺客已經抓到，就讓開了路。

誰知靈兒不知道從哪兒又變出一支飛鏢，用沒被皓禎抓住的那隻手，一鏢刺向皓禎握住自己的手。皓禎大驚，一痛鬆手，驚看靈兒：

「妳還有飛鏢？還真刺？」

靈兒趁這個空檔，立刻往前飛竄逃跑。伍震榮一攔，她竟然撞進伍震榮懷裡。她抬頭一看，大隊的高手，拿著刀劍武器，從伍震榮身後環繞而立。

靈兒終於知道大勢已去。

❖

在榮王府的書房裡，靈兒被五花大綁的跪在伍震榮面前。皓禎、寄南、伍項魁、袁柏凱、方漢陽、方世廷也在大廳分立兩旁。樂蓉公主興沖沖的看熱鬧，而項麒臉色不佳。項魁耳朵流血，眼睛紅腫，狼狽不堪的站在伍震榮身邊。伍震榮質詢項魁：

「你說這個女刺客，怎麼突然變成你的大夫人呢？既然你都把她升為大夫人了，那她為什麼還要行刺你？」

項魁氣得不吭聲。

「恐怕榮王今兒個太小題大做了！」寄南一笑：「貴公子不是說，這是給榮王的祝壽禮物嗎？這種大鬧壽宴，假裝刺客，讓所有賓客都跟著熱鬧一下！大概是特別設計的『祝壽禮』吧！」

「什麼禮物？」項魁一怒，喊道：「她就是一個刺客！先到我的府裡行刺，行刺不成，再到我爹這兒來行刺！」

寄南給靈兒使個眼色，靈兒明白了，突然大哭起來，對伍震榮哀聲哭訴：

「王爺，你要為民女作主啊！民女只是在江湖上跑碼頭雜技班的小女子……」瞪著伍項魁：「可是這位伍大人卻大鬧我們的雜技班，硬要我嫁給他，當他們項魁府的如夫人，如果不依，就要我和我爹的命！」裝腔作勢，一把鼻涕一把淚的：「最後還把我爹和我家十一口，全部抓走，不知道抓到哪兒去了？我就是被他脅迫的，被他搶去的！」

伍震榮聽得臉色發青，怒火中燒。項魁急著解釋：

「我哪裡強搶民女了？」怒瞪靈兒：「明明是妳自己送上門的！妳現在居然在我爹面前惡人先告狀，裘靈兒，我就後悔沒在前兩天斃了妳！」

伍震榮感覺羞愧大怒，拍桌怒喊：

「項魁，你怎麼淨幹一些下流事？你讓我們伍家的顏面要往哪裡擺？」

項麒感到丟人，拉著樂蓉公主要回府，樂蓉不肯走，很有興致的說道：

「讓本公主也見識見識，這位『大夫人』是怎麼當上的！」

「榮王請息怒！」世廷勸著：「今日風波所幸是虛驚一場，也沒有人傷亡，難得榮王大壽，喜事一樁，還請榮王大事化小，小事化無。」

「那怎麼行呢？」寄南趁機搧風點火：「如果這位姑娘確實是被強迫的，那就應該還給姑娘一個公道，怎麼能大事化小，小事化無。」故意問漢陽：「漢陽，你說呢？」

「我想真相只有一個，這位姑娘是不是被強佔的，恐怕還要伍大人說清楚！」漢陽的辦案病發作了，一本正經的說。

「裘靈兒！明明是妳翻牆來當『大夫人』的！」項魁怒喊。

「翻牆來當大夫人？各位聽得懂嗎？」靈兒說：「如果我爹不受到生命威脅，我會急得去翻牆嗎？我翻牆是去找我爹的，卻被伍大人抓住，為了要討好我、佔有我，他硬是把四位夫人都排到我後面去！各位青天大老爺，這才是真相！要不，請伍大人原來的大夫人出來說句公道話！」

「有請項魁府大夫人！」皓禎喊，全部人都跟著喊：「有請項魁府大夫人！」

大夫人又驚又喜的出現了，滿臉意外的問：

「我又回到大夫人的位置了嗎？」就對伍震榮說道：「榮王爹爹，兒媳婦一肚子苦水啊！項魁對這位翻牆進來的姑娘，口口聲聲喊她小辣椒，拚命要跟她洞房，聽說第一晚就差點被她用匕首給刺殺了，接著就被項魁鎖在房裡……」

伍震榮臉色大變，難堪至極，揮手對大夫人說道：

「不要再說了！」轉頭對項魁，氣極敗壞的喊：「項魁，你幹的好事！丟光了本王的臉！現在我命你立刻把這姑娘送走，不得耽誤！也不准你再去騷擾這位姑娘！聽到沒有？」

寄南和皓禎聞言，終於鬆了一口氣。

伍項魁氣得牙癢癢，喊道：

「來人呀！本大人就親自送這位姑娘出門！」

「不忙，大理寺丞方漢陽在此，可護送這位姑娘回家，就不必勞動伍大人了！讓漢陽來效力！」漢陽挺身而出。寄南急忙說道：

「皓禎，我們兩個幫方大人送走這位姑娘吧！」

寄南就上前，用匕首挑斷綁住靈兒手腳的繩子，忽然二夫人帶著三夫人四夫人一起出現。二夫人大喊：

「慢一點！」指著靈兒，恨恨的說：「這個小辣椒，就是一個刺客！我可以作證，她翻牆進府，嚷著要當大夫人，我們四個不依，她就把我們一個個扔進水池裡！」

「當晚就行刺！」三夫人接口，對眾人說道：「各位大人，你們別被她騙了！項魁好色，大家都知道，她這個狐狸精，是利用項魁的好色來行刺的沒錯！」

寄南一看情勢逆轉，對靈兒匆匆說道：

「妳自求多福吧！」

靈兒瞬間發難，跳起身子，就直奔向門外。皓禎大喊：

「攔住她！別讓她跑掉！」一面假裝抓人，幫她開路。寄南從另一邊幫忙：

「看妳往哪兒跑？」

靈兒在皓禎和寄南雙雙開路下，迅速的衝出門外去了。

到了院子中，靈兒飛跑。後面，是緊追的皓禎和寄南。四面高手包抄過來，滿院賓客又驚動起來，大家站起身看著這場好戲。

一個身材高壯的衛士，敏捷的攔住了靈兒。靈兒砰的一聲，撞到銅牆鐵壁般的身子，彈得倒退了好多步。她伸手就打，奈何一群高手將她團團圍住。

靈兒眼看插翅難飛，她開始發瘋般的大喊大叫：

「救命啊！伍家聯合起來，要殺人滅口啊！我爹被他們殺了，我娘被他們殺了！我十個兄弟大概也都歸天了！現在還要殺我！放開我！放開我……」

就在靈兒大呼小叫中，眾多衛士已經抓住了她，開始對她拳打腳踢。寄南急喊：

「案子沒弄清楚，不要鬧出人命！」

皓禎也急忙在人群中找漢陽，大喊：

「大理寺丞方漢陽！你在哪兒？這事應該公辦，不能私了！」

漢陽喘吁吁跑來，喊道：

「榮王，請讓您的手下住手，這姑娘我帶回大理寺去審問！」

靈兒在拳打腳踢中哭喊著：

「我只是一個姑娘，你們用得著這樣打我嗎？哎喲……哎喲……伍震榮仗勢欺人啊！哎喲哎喲……我快被打死了……救命啊……救命啊……咳咳咳……」

伍項魁越聽越氣，上前推開衛士，就給了靈兒一腳，嘴裡大罵：

「妳這個賤人！妳去死！」

靈兒應聲倒地，翻著白眼。衛士們驚喊：

「真的出人命了！真的出人命了！」

皓禎、寄南、漢陽、柏凱、伍震榮、方世廷，全部擁上去看。

只見靈兒躺在地上，口吐白沫，一動也不動。

寄南急忙去試靈兒的鼻息，抬頭驚怔的看著眾人。

「她沒有呼吸了！」

皓禎上前去，抓住靈兒的手腕把脈，一臉慘然的抬頭：

「也沒有脈搏了！」

漢陽再度確認後，站起身子，又驚又懊惱的說道：

「我就說不能打、不能打！這樣等於動用私刑，居然把人給活活打死了！我這大理寺丞，親眼目睹這一幕，還能不管嗎？」

賓客們圍攏，個個驚惶著。

樂蓉公主和伍項麒趕到。樂蓉公主驚訝的問：

「什麼？這個『大夫人』死了？本公主還沒看明白呢！她確實當了大夫人嗎？」

伍震榮見公主也來了，刺客也死了，這「大夫人」之謎，想也知道，定是伍項魁的傑作，再追究下去，伍項魁弄了個江湖姑娘當大夫人，榮王府又把大夫人打死了，怎樣都說不過去。他當機立斷，挺身而出護項魁，對眾人說道：

「各位都看到了，這個女刺客行刺拒捕，當場暴斃！是她罪有應得！」把手中三把飛鏢往漢陽面前一放：「行刺的飛鏢在此！樂蓉公主和滿院子賓客都是見證，你還有什麼話好說？」不等大家回神，就揮著手，大喊：「來人呀！把這個無名女屍丟到亂葬崗去！今天是本王過壽的日子，這個女刺客行刺再暴斃，真是晦氣！」

漢陽用陰鬱眼神，默默的看著伍震榮。

皓禎用怒極的眼神，恨恨的看著伍項魁。

寄南用慘切的眼神，定定的看著躺在地上已經斷氣的靈兒。

13

夜色沉沉，幾點繁星在天空閃爍。亂葬崗在一片荒山中，四周寂靜蒼涼，渺無人煙。那些胡亂堆疊的屍體根本沒有下葬，只是拋棄在這無人的荒野中。天空有兀鷹在盤旋，空氣中瀰漫著腐屍的氣息。這是個像地獄一樣的地方，沒有生命，只有死亡。

一輛馬車忽然飛馳而來，駕駛座上，是皓禎和寄南。馬車速度那麼快，馬蹄和車輪震碎了沉寂的夜。魯超不知從何處冒了出來，神色緊張的迎向馬車。

皓禎、寄南跳下馬車，車子門帘一掀，小樂跳下車，再把吟霜扶下車。吟霜手裡拿著水壺藥瓶。人人神色緊張，皓禎立刻問魯超：

「怎麼樣？確實在這個亂葬崗吧？」

「我一路跟著他們來到這裡，絕對沒錯，大家快跟我過來，就在前面！」魯超說：「屍體太多，不知道在哪兒，得一個一個找！」

「小樂！你把火把點起來，這麼黑怎麼找！」皓禎急喊。

魯超和小樂，趕緊燃起火把，皓禎回頭對吟霜說：

「妳等在這兒別動，我們找到她，就抱到這兒來！前面不是妳可以去的地方！」

「你們快去！你們快找吧！」吟霜哀聲喊：「我就在這兒等！」

大家就匆匆的跟隨魯超走進屍堆中，開始尋找。寄南對皓禎喊：

「你往那邊找！我往這邊找！」

「要找靈兒姑娘的屍體嗎？我也來找！」小樂嗚咽著。

屍臭撲鼻而來，大家也顧不得髒亂，拿著火把，在屍堆中找尋。皓禎喊著：

「找新鮮草蓆包著的屍體！」

「或者是麻布包裹的屍體！」寄南說。

吟霜站在馬車邊，著急而心痛的喊著：

「求你們快點找，不要再屍體屍體的說好嗎？」

皓禎、寄南、小樂、魯超不斷翻找著草蓆，然後摀著鼻子再去找別的。這趟尋尋覓覓，實在是悽悽慘慘，個個心驚膽戰。

寄南翻開一面草蓆，靈兒蒼白的臉孔赫然出現。寄南驚喜的喊：

「找到了！找到了！」把捲著的草蓆拉開，他一把抱起靈兒，就往馬車處飛奔。

「放在地上！讓她的身子躺平！時辰已經不夠了，沒辦法再選地方！」吟霜急喊。

小樂看到靈兒屍體，悲從中來，放聲大哭：

「靈兒姑娘！想不到妳就這樣送命了！哎喲！太沒有天理了！」

吟霜趕緊打開手裡的藥罐，倒出兩顆藥丸壓碎，塞進靈兒的嘴裡。寄南托起靈兒的頭，皓禎拿出水壺對她嘴裡灌著水。吟霜捏著她的嘴，藥雖然在嘴裡，水很多都沿著嘴角流掉了。吟霜急忙按摩著她的喉頭，讓藥能流進她體內。

「吟霜姑娘，靈兒都死了，吃藥有用嗎？」小樂問。

「扶她坐起來，我要用我的推拿術，雙管齊下！」吟霜說。

寄南和皓禎趕緊扶起靈兒，她的身子都僵了，無法坐起，寄南只能支撐著她。吟霜就雙手貼在她背脊上，虔誠的唸起她的口訣，兩手運氣。運完氣，靈兒還是沒有動靜，吟霜緊張的說：

「讓她躺下，我再對她胸口運氣試試看！」

寄南又把靈兒放平，吟霜再度用手貼著她的胸口運氣。寄南直盯著靈兒的屍體，忐忑不安的說：

「現在就看看有沒有奇蹟了！」

「我相信吟霜，相信她的醫術，我們等等看吧！」皓禎拍拍寄南的肩膀。

吟霜運完氣，說道：

「靈兒是為了我和我爹，冒死去找伍項魁報仇的，我也相信我爹留給我的醫術，能救回靈兒！」又用雙手貼在靈兒胸口運氣，嘴裡低唸：「正心誠意，趨吉避凶，心存善念，百病不容！」

靈兒突然間眼皮一動，咳了一下之後，甦醒了過來。

皓禎、寄南等人大喜而驚訝。寄南感動的喊著：

「吟霜，妳的辦法果然有效，靈兒真的活過來了！」喊著：「靈兒，靈兒！妳活了嗎？快看看我們，跟我們說說話！」

「還好有我爹的神藥，真的救回靈兒了！」吟霜眼中泛淚，鬆了一口氣。

「不僅是神藥有效，妳想出這個『假死』的方法，真是一絕！」皓禎欣喜如狂。

「假死？怎麼會是假死呢？靈兒姑娘剛剛真的沒有氣息了？怎麼只吞了兩顆藥，就起死回生了呢？」小樂迷糊的問。

「這一切都是我們早計畫好的了！在靈兒大鬧榮王府的時候，我和寄南上去幫忙，當我抓住靈兒的手腕時，就趁機塞了一顆假死藥丸到她手裡，告訴她逃不掉的時候就吃下去！然後才大叫抓到刺客了！靈兒還想靠自己的力量逃走，連我都挨了她的飛鏢！還好，緊急時刻，她吃了白神醫那顆藥！」

皓禎說話中，寄南只是緊緊的看著靈兒。此時，靈兒坐起身來。迷迷糊糊中，一揮拳頭，打到正在看她的寄南鼻子上，嘴裡嚷著：

「我打死你這個伍項魁！大色魔！」

「哎呀！才把妳救活，妳就打我？竟把我看成伍項魁，簡直是我的奇恥大辱！」

「靈兒！」吟霜急忙喊道：「妳現在不在榮王府，我給妳的藥丸，會讓妳假死，我們現在來救妳！妳活了！」

「假死？什麼假死？」靈兒搞不清楚狀況。

「妳看看我們現在在哪兒？亂葬崗旁邊呀！」皓禎激動的說：「妳已經死過一次，再世為人了！」

靈兒四面張望，一見亂葬崗，眼睛瞪大了，大叫：

「哎呀！居然把我丟到亂葬崗！我身上都是臭味！我要沐浴更衣！立刻要沐浴更衣！」瞪著寄南：「你們這叫什麼妙計？我在亂葬崗躺了多久？」

寄南見靈兒又會大叫了，心裡安慰著，說道：

「怎麼敢讓妳躺多久，那解藥兩個時辰就沒效了！我們是飛車趕來，就怕時辰過了，救不活妳！」

「現在趕快上車吧！到了一趟亂葬崗，不是妳一個人要沐浴更衣，我們每個人都要沐浴更衣。身上這味道，必須趕緊洗掉！這亂葬崗裡的人，什麼病都有！」

小樂這才恍然大悟，吃驚說道：

「原來真的是假死啊！唉呀！」對皓禎埋怨：「公子，這麼妙的計謀，你怎麼可以瞞著我呢？害我剛剛掉了那麼多眼淚。」

「這種事情，為了要騙過伍項魁，為了逼真，還是越少人知道的越好，你看連你也騙過了，那麼伍項魁那邊就不會懷疑了。」皓禎說。

「你們七嘴八舌的，有考慮過我這個人，剛剛起死回生的感受嗎？」靈兒說：「我現在全身無力！」撫著吟霜的手問：「吟霜，我真的活過來了，這不是做夢吧？」

靈兒說著，寄南想到那個「大夫人」，想到救援的驚險，忽然怒上心頭，毫不客氣的打了靈兒的頭，問：

「痛不痛？痛，就代表妳不是在做夢！懂了嗎？」

「喂！你這個竇寄南是哪根筋不對？」靈兒對寄南生氣：「你懂不懂憐香惜玉啊？我這才活過來，你居然還打我，有沒有良心？」

「妳還敢說良心，妳自己逞強跑去幫吟霜報仇，有考慮過我們的感受嗎？妳讓我們擔心，讓我們著急，讓我們擔驚受怕，妳有良心嗎？」寄南吼著。

「好啦！」吟霜笑了起來：「你們兩個怎麼老是一見面就鬥嘴，今天經歷了生死交關，你們就停火吧！」

「上車、上車，大家上車！」皓禎就嚷道：「難道你們還留戀這個地方嗎？」

「魯超和小樂來駕車，公子王爺跟兩位姑娘趕快上馬車！」魯超說道：「希望這個地方，以後大家都不會再來！」

吟霜扶著靈兒，皓禎和寄南又扶著她們兩個，大家趕緊上了車。魯超一拉馬韁，車子立刻疾馳而去。

❖

從亂葬崗回到吟霜那鄉間小屋，真是從地獄回到了天堂。香綺和常媽立刻忙得不可開交，燒火的燒火，提水的提水，不斷把熱水送到浴室去。皓禎等眾人，忙著梳洗更衣，連頭髮都一一洗過。這輪流梳洗，費了好大一番工夫。終於，大家都洗了澡，換了潔淨的衣裳，聚集在大廳裡，此時個個神清氣爽，精神抖擻。吟霜看著眾人，有點餘悸猶存的說：

「其實，這是我第一次用假死藥丸，心裡還真害怕，就怕弄假成真。總算我們都脫險了，靈兒也照樣生龍活虎！如果靈兒有什麼差錯，我想我也活不成的！」

「吟霜，妳對我真好！」靈兒感動說：「值得我為妳冒險，差點做了那個蛤蟆王的大夫人！你們不知道我陷在那個項魁府裡，雖然好戲連台，還是被關得快要去撞牆！」

寄南盯著靈兒，一肚子的問題想問，沒有問出口。皓禎在室內邁步思索，說：

「現在還有更要緊的事情要商量，靈兒人是救回來了，但是以後也不能光明正大的在大街上走了。靈兒從現在開始，必須隱姓埋名！」

「啊？隱姓埋名？」大家疑惑著。

「你們想想，鬧成這樣，人都死了，被丟到亂葬崗了，如果靈兒再出現在東市或者什麼地方，我們大家，恐怕都要到大理寺方漢陽那兒去報到！」皓禎說。

大家認清嚴重性，好心情又都飛了，個個沉重起來。

片刻，靈兒樂觀的一笑，毫不在乎的說道：

「死都死過了！還有什麼過不了的關！」

「這問題慢慢再來研究！」寄南忽然想到什麼，嘆氣：「唉！明天還得進宮，皇上說有差事給我辦，千萬別再讓我去洛陽！」盯著皓禎和吟霜：「如果我又要離開長安，你們兩個就把靈兒綁在這小屋裡，哪兒也別讓她去！」

「我才不會待在這小屋裡，哪兒都不去！竇寄南，你管你自己就好了，少管我的閒事！」靈兒大聲抗議。

寄南冒火的瞪著靈兒嚷：

「我不管妳，妳現在還躺在亂葬崗，是一具無名女屍！」

靈兒跑過來，舉起手就要打寄南，寄南繞著房間逃，靈兒繞著房間追。吟霜和皓禎，睜大眼睛看著他們兩個。皓禎不解的問：

「他們就沒有片刻不吵不鬧的時候嗎？死過一次，依舊如故！奇哉怪也！」

「皇上又要給寄南差事？」吟霜說：「寄南被重用固然好，這靈兒只靠我們兩個，好像管不了！到底皇上要寄南幹嘛？」

❖

皇上正在御花園一隅，這兒有著垂柳荷塘，幽靜無人，顯然皇上故意選擇這兒，是不想被人打擾。陪著皇上的是太子，兩人邊走邊談，神情肅穆。曹安鄧勇帶著衛士太監遠遠跟隨。皇上對太子說道：

「宮裡的各種傳言，朕聽在耳裡，也記在心裡。但是，不癡不聾，不做家翁！朕和太子這兩種地位，都被『危險』兩個字包圍著，啟望，你要小心又小心！」

「父皇！孩兒謹記在心！但是，也不能為了怕危險，就不去涉險！父皇如果有什麼差遣，孩兒立刻就去辦！」太子說。

「差遣還輪不到你去辦！上次你緊急救災，方世廷提到許多賑災的銀子糧食，都到不了災民手裡，朕確實一驚，看了不少奏摺，也發現一些疑點！」四面找尋：「這寄南去哪兒了？到現在還沒來！」

正說著，寄南奔到，嘻皮笑臉的說：

「拜見皇上！參見太子！你們是不是正在罵我？我的耳朵癢癢！」

「你呀！」皇上寵愛的瞪他一眼：「宣你進宮像是要你命似的，推三阻四！」質問：「你最近都忙些什麼？又到處打架？」

寄南臉色一變，忽然氣呼呼的說：

「打架如果能夠把長安城裡的壞蛋都給打死，也算有用！偏偏有些人，打不死，罵不死，反而把好人給殺死，把我給氣死！」

「在朕面前，左一個死，右一個死，你會不會講話？誰把你氣成這樣？說給朕聽聽！」皇上看著寄南。

寄南趕緊轉換情緒，恢復嘻皮笑臉：

「陛下您管不了那麼多，不說了！這打架嘛，是我專長啊！一天不打，我全身不舒服，太子最瞭解我！」又誇張的亂抓身體：「這裡痛、那裡癢的，憋氣難受呀！」

太子看著寄南笑，說道：

「父皇，寄南不是耳朵癢，是皮癢，父皇揍他一頓，就哪兒都不癢了！」

「太子殿下，你儘管欺負寄南吧！寄南也會報復你的！」寄南對太子說。

「好端端的人，怎麼會憋氣！」皇上瞪著寄南：「你不找人麻煩，老百姓敢惹你靖威王？」

寄南不快的嘟著嘴，直率的衝口而出：

「還提什麼靖威王啊！靖威王有什麼屁用……」

寄南話到嘴邊，察覺自己失言，立即停嘴，摀著嘴巴，大眼望著皇上。

「還知道自己放肆了！」皇上板著臉瞪著寄南：「哼！進宮也不懂得收斂自己的言行，你說說，靖威王為什麼沒用？」

寄南氣不打一處來，發洩的說道：

「當然沒用啊！人人都笑話我既沒功名又沒貢獻，就憑個死去的竇妃拿個王窮開心，還在後面給我唱歌呢！」隨興的哼起來：「靖威王、靖威王，芝麻綠豆靖威王！」

「大膽！誰敢這麼誣衊你的名號？」皇上聽著也生氣了。

「大膽的人多著去了！那個伍家的流氓，就公然叫我『芝麻綠豆靖威王』！陛下，您說這能不憋氣嗎？能不打架嗎？」寄南瞪大眼。

太子聽著，忍著笑。皇上看著他說：

「少給自己不學無術找藉口！你想要建立功績？想要讓靖威王當得名正言順嗎？」

「皇上有何差遣就明說吧！」寄南無奈苦著臉：「不就怕我閒著沒事幹嘛！」

「一叫你辦事就苦著臉！」皇上掏出一個御牌，遞給寄南：「喏！拿著朕的尚方御牌，到桐縣辦個事兒！」

太子再也忍不住了，插嘴說道：

「桐縣辦個事？父皇！這事可不能讓寄南一個人去！他那闖禍的個性，父皇不是不知道！還是我押著他去吧！」

「你已經是太子了，還要搶我的功？」寄南瞪著太子：「這事不需要勞動太子！」

「是誰說的，只要我有吩咐，你都義不容辭？」太子對寄南笑道。

「好呀！」寄南一想：「你跟我一起去，但是，你總得喬裝一下，這樣吧，你就扮成我的小廝，跟我一起去吧！」說著偷笑想：「讓你這位太子嚐嚐當小廝的滋味！」

「什麼？你的小廝？」太子大驚。

「嗯，小廝的名字就叫『來旺』吧！」寄南說。

「來旺？」太子又一驚：「聽起來像個狗……」咽住了，瞪著偷笑的寄南。

皇上看著他們兩個，見他們情如兄弟，你來我往，說得有趣，不由自主笑出來。

「你們結伴去，也是好事！彼此照顧彼此，千萬不能出錯！」皇上就笑著說：「那御牌可是特別重要，別弄丟了！漢朝有尚方寶劍，可以先斬後奏，本朝有丹書鐵券，可以免死！朕即位後，特別又製造了這『尚方御牌』，既可先斬後奏，又可免死！還可代表朕捉拿欽犯，你要小心運用！」

「厲害厲害！」寄南說：「如果寄南事情辦得好，陛下就把這御牌賞給寄南吧！我有好幾個想先斬後奏的人！」

「還給朕！」皇上想想不放心：「你一天到晚打架，別拿去亂殺人！」

「父皇！」太子笑了：「兒臣看著他，辦完事就還給父皇！如此重要的御牌，留在他身邊，連兒臣都不放心！不過，他雖然愛打架，卻不是濫殺無辜的人！這點兒臣可以保證！」

「好！」皇上看著二人說道：「去吧！快去快回！」

❖

就這樣，寄南只好放下靈兒，先辦皇上交待的事。這天，寄南與太子，穿著便服，帶著喬裝成隨從的衛士，騎馬進入桐縣的街道。寄南威風的喊著：

「來旺！跟緊我！侍候著！本王爺想喝水！遞水壺來！」

「是！竇王爺！水來了！」太子咬牙瞪眼，遞上水壺。

寄南一面喝水，一面和太子打量桐縣，但見蕭瑟的街道上，只有幾個稀稀落落的行人，個個愁眉苦臉，面黃肌瘦，像遊魂一樣的晃蕩著。街道上既無熱鬧的小販，連糧食店雜貨店都關門大吉。

若干老老少少的乞丐，一見到衣服光鮮的寄南太子等人，立即撲過來要飯要錢。太子和寄南定睛一看，這些乞丐形容枯槁，面頰凹陷，一看就像餓了許多天的樣子，兩人臉色凝重互視。一個老年乞丐伸著顫抖的雙手說：

「大爺，行行好！給點飯吃吧！大爺！」

「大爺，賞點錢，我們好幾天沒飯吃了！」小孩乞丐流著淚。

另一個乞丐追著行進中的寄南，懇求的喊：

「大爺，我爹娘都病倒了！賞點錢，救救我們，別走啊！」

太子和寄南一行人，繼續往前行進勘查著。寄南忿忿的自語：

「果然被皇上料中，沒來視察，都不知道賑災款有沒有落實下放！」

太子更加震動，不敢相信的看著面前的情況，說道：

「上次看到永業村的情形，已經讓本太……」趕緊改口：「本小廝嚇了一跳，這兒簡直有過之而無不及！本朝還能自稱『國泰民安』『風調雨順』嗎？」

突然間，有家商舖掌櫃，將一個瘦弱的婦人推出了門外，拳打腳踢，一面打，還一面破口大罵：

「我打死妳！竟敢來偷我家的菜，我踢死妳！踹死妳！打死妳！」

婦人痛哭哀號，求饒：

「別打別打！我婆婆餓得快斷氣了，你行行好，借我一點吃的吧！」

「借妳吃的？妳還得起嗎？」掌櫃怒氣沖沖喊：「妳沒見滿街上的人都要吃的嗎？我一家小舖連自己老婆小孩都養不活了，怎麼行善？」厲聲喊：「我警告妳，能滾多遠就滾多遠！要不然我把妳送官府！」說著，又對婦人一陣踢打。

寄南忍無可忍，從馬背上飛躍而起，一招「流星趕月」，踢倒掌櫃，正義凜然的喊：

「欺負一個弱女子，你簡直是狼心狗肺！我今天就先把你送官府！」

太子本能的大聲吆喝，氣勢不凡的喊：

「來人呀！把這惡人給帶到縣府去！」

「是！」隨從衛士便上前，抓著掌櫃，圍觀的乞丐百姓都驚嚇著。

「你們是誰啊！放手放手！」掌櫃掙扎：「我教訓小賊哪裡不對了！你們抓錯人了吧！」指著婦人：「那個才是偷我家糧食的小賊啊！」

寄南扶起受傷的婦人，笑咪咪的說：

「妳也去一趟縣府吧！本王幫妳找吃的！」對著街民乞丐大喊：「想要吃的、要錢的，都跟本靖威王去找知縣吧！」

「靖威王？難道是長安城來的靖威王？」百姓大喜：「我們有救了！有救了！」

「除了靖威王，還有我這個太……小廝，跟著我們來！」太子嚷著，氣勢一點也不輸給那個靖威王。

兩人和隨從就帶著桐縣挨餓的民眾，和老老少少的乞丐來到縣府門口。民眾興奮，齊聲喊著：

「靖威王、靖威王、救苦救難靖威王……」

寄南在馬背上登高一呼：

「行行行！各位各位！肅靜！肅靜！來到縣府的一路上，你們已經告了不少知縣的狀，這會兒能不能幫你們救苦救難，等本王進去交涉交涉再說！萬一事情辦不妥……」

太子大聲接口：

「靖威王辦事，怎會辦不妥？再不妥，本小廝就要出手了！」

「哇！」民眾佩服無比：「這靖威王的小廝，比靖威王還有架勢！」

縣丞從縣府出來迎接，誠惶誠恐的向寄南行禮：

「在下桐縣縣丞章安，不知靖威王大駕光臨，有失遠迎，還請靖威王見諒！」

寄南下了馬，疑惑的問：

「怎麼是個縣丞出來相迎呢？難道你們知縣不在？」

「知縣他……他在是在……不過他……」縣丞面有難色，支支吾吾。

太子跳下馬，失去耐心，喊道：

「他什麼他！不出來迎接靖威王，是想擺譜是吧！」領先就衝進縣府大門：「本小廝倒要瞧瞧他在搞什麼鬼！」

「喂喂！你這小廝，你也等等本王！」寄南喊著太子。

「本小廝看不下去，一刻也不能等了！」太子頭也不回的說道。

太子、寄南就押著掌櫃和被打的婦人，一起衝進了縣府。縣丞無奈的跟著兩人走進府邸。太子和寄南的隨從跟著一擁而入。民眾等在門外，喊著：

「靖威王，救苦救難就靠你啦！」

知縣王賀正在大廳中試穿新衣，一疊疊新衣服放在桌上和坐榻上。王賀穿著一套新衣服，小妾也穿著新衣服。小妾高興的繞圈子賣弄，知縣樂呵呵的直稱好看。

「這件好！這件漂亮！」

「小妾這一身剛好和大人的配成套的，你兒子喜宴那天，咱們就這麼穿吧！多體面呀！」小妾對知縣撒嬌。

「好好好！小心肝說什麼都好！」

寄南等人旋風似的衝進了大廳，知縣、小妾一臉愕然。寄南故作驚訝：

「哦！原來知縣大人在啊！」看著一桌子的布綢新衣：「唉呀！原來在做新衣掌櫃是吧！」

太子撫弄桌上的衣服，一驚問道：

「這是進貢的上好蠶絲，怎麼到你們這兒的？」

「你是什麼東西？」小妾收起笑容，不悅的喊：「本夫人向來穿進貢的蠶絲！要你們來大驚小怪！」轉身對知縣大人喊：「這些冒失鬼是誰啊！還不快轟出去！」

「章安！」知縣對縣丞凶惡的說：「你這縣丞怎麼當的，怎麼不通報就帶著這幫生人闖了進來？你是不要命了？啊？」

「知縣大人，我通報過了，靖威王駕到了！靖威王就在我們眼前了！」章安著急。

知縣看一眼寄南，大笑：

「哈哈哈！這小子就是靖威王，騙我沒見過長安城那些郡王嗎？這傢伙八成是外面那幫餓死鬼來騙吃騙喝的，章安你上當了！」

太子忍不住了，大喝一聲：

「靖威王，你沒有拳頭嗎？難道要我出手？」

寄南聽了，那裡還忍得住，一拳頭揮向知縣，嚷著：

「你還知道外面一幫餓死鬼，你居然在這穿金戴銀！」揪著知縣的衣襟喊：「你沒有見過本王，本王就讓你見識見識！」甩開知縣，掏出御牌：「皇上尚方御牌在此，還不跪下！」

「皇上萬福！」章安見御牌惶恐的下跪，對知縣著急喊著：「知縣大人，快下跪啊！真的是皇上的尚方御牌！靖威王駕到啊！」

知縣嚇呆了，拉著小妾撲通一跪，聲音發抖：

「小的……小的該死……小的有眼無珠……皇上萬福！皇上萬福！靖威王金安！」

「還有本王的小廝，快給小廝磕頭！」

眾人又惶恐的對太子磕頭。太子盛怒接口：

「這時候磕頭也來不及了，你欺壓原來愛鄉愛民的知縣章安，成為你的副手，接著又無視災民的痛苦……」指著在街上打婦人的掌櫃和挨打的婦人：「**讓良民因為窮苦變成暴民，讓孝順的媳婦因為飢餓變成小賊**！你將皇上賑災給桐縣的物資，中飽私囊，作威作福！你簡直是本朝的禍害！」一想不對，拉起知縣的衣領，打量他，有力的問：「你這知縣是怎麼當上的？總不會是科舉選出來的！說！」

「我這官職是向朝廷伍家人買來的！你敢辦我，不怕伍家找你算帳！」知縣突然壯了膽，振振有詞說。

「伍家人買來的？」太子大怒：「哪一個伍家人！把名字供出來！說！」

「是駙馬爺伍項麒的表弟……」知縣驚懼起來。

「駙馬爺伍項麒的表弟，也能賣官？」太子咬牙切齒：「那表弟叫什麼名字？」

「叫、叫劉照陽！他勢力可大了，你們還是……放了本大人，不要闖大禍！」

「哈哈哈！」寄南大笑：「本王的小廝，還發現了案中案，本王非辦你不可！來人！把買官的王賀全家押進大牢！」回頭問太子：「我可以先斬了他嗎？先斬後奏！」

「不行！」太子威嚴的說：「這人身上還要追出各種主謀，不能先斬後奏！」

王賀一聽，嚇得屁滾尿流，簌簌發抖。

「別斬小的，小的一定配合辦案，全力配合！」

太子對便衣衛士命令道：

「還有那個劉照陽！立刻飛騎去長安，把他直接送大理寺！」

隨從一擁而上，押走王賀和小妾。

「章安在此，代表桐縣鄉民感謝靖威王為民除害！」章安感激涕零下跪。

「已經幫你討回了知縣的位置，咱們快去打開糧倉，救濟鄉民吧！」寄南扶起章安。

「快快快！金庫銀庫，取之於民，還之於民！」太子嚴肅的說道。

片刻後，縣府門外，已經堆放著大批米糧物資。寄南、太子帶著新知縣章安為民眾發放米糧。寄南看到大家爭先搶後，喊道：

「別急別急！大家都有份，不要搶！從今往後都不會讓你們挨餓了！」

民眾大喊：

「救苦救難靖威王！救苦救難靖威王！」

「好啦好啦！」寄南不好意思的說：「別這麼喊啦！救苦救難是觀音菩薩！是當今皇上！還有本王的小廝，本王頂多就是個跑腿的！哈哈哈！」

太子笑了，看著寄南：

「本小廝跟著靖威王跑腿，長見識了！你們要喊就喊吧！本小廝聽著也舒服！」

民眾又大喊：

「救苦救難靖威王！救苦救難傻小斷！」

「傻小廝？」寄南不服氣的看太子：「來旺，應該本王比你傻吧？」

「那可不一定！」太子大笑。

「救苦救難靖威王！救苦救難傻小廝！」民眾繼續喊著。一邊喊，一邊依序排隊的領著米糧，個個欣喜感動著。

❖

回到長安，兩人只回府梳洗了一番，就趕到皇宮的御書房。

皇上抬頭，看著面前的太子和寄南。

兩人先奉還了那塊尊貴的御牌，皇上慎重的收進懷裡。太子再遞上一份奏摺，四面看看，見書房安全，正色說道：

「父皇，這次我和寄南去桐縣，真是『不見不知道，一見嚇一跳！』平日都待在太子府，錦衣玉食，**深入民間，才知道什麼是呼天不應的黎民百姓，什麼是作威作福的貪官污吏！**」

「這麼嚴重？桐縣的老百姓確實沒拿到賑災的糧食嗎？」皇上問。

「那些老百姓比永業村的人還慘！」寄南憤憤的說：「個個都是乞丐，為了一點點糧食，可以打得頭破血流！陛下，這次您一定要主持正義，把那個賣官的人嚴辦！」

皇上看了奏摺，皺著眉頭抬眼看二人。

「這個劉照陽當真是項麒的表弟？」

「罪證確鑿！」寄南肯定的回答：「王賀全招了！陛下，左宰相伍震榮難脫嫌疑，應該速速查辦！事關伍家，漢陽恐怕辦不了，不如皇上親自辦理！或者交給御史台去辦，刑部也不可靠！」

皇上深思良久，有所顧忌說道：

「這……這件事情，朕自有定奪，啟望、寄南，你們就到此為止，不要再插手過問此案了！災民得到了照顧就好，寄南的功績朕會加上一筆的。」

「父皇！」太子誠摯的說：「孩兒知道榮王功勞巨大，但是，他的勢力已經深入民間，許多老百姓因他而受苦，**歷史上的故事都一樣，百姓苦而盜賊起，盜賊起而天下亂，天下亂而謀逆生！父皇，過分仁慈，會讓亂臣賊子趁心如意！**」

「啟望這話太過分了！」皇上不悅的說：「榮王為國盡忠，是個蓋世英雄！就算手下有些人不規矩，也不是榮王的錯！他要管的事太多，難免會有些失誤！朕會找機會暗示他！你們就管到這兒為止，什麼都別說了！」

從御書房出來，太子和寄南向宮外走去，兩人臉色都不佳。寄南埋怨的說：

「你說得那麼文謅謅幹什麼？我這個靖威王沒有份量，皇上聽不進去，你是太子呀！你在那兒什麼百姓苦而盜賊起的一大堆，乾脆就告訴他，天下快要被姓伍的搶走，連個表弟都可以賣官……」

「噓！」太子急忙道：「這兒是御花園，你別在這兒嚷嚷，本太子有什麼力量？這事還牽扯到樂蓉和伍項麒！父皇顯然有所顧忌！再追查下去，可能有更大的人物在幕後主使！」

「唉！天下事我管不了！」寄南煩惱不耐的說，忽然想到什麼，就十萬火急起來：「我那兒還有個麻煩的人物，我去管我那個麻煩人物吧！免得又出事！」拋下太子，就急急往外走：「我找皓禎去！」

太子懊惱著，深思的看著寄南的背影出神。

14

這天，通往吟霜小屋的鄉間小道上，出現一個高個子的陌生小廝，牽著一條小毛驢，拿著趕毛驢的鞭子，輕輕打著毛驢。小廝長得還俊朗，有兩道劍眉，眉骨比較高，顯得眼睛深黝。他鼻子挺直，配著有點大的嘴，和那被太陽曬成古銅色的皮膚，看來就是個東北人。果然，小廝一邊趕著驢子，一邊用東北話自言自語著：

「小毛驢，慢慢走，前面就是家門口！不怕雞，不怕狗，就怕主人嫌俺醜……」到了吟霜家門口，打門喊：「主人！主人！毛驢給您送來了！」

房門一開，香綺驚訝的站在門口。

「你找誰？」

「我找主人！」

「誰是你的主人？」

「都是都是，每一個都是！」

「每一個是指誰呀？」香綺聽不懂，指著自己的鼻子：「我也是嗎？」

小廝就用東北話一連串飛快的說道：

「長安城裡的一位王爺要俺送這隻毛驢到這兒就說是給主人那俺的主人自然會出來迎接俺就是不知道主人會不會嫌棄這毛驢長得醜俺就跟毛驢一路說著小毛驢慢慢走前面就是家門口……」

小廝話沒說完，香綺已經對門內大叫：

「小姐！公子！王爺！常媽！小樂……來了個送毛驢的囉嗦小廝！」

吟霜、皓禎、寄南、常媽、小樂都被驚動，跑出門來。

「什麼毛驢？誰送毛驢來啦？」吟霜瞪著小廝：「這毛驢要送給誰？」

小廝翻翻白眼，重說一遍：

「長安城裡的一位王爺要俺送這隻毛驢到這兒就說是給主人那俺的主人自然會出來迎接俺就是不知道主人會不會嫌棄這毛驢長得醜妳們每一個都是俺的主人千萬別說毛驢醜牠會踹蹄子生大氣您們就吃不了兜著走！」

在小廝不斷句的長篇對白中，皓禎吟霜個個驚愕困惑著，盯著小廝。

寄南看看小廝，怔了片刻，立即還以顏色，飛快說道：

「小老弟妳的話說得太快又含糊不知道誰家王爺派了妳這個笨小廝到這兒亂攪和咱看這毛驢長得醜脾氣壞如果妳是識相的牽了妳這隻毛驢立刻回到妳長安去咱們就不追究妳大鬧榮王府裝死被丟到亂葬崗的那回事妳以為換個服裝打扮說男人腔就能糊弄我竇寄南妳就大錯特錯！」

吟霜、皓禎、小樂、香綺這才恍然大悟。小廝竟是靈兒喬裝打扮的！

「妳怎麼裝的？我一時之間，還真沒有看出來！」吟霜不可思議的拉著靈兒細看。「妳的柳葉眉怎麼變成劍眉了？身子怎麼會長高了？」

「這有什麼難？我是從小就練好的功夫！腳下有高蹺鞋，足足高了兩寸！眉毛更是小事一樁！我有各種易容的寶貝呢！」

「靈兒？妳真的把我給騙到了！」皓禎驚奇：「實在不可思議！完完全全就是一個小廝！妳這樣就是到了東市，恐怕也沒人能認得出來！」

小樂用山東話喊道：

「俺的祖奶奶！俏靈兒跟我變兄弟了！哈哈哈哈！」

只有常媽還在那兒揉眼睛，困惑的看著靈兒，不解的問道：

「這小廝打哪兒來的呀？這隻毛驢要幹嘛呀？」

大家一陣大笑，嘻嘻哈哈進了大廳，靈兒在房間裡，像男人般大搖大擺的走著，眾人稀奇的看著她。皓禎嘖嘖稱奇：

「到底是雜技班出身，裝什麼像什麼！」

「不是裝什麼像什麼，是她平常女裝時，也像是男子漢啊！」寄南故意消遣取笑。

「哈哈哈！那也應該叫做男人婆！」小樂笑著插嘴。

「你們說這什麼話呀？」靈兒用原音說話，想揍寄南：「為啥我做什麼事你總是笑話我？不能稱讚我一下嗎？」對皓禎抗議：「你們家的小樂，你也管管行嗎？能這樣消遣本姑娘嗎？」

「小樂說得也沒錯，妳這一身的江湖味，穿男人衣服說男人話，不是男人婆，難道可以稱呼妳是大家閨秀的姑娘家？」皓禎一笑。

「我打扮成這樣來娛樂你們，你們還聯合起來欺負我？我還弄來一隻小毛驢呢！」

「妳那隻毛驢從哪兒弄來的？」皓禎好奇的問。

「用你那匹『追風』換來的呀！」靈兒看著皓禎說。

「什麼？」皓禎跳起身子，大驚：「我的『追風』？我那匹馬是匹價值連城的名馬，妳知道嗎？跟了我好多年了，妳簡直……」

「哈哈哈哈！嚇死你了吧？」靈兒大笑：「當然不會用你的馬，毛驢是從前面農場借來的啦！」

眾人都大笑起來。笑完了，吟霜說道：

「我覺得靈兒也不需要喬裝打扮，讓她和我一起住在這兒不好嗎？為什麼一定要女扮男裝呢？」

「現在常媽這個小屋，也未必是絕對安全的，妳們兩個還是分開住比較好，免得到時候再出……」皓禎看著不安分的靈兒：「什麼驚人的意外之舉！」

「就是啊！這個男人婆一定要有人看守著才行，否則還不知道要讓我們擔心多少事呢！」寄南說：「到我王府，當我的小廝，一來避人耳目，二來……嘿嘿嘿……」瞪著靈兒：「本王就近看管她，以策安全！」

靈兒瞪著眼大叫：

「什麼？我打扮成小廝只是告訴你們，我可以女扮男裝，怎麼就真的要我當小廝？還要當寄南的小廝，我不幹！」

「妳還不幹？就算太子，也才當過我的小廝！」寄南也瞪眼。

「哈！皇上還當過我的隨從呢！」靈兒不屑的說。

「別吵了！」吟霜說：「真的，如果沒看到靈兒扮小廝，我一定不贊成這個計畫，但是，親眼目睹以後，覺得實在太好了！靈兒，妳怎麼會用男人的聲音說話呢？」

「我是什麼出身的？」靈兒得意的說：「鼎鼎有名，裘家雜技班的台柱啊！這個變聲的技能，還有說腹語，都是我們闖江湖賺錢的法寶，我還會老頭的、小孩的聲音呢！」靈兒立刻改成皓禎的聲音，學皓禎曾經對吟霜說過的話：「我一定會好好照顧妳，蒼霧山中的一抱，加上今天這陣颶風，已經把我捲進妳的生命裡去了！我再也不會放開妳！」看吟霜：「皓禎的聲音，像不像？」

吟霜俏臉一紅。皓禎笑看著靈兒，心中佩服，嘴裡說道：

「我好像說得比妳真誠一些吧？」

「好！這個厲害！」寄南鼓掌稱讚：「這樣絕對可以瞞天過海，當我的小廝了！」

靈兒抗議的看大家：

「我真的要去靖威王府，當寄南的小廝？」

每個人都嚴肅的點頭。皓禎做了最後的決定：

「還有，在別人面前，靈兒這名字也不能用了！好記起見，叫裘兒吧！」

就這樣，靈兒變成裘兒，成了寄南的小廝。儘管她一天到晚往吟霜這兒跑，皓禎也堅持她穿男裝用男聲說話，免得被人識破。只有進了房間沒外人時，才能用原音。寄南多了這個小廝倒是挺快活的，日子更加「有聲有色」起來。只是桐縣的事，到了大理寺，並沒馬上處理。這讓寄南對那方漢陽更加懷疑，「左有豺狼，右有惡犬」，那方世廷和漢陽是父子關係，世廷又是伍震榮的知己，只怕這案子，又會無聲無息的消失。他心想早知道，就該用那御牌，先斬了那個知縣！或者，再去向皇上討了御牌，直接斬了伍震榮更乾脆！

✣

寄南猜想的完全沒錯，桐縣的事，伍震榮當然知道了。這天他趕到宰相府，在書房和右宰相方世廷密會。

「皇上居然派寄南去桐縣？」世廷驚愕的問：「寄南還打著靖威王的旗子，吆喝過市、大張旗鼓？可皇上也沒把買官的案子交給漢陽呀！」

「這事你知道就好……」伍震榮陰沉的說：「萬一案子交下來了，該怎麼應付，你指示漢陽一下！別把案子擴大！」正色的看著世廷問：「世廷，你看這竇寄南會不會成為咱們的威脅？」

「他整天風花雪月，能成什麼氣候？」世廷輕蔑的說：「放心，皇上問起來，一概三不知就對了！像榮王您，多少人要陷害栽贓，皇上不是都壓下來了，不聞不問嗎？榮王還用得著操心？」

「可是，他們已經抓走了劉照陽，送進大理寺去了！」伍震榮說：「而且，聽說太子也插手了這件案子！」

「大理寺？又是小兒漢陽的案子嗎？」世廷一驚。

伍震榮不停的點頭，世廷深思著。

「榮王放心，既然是漢陽的案子，我會指導他如何處理！」

「好！」伍震榮有力的說：「我就要方宰相這句話！」

宰相府並不是只有世廷和漢陽，這兒還有一個女主人，世廷的妻子——宋采文。采文一看就是一個知書達禮的女子，長得端正而秀氣。只是，在她眉目間，總是帶著淡淡的哀愁。眼底，總是漾著輕煙輕霧。她是世廷唯一的妻子，這是非常少有的事情。世廷當上宰相，年齡也不過四十五、六歲，家裡又只有漢陽這個獨子。這種情況，世廷就算有十來位妻妾，也是天經地義，但他卻一個也沒有。可見，世廷對這位妻子，是相當珍惜的。儘管采文從不大聲說話，從不驕傲自恃，有時甚至像是不存在一樣。

這天，采文看著伍震榮來找世廷密談，看著兩人交頭接耳，看著伍震榮叮囑著世廷什麼，世廷不住點頭。她心裡翻攪著不安的情緒，每次她不安的時候，一定會到宰相府祠堂裡，去對逝去的婆婆說話。祠堂內供著方家列祖列宗的牌位，隨時都香煙裊裊。

采文進了祠堂，跪於供桌前，雙手合十，唸唸有詞：

「方家的列祖列宗，世廷終於光耀門楣，做了好多年的右宰相……」忽然悲從中來，眼中含淚：「娘！您可以含笑九泉了！但是……請保佑世廷千萬千萬不要走入歧途啊！」她恭敬的行大禮，叩首於地，再抬頭，虔誠落淚的祈禱：「娘啊！也請您保佑我們漢陽官祿一帆風順，前途光明，不要在暗潮洶湧的朝廷裡迷失方向！最重要的，更要保佑他們父子，不能因為朝廷而反目成仇！否則……我們當初吃的苦頭，千辛萬苦讓世廷考到狀元，就……就太冤枉了！娘啊！我每日誠心為您燒香祝禱，請保佑您的子孫啊！保佑每個人啊……」

采文再次叩首於地，淚水盈眶。

門外傳來小廝的呼喊聲：

「公子回來了！」

采文一聽，急忙擦乾眼淚，起身整理了服裝，鎮定一下心神，若無其事的走出祠堂。她看到漢陽進了他的書房，也看到世廷跟著漢陽進房。她悄然的走到漢陽窗外，關心的傾聽著，從窗外向窗內望去。

只見世廷大步走到漢陽面前，一臉的不悅，指著漢陽罵：

「你是書讀得太多，腦筋讀傻了是不是？我讓你走東，你偏要往西。那劉照陽的案子，你就速辦速決，明明是個冤獄，你還不馬上放了他？存心想給榮王難堪嗎？」

「爹，我是大理寺丞，恪守操守道德，公平正義！」漢陽不疾不徐的回答：「而且辦案有我的堅持，如果要漢陽成為別人的應聲蟲，你還會以我為榮嗎？」

「榮王是別人嗎？」世廷氣壞了：「他是我們方家的恩人吶！如果不是他全力推薦，我怎能當上右宰相？你又怎能當上大理寺丞？」

「就是看在榮王是咱們方家的恩人，我這不是睜一隻眼、閉一隻眼了嗎？」漢陽坦然的迎視著世廷的眼光：「多少伍家人的案子，我們大理寺都壓著呢！這不都是聽您們兩位左右宰相的指示，順了你的心意嗎？劉照陽的案子……」

「還好意思說順了我的心意？」世廷抬高了聲音，咄咄逼人的：「上回祝之同的案子，為何榮王一挑就是二、三十個證據，到你那兒通通都不是證據了？你如果心裡有腹稿，也要跟我商量商量，我才能跟你配合演戲，你懂不懂？」

漢陽就帶點怒氣的回答：

「那孩兒就向爹備案，劉照陽的案子，孩兒絕對不會以冤獄結案，人犯才剛剛落網，孩兒要仔細審問！該怎麼辦就怎麼辦！」

世廷才要開口回應，采文匆匆跨進門，憂心忡忡的看著父子二人，嘆氣說道：

「唉！怎麼一進門就聽到你們父子吵來吵去的？」看向世廷：「老爺，兒子辦案一向公正無私，你何苦一直為難我們漢陽呢？」

「我為難他？」世廷發怒：「他這不懂眼色的倔驢子，官位都快不保了，我就說他幾句，他還振振有詞，這就是妳的好兒子？」

「啊！這麼嚴重？」采文關切的看著漢陽：「你真的官位不保？」

「娘！」漢陽趕緊安撫多愁善感的采文：「妳別聽爹的，他嚇唬妳，有榮王和爹兩位左右護法撐著，沒人摘得了我方漢陽的官帽子！」

「你想得可天真了！」世廷說：「我告訴你，明日皇上就要召你進宮了，還召了皓禎、寄南、皓祥那幾個嘴上無毛的小子，說是要遊御花園，你呀！在皇上面前機靈點，別給方家丟臉，給我好好表現，懂嗎？」

漢陽一怔，困惑的問：

「遊御花園？爹，你也去嗎？」

「可不是！袁柏凱，榮王和大臣們都去，難得皇上有興致！」

漢陽納悶深思著。采文看看世廷，再看看漢陽，想問什麼又沒有問。

❖

皇上有興致遊御花園，只是心血來潮，還是另有目的？大家不解。崔諭娘這個女官，卻猜到了幾分，興沖沖的奔進蘭馨寢宮，彎腰在她耳邊說道：

「公主，聽說明兒個，皇上和皇后要跟很多王孫公子一起遊御花園！」

「遊個御花園也值得妳這樣大驚小怪？」蘭馨瞪了她一眼。

「可是名單很奇怪！」崔諭娘神祕的說。

「怎麼奇怪？」

「像是袁大將軍的兩位公子，大理寺丞方漢陽，靖威王竇寄南，還有伍家幾位公子，盧家幾位公子，和大學士、直學士的公子都參加了！」

「那又怎麼樣？就是父皇想跟王公大臣拉攏關係而已！」

「但那些公子，都是沒有婚配的！」崔諭娘再湊在蘭馨耳邊低語。

蘭馨一怔，明白了。

「哦？」她眼珠一轉：「原來如此！這個『遊御花園』有點意思了！」

❖

第二天，皇上帶著許多大臣，也帶著皓禎寄南等小輩，走在御花園裡。這正是春天，御花園裡還真是花團錦簇，迎春花、桃花、梔子花、玉蘭花、梨花……都在盛開，空氣裡都瀰漫著花香。皇上這一行人也浩浩蕩蕩，他身後大臣小輩，還有一長隊衛士和羽林軍跟隨。在那隊羽林軍裡，蘭馨女扮男裝，穿著羽林軍的軍服帽子，悄悄混在其中。除了羽林軍和衛士知道外，連皇上皇后都被蒙在鼓裡。

皇上看著一眾小輩，看到個個出眾，心裡歡喜，忽然就提出了一個問題：

「朕自從登基以來，總覺得咱們國家有很多問題，朕雖然貴為一國之君，依舊有無能為力的感覺！各位賢卿，認為本朝現在最需要什麼？」

眾人全部一怔。這題目太大了，出乎大家的意料。震榮和世廷彼此互看。

漢陽忍不住上前稟道：

「陛下！國家需要的，其實很簡單！」

「哦？漢陽請說！」皇上驚奇的看著漢陽。

「就是四個字『止於至善』！」漢陽從容的回答，引經據典的說道：「大學中有這樣幾句話『知止而後有定，定而後能靜，靜而後能安，安而後能慮，慮而後能得！』**如果皇上的文武百官，都能有『止於至善』的境界，不囂張、不妄動，不驕傲，不貪婪，百姓就能安居樂業，國泰民安了！**」

皇上驚喜點頭，深深看漢陽，忍不住讚美道：

「漢陽深得我心呀！」

寄南趕緊接口：

「陛下！本王上次去桐縣，悟出一個道理！只要老百姓個個面有笑容，有飯吃，有衣服穿，就是本朝所需要的！天災有時避不了，人禍是絕對可以避免的！所以，陛下要阻止人禍，就是當務之急！」

皇上又拚命點頭，看著寄南，點頭說道：

「寄南，你的話，朕明白！」

震榮和世廷，交換著警覺的眼光，皇后臉色陰沉不定。

「漢陽和寄南，把道理都說了，皓禎只能補充幾句！」皓禎一笑：「老百姓都是很單純的，朝廷卻是複雜的！多年以來，朝廷之中，分黨結派，彼此勾心鬥角，文鬥武鬥宮鬥官鬥，再加上出兵打仗，讓元氣大傷！如果朝廷能夠做到忠孝仁義……」他看世廷：「右宰相，聽說當年您殿試時，一篇忠孝仁義論，打動了皇上，欽點狀元！皇上也因為這篇忠孝仁義論，把有功的四王封為忠孝仁義四王，可見忠孝仁義是多麼重要！我們國家需要的，就是上下一心，做到忠孝仁義！」

世廷聽到皓禎提到殿試，臉色一變，皇上卻深深動容。

羽林軍中的蘭馨，驚愕震動的傾聽著，心裡想著：「袁皓禎、方漢陽和竇寄南三個，居然如此大膽，當著母后和左右宰相就直言不諱，不怕後患無窮嗎？其他的那些王孫公子，也用不著說話了！」

「皓祥，你也有看法嗎？」皇上看到皓祥，脫口問道。

皓祥忽然被點名，一驚，衝口而出：

「那些文謅謅的話，我說不出來，大道理我說不過我哥，我的看法就是……」

皓祥話沒說完，忽然從羽林軍中，飛竄出一個人，直接闖向皇上。原來蘭馨聽完皓禎等三人的談話，對其他人都沒興趣了，就乾脆衝出來探個虛實，眾羽林軍大叫：

「不好！有刺客！有刺客！」

衛士們拔劍的拔劍，拔刀的拔刀，喊著：

「皇上注意！那個羽林軍是個冒牌貨！趕緊攔住他！」

事發倉卒，一行人大亂。皇上驚喊：

「怎麼羽林軍中會有冒牌貨呢？」

「抓刺客！趕緊抓刺客！」震榮大喊。

「保護皇上！保護皇后！」柏凱喊著，趕緊攔在皇上面前。

「有我竇寄南在此，看你往哪兒跑？」寄南大叫，拔腳就衝向刺客。

只見刺客身手靈活，一下子就滑行到皇后面前，對皇后眨了眨眼睛。皇后定睛一看，竟是蘭馨！瞬間明白過來，這丫頭居然如此大膽，親自出來選駙馬！趕緊拍著胸口，睜大眼睛，給了皇上和震榮一個暗示：「退後！退後！不怕！」

皓禎等人因為要見皇上，沒人帶武器。皓禎立刻衝向蘭馨，喊道：

「寄南，我們包抄過去，我左你右！」

「那我在中間！」皓祥喊。

蘭馨如入無人之境，那些羽林軍和衛士，聲聲喊著抓刺客，卻繞著眾人轉圈子，好像沒人敢靠近刺客。於是，蘭馨衝到一位公子面前，身形一矮，伸腳一式「掃堂腿」，讓公子摔了個狗吃屎。蘭馨再飛竄到一個小王爺面前，抽出鞭子，一招「單鞭下探」，手起鞭落，打掉了小王爺的佩帶。

此時皓禎已經攔住了蘭馨，吼道：

「哪裡走？站住！」

蘭馨半轉身，使出「靈貓撲鼠」，揮鞭斜抽上撩，一鞭子抽向皓禎的臉，皓禎閃開，一式「貼山靠」，右手迎著來鞭之勢急抓，伸手就想搶奪蘭馨的鞭子。蘭馨飛快的收鞭，兩人就打了起來。寄南從右方切入，急著要幫皓禎，蘭馨驚險的躲過了皓禎的攻擊，和寄南一個照面，寄南一怔。蘭馨對寄南喊：

「還不退開！」

寄南趕緊滑開，想知會皓禎，卻苦無機會。只見皓禎接著一個上步撐掌，欺進單鞭來路，伸手拉住了鞭子，蘭馨大驚，瞪著皓禎。無奈此時，皓祥直衝過來，竟然撞在皓禎身上，蘭馨趁機奪回了鞭子。皓禎對著皓祥瞪眼，說道：

「你讓我來吧！你會越幫越忙！」

「只有你能抓刺客，我不能嗎？」皓祥不服氣的說。

兄弟兩個糾纏中，蘭馨已經跟每個王孫公子都照了面。皓禎擺脫了皓祥，立刻身手飛快的直衝到蘭馨面前，一招「玉兔帶懷」，劈開了蘭馨執鞭之手的虎口。這次，他飛快的奪下了鞭子不說，緊接著一招「雙龍抱柱」，還從蘭馨正面，一把緊緊的抱住了蘭馨。皓禎大叫：

「陛下！抓到刺客了！」

不會武功的人，都閃在旁邊觀望，漢陽躍躍欲試，卻不敢上前。此時，聽到刺客已被皓禎抓住，急忙上前。

蘭馨和皓禎面對面，被抱得緊緊的，瞪著皓禎，一聲低叱：

「大膽！還不放開我？」

怎麼是姑娘的聲音？皓禎大驚，看到蘭馨瞪著自己的眼睛，灼灼逼人，頓時心知肚明。趕緊把蘭馨推了出去。皓禎用力太大，蘭馨收不住步子，竟然被皓禎推進了漢陽懷裡。漢陽在蘭馨身後，顧不得自己沒武功，立刻奮不顧身，從蘭馨身後攔腰抱住，用力抱緊。漢陽急呼：

「皇上！刺客抓住了！各位會武功的羽林軍，趕快抓住他！」

蘭馨大驚，急忙掙扎，誰知漢陽死命抱著，就是不鬆手。蘭馨一急，看著抱著自己的那雙手，就低頭一口咬了下去。漢陽痛得大叫：

「哎喲！你咬我！咬我我也不放！」抱得更緊了。

皇后見鬧得不可開交，急呼：

「快鬆手！那是蘭馨公主在和大家鬧著玩兒！」

漢陽大驚，急忙鬆手。蘭馨一回頭，和漢陽眼光相接。蘭馨就欣賞的說道：

「方漢陽！我記住你了！武功沒有，一表人材，有見識，力氣不小！」

漢陽見蘭馨杏眼圓睜，霸氣而美麗，怔在那兒，完全不知如何反應。

蘭馨就衝到皓禎面前，伸手說道：

「鞭子還我！」

皓禎趕緊把鞭子還給蘭馨。蘭馨瞪著他說道：

「袁皓禎！我也記住你了！文武雙全！有思想，有膽識，力氣也不小！」

蘭馨再衝到寄南面前，嫣然一笑。

「你這個寄南哥，從小跟我打打鬧鬧，居然沒認出我！」

蘭馨說完，拿著鞭子，一溜煙的跑走了。

那些王孫公子，有的發呆，有的發愣，有的糊塗著，有的恍然大悟。震榮趕緊對皇上說道：

「陛下，今兒個遊御花園真是精彩呀！」

皇上不禁有感而笑：

「精彩！精彩！文考也有了，武考也有了！朕也收獲良多！哈哈哈哈！」

15

這次遊御花園，引發了一連串的後續反應。

先談皇宮裡，御花園遊完了，皇后就迫不及待的拉著皇上，到了蘭馨的寢宮。皇上關心的看著蘭馨問：

「蘭馨！妳今天在御花園這麼一鬧，真是把朕給嚇壞了！妳自己有沒有受傷呢？」

「受傷？我怎麼會受傷？」蘭馨挑著眉說：「恐怕那些被我摔了的，抽到鞭子的，咬到的都受傷了吧！」

「妳也不跟本宮商量，就這麼拿著鞭子闖出來，親自選駙馬，真是大膽！那麼，今天妳有沒有看中意的呢？」皇后問。

「有啊！看中了兩個！」蘭馨乾脆的回答。

「兩個！」皇上驚愕：「妳總不能選兩個駙馬吧！是哪兩個呢？」

「大概是袁皓禎和方漢陽！」皇后接口。

蘭馨看了皇后一眼，輕輕一笑說：

「難得母后和我的見解一致！」

「那妳總得從兩個裡選一個！朕不能把妳許配給兩個人！」

「我幫妳決定吧！方漢陽！」皇后堅定的說道。

「為什麼是方漢陽？」蘭馨問，想想就明白過來，說：「哦，因為他爹，右宰相方世廷是伍家人馬，對不對？連兒女婚姻，母后也考慮到伍家？皇姊嫁給伍項麒還不夠？」

皇后聽了真生氣，又怕蘭馨說出什麼來，臉一板，大聲喊：

「放肆！什麼伍家人馬？都在為妳父皇效命，都是朝廷重臣！為了妳的婚事，今天已經累了一天，妳還在這兒挑三挑四，冷嘲熱諷！妳決定不下來，就慢慢去想！」調頭對皇上道：「走吧！這丫頭存心氣死本宮！」

「怎麼說著說著，母女又翻臉了？」皇上皺眉。

「我會慢慢想的！」蘭馨也有氣的，大聲的說：「想出來再告訴你們！不過，被母后這樣一吼，那方漢陽肯定吃虧！」

「那妳是決心嫁給袁皓禎了？」皇后問。

「沒有！還沒想清楚呢！婚姻大事，關係我終身幸福，不是看一眼，打一架就能決定的！過幾天再說！」

「妳就慢慢想吧！」皇后氣得咬牙，看了皇上一眼：「走吧！」

皇后就拉著皇上而去。

❖

再談宰相府。遊完御花園，方世廷帶著漢陽回府，坐在大廳內，方世廷飲了一口茶，擱下茶杯，一臉笑意的看著漢陽說道：

「今日御花園一場文武大考真是太意外了！漢陽，你的表現真是出彩，沒讓為爹的我丟臉！皇上那句深得我心，實在太珍貴了！」

「難得爹也會誇獎我，」漢陽微笑說：「都是爹平時教導有方，才讓漢陽有足夠的才智應對難題。不過，寄南和皓禎，說得也真好！」

采文轉身，迎向世廷和漢陽，感染到兩人間愉悅的氣氛。

「我們漢陽從小到大，飽讀詩書，循規蹈矩，怎麼會讓宰相府丟人呢？不過，聽說今天長安城有名的王公子弟都去陪御駕了，這皇上來這麼一招，到底有何用意呢？」

「漢陽，你看出端倪了沒有？」世廷看著漢陽：「如果我猜想沒錯的話，皇上應該是在為蘭馨公主選駙馬！」

「啊！選駙馬？」漢陽一驚，不禁回憶抱住蘭馨那一幕的情景。他低頭撫著被蘭馨一咬留下的咬痕，突然失神。蘭馨那霸氣而美麗的眼神，就在他眼前閃動。她那句「方漢陽，我記住你了……」的對話就在他耳邊迴響。他頓時出了神，一股說不出的滋味襲上心頭，嘴角不自覺的上揚，似笑非笑的愣在那兒。

「漢陽、漢陽！在問你話呀！怎麼不說話？在想什麼呢？」采文注視漢陽輕喊著。

漢陽被采文喚醒，趕緊回神。

「沒！沒有！孩兒沒想什麼！」漢陽掩飾著自己的失態，看向世廷說道：「聽爹這麼一說，又加上蘭馨公主出來大鬧一場！這事八成就是這樣！但是，如果爹的判斷沒錯的話，那麼，今天誰有可能會被皇上欽點，成了駙馬爺呢？」

「依我看，就是你和皓禎兩人莫屬了！」

「啊？皓禎？袁大將軍家的長公子？」采文問。那袁皓禎她見過幾次，每次都留給她深刻的印象。好一個驍勇少將軍！

「是啊！」世廷充滿讚賞的說道：「皓禎不僅武術高人一等，今日在皇上面前，和漢陽一起闡述他們的思想理念，分析得頭頭是道，把我當年殿試的忠孝仁義也用上了！」忽然感傷起來，不勝唏噓說道：「當年的壯志豪情，忠孝仁義……唉！」

「爹怎麼嘆氣呢？當了六年宰相，壯志豪情，忠孝仁義應該大有發揮之處了！」漢陽見世廷臉色深沉，趕緊轉換話題：「爹，你可真長他人的志氣啊！淨誇別人家的好，你剛剛不是還說我今日表現出彩的嗎？」

「你們兩個是勢均力敵，就怕你輸在武功這個點上！從小也給你請了最好的師父教武功，學了好多年，怎麼就是沒練好？」

「人各有志！那個動刀動槍的玩意，不適合我！」漢陽苦笑。

采文看著漢陽，出神的說道：

「世上有幾個文武全才？漢陽有今天的成就，我已經很滿意很驕傲了！至於姻緣，還要看緣分。這和武功一點關係也沒有，漢陽耽誤到現在還沒成婚，也是高不成低不就的關係，或者冥冥中，在等待某個有緣人吧！」

采文一篇話，深中漢陽的心，不禁看著母親微笑。

「嗯，說不定那個『有緣人』，也在等著我！」下意識的摸摸被蘭馨咬傷的手。

❖

在將軍府，遊御花園的後續卻是強烈而驚人的。皓禎得知消息，已是數天後。他如遭雷擊般跳了起來喊道：

「什麼？那天御花園的一切是皇上在招駙馬？我可能被選中？」他堅決的喊：「不行！我不要當什麼駙馬爺！早知道那天是有預謀的，我死都不會出現！」

「你這是什麼態度？」柏凱瞪眼：「多少人想求都求不來的好運道，你居然不要？如果這個好運掉到你頭上，你不要也得要！」

雪如恍然大悟，急忙對柏凱說道：

「原來是選駙馬！怪不得皓禎說公主出來大鬧，這蘭馨公主是出名的刁蠻公主，被選中也不見得是好事！」

「還沒當公主的婆婆，妳就先怯場了？」柏凱一瞪雪如：「別讓我瞧不起妳！如果選中了！皓禎只能乖乖的娶公主，這事根本不是我們能夠決定和選擇的！」

「不行不行！什麼事情我都可以聽從爹娘的安排，但是這件事情，我辦不到！」皓禎大急：「爹！在聖旨還沒下來以前，你趕快幫我想辦法，千萬不能讓我當駙馬！現在不是二選一嗎？爹趕緊幫漢陽和公主撮合一下！」

站在一旁看熱鬧的翩翩和皓祥嗤之以鼻。翩翩不平衡的說：

「我就說嘛！什麼好事都落不到我們皓祥身上，現在連駙馬爺給人，還有人不要的！哼！真是人在福中不知福啊！」

「娘，有的人啊，就喜歡出風頭，出了風頭之後呢，又開始矯情了！」皓祥跟著嘲諷：「這個不要，那個不要，可那天還硬在皇上面前說些莫名其妙的大道理！」

「你閉嘴，這件事情與你無關！」柏凱喝斥皓祥。

「爹，你就會叫我閉嘴，到底我算不算是你兒子啊！什麼好事都輪到皓禎，你有沒有想過我？有沒有幫我爭取過？」皓祥不平的說。

皓禎已經又急又氣，誠摯的對皓祥說道：

「皓祥，駙馬爺這位子要是能送，我絕對樂意送給你，我一點都不稀罕，你和二娘不需要再酸溜溜了！好在還沒決定，就算決定了！我也會想盡辦法推掉！」說著，就走向門口：「我出去了，不要找我！」

「皓禎，你不能出去，咱們得談談……皓禎！快回來！」雪如急喊。

「夫人，小樂這就跟著公子出去，您放心吧！」

雪如無奈，眼睜睜見著小樂追著皓禎而去。柏凱不禁怒看著皓禎揚長漸遠的背影。

❖

在吟霜的鄉間小屋，遊御花園的後續更加震撼。皓禎、靈兒、寄南都在，吟霜臉色慘白的跌坐在坐榻裡，嘴裡喃喃的說道：

「駙馬！原來皓禎是駙馬的人選！我想過千次萬次，知道皓禎一定會攀一門好親事，就沒想過是駙馬！」

靈兒大震，似乎比吟霜還激動，上前就面對皓禎吼：

「這怎麼可以？」雙手抓著皓禎的領子亂搖一陣：「皓禎，我可是相信你的喔！我相信你跟伍項魁那幫王公貴族不一樣，是正人君子，你怎麼可以負了吟霜？」

靈兒說著，握著拳頭，就對皓禎一拳打去，皓禎一閃閃開，氣極敗壞的喊：

「妳以為我願意啊！這消息對我來說根本是青天霹靂！我跟你們一樣嚇傻了，這才找你們一起商量，大家幫我想想辦法，怎麼擺脫掉這個駙馬資格！」

寄南責怪靈兒，點著靈兒的腦門罵：

「妳別什麼事情都沒搞清楚，就胡亂罵人行嗎？皓禎路上都跟我說了，他已經嘔死了，那天我們陪著皇上遊御花園，誰知道是這麼回事？唉！現在要想辦法推婚要緊，誰都不許怪皓禎了！」

吟霜眼光看著虛空，輕輕的問：

「這個公主，就是要『百鳥衣』的公主嗎？」

「好像就是她！」寄南一愣：「除了她，誰會想到百鳥衣？」

靈兒更氣，跺腳大喊：

「那更加不能娶！她是吟霜的殺父仇人啊！」

吟霜眼光出神的看著窗外，失魂落魄的說道：

「這樣也好，我從來沒有貪圖過什麼，我一直都明白，我只是一個跑江湖、幫人治病的姑娘，各種條件來說，我都配不上皓禎！這樣也好……我就不必胡思亂想，不必做夢了！」

皓禎瞪著吟霜，衝上前去，一把就握住吟霜的手腕，把她從坐榻裡拉了起來。

「跟我去臥房，我有話要跟妳說！」

「不要……不要去臥房！」吟霜掙扎：「我們還是保持一點距離比較好！」

「什麼叫『保持距離』？」皓禎急喊：「妳忘了我們在狂風中抱在一起？妳忘了我們在三仙崖一吻定情？現在要跟我保持距離？就因為聽到我可能被選為駙馬？我的腦子被弄暈了，妳的腦子也暈了嗎？」大聲的命令：「跟我來！」

皓禎拉著吟霜進入臥房，把房門砰的一聲關上。吟霜掙扎著說：

「你別拉著我！你要幹什麼？」

皓禎就把吟霜逼到牆壁上，雙手支在吟霜身子兩邊，眼光灼熱的盯著她。吟霜逃不開皓禎，被動的靠在牆壁上，像一張壁畫一樣。皓禎就一個字一個字的，清楚的說：

「我不會娶公主，我要娶的人是妳！」

吟霜驚看皓禎，眼裡的驚惶更勝過感動，她哀聲說道：

「娶我？你不要糊塗，你明知道你不能娶我！頂多頂多，我只能在你身邊當個丫頭。本來我想，或者我可以當你的小妾，反正你們這種公子，都是三妻四妾的！現在，我明白了！當小妾也是夢想，公主大概不可能讓你三妻四妾吧！」

「妳說完了嗎？」皓禎帶點惱怒的問。

吟霜眼光裡充滿祈求，聲音裡充滿了正氣：

「請你以大局為重！兒女私情和護國大業比起來，就微不足道了！」

「什麼護國大業？妳都知道？」皓禎太驚訝了。

「是！我都知道！」吟霜鄭重的說道：「你和寄南一直在努力的事，保住李氏江山，免得被姓伍的人搶去！這是你們的責任，絕對不能因為我，把這些大事都耽誤！公主代表的是李氏王朝，你怎能拒絕？如果你這樣做，我會輕視你的！如果我輕視你，我就不會再喜歡你了！」

皓禎一瞬也不瞬的看著吟霜，佩服感動驚愕都湧上心頭。

「原來妳一直都看穿了我！妳爹教妳的醫術，讓妳也有看穿別人心事的能力嗎？」

「沒有！我沒有那個能力，你和寄南常常交頭接耳，在東市時，也常常眼觀四面，耳聽八方，你們常常神祕失蹤好幾天，身上也常常帶著傷痕……因為關心你，我才那麼用心的觀察你，所以我知道！」

「那麼，妳知道我現在真正的心情嗎？」皓禎正色問。

「你想擺脫公主，你不要當駙馬！」吟霜坦率的回答：「你不在乎榮華富貴，你想給我一個正式的名分！」

皓禎不斷點頭，一本正經的說道：

「妳說對了！所以，直到現在為止，我們發乎情，止乎禮，我不敢越過底線，因為我要妳當我妻子，跟我有正式的名分！」

吟霜聽到皓禎這句話，眼淚終於奪眶而出。

「可是現在形勢比人強！你要顧全大局啊！」她哀求的說：「皓禎，趁我們現在一切都來得及，就讓我們停留在最美好的這一刻吧！」

「白吟霜！妳給我聽好！」皓禎堅定的說：「我現在要做的事，就是去搞砸那個選駙馬！一切還來得及！漢陽也在名單裡！至於妳，我再說一遍，妳不許跟我唱反調！」他有力的、發誓的說：「妳是我唯一的選擇，就算要娶妻成家，我也只認妳吟霜一人！」

皓禎說完，就把吟霜擁入懷裡。

此時，等得不耐煩的寄南敲敲門進來，兩人趕緊分開。寄南看著兩人說：

「好啦好啦！事情又還沒有到絕路，你們不要弄得像是生離死別行嗎？」喊著：「皓禎，蘭馨公主跟我從小就熟，交情不錯！我們還是商量一個計策，撮合漢陽和蘭馨才是！」

❖

於是，這天午後，寄南拉著漢陽，從皇宮偏門進入皇宮，繞過衛士，直接走向蘭馨寢宮的那一進院子。漢陽不解的跟著寄南，迷糊的問：

「什麼事情那麼著急的拉我進宮？現在我們要去哪兒？」

「急！十萬火急！千千萬著急的事兒，你快跟我去見蘭馨公主！」寄南說。

漢陽腳步突然一停，神色變得尷尬遲疑。

「見公主？怎麼這麼突然要我去見公主呢？尤其你這個無事不登三寶殿的人，跑來要我做這件事情，那我可是百思不得其解了！」

「你還跟我打啞謎？」寄南四顧無人，就直接說道：「你可別說你不知道你已經是駙馬人選之一！你更別說，你沒有對公主心動？」

「咦？你哪裡看出我對公主心動了？」

寄南看穿漢陽，飛快的說著：

「你那天抱著公主，又被公主咬了一口，看公主的時候還滿臉通紅，不敢直視，這就證明你動了心，甚至是一見鍾情！」

漢陽頓時羞澀起來，想反駁：

「我……我那是自然反應……那天把公主當作刺客，驚動了公主，我一時就慌了，才會臉紅的。」趕緊整好衣服，撫平情緒，規矩的說道：「我知道你一向和蘭馨公主交情不錯，難道是公主要見下官？」

「也可以這麼說……」寄南打著馬虎眼：「總之，我在這個駙馬人選上，絕對可以助你一臂之力，我也覺得蘭馨公主和你才是天造地設的一對！所以我要好好的幫助你，讓你順利坐上駙馬爺的位置。」

「不對！」漢陽多疑的說：「你要幫忙，也應該去幫皓禎，怎麼可能會對我這麼熱心呢？你跟皓禎才是好兄弟！」

「喂！」寄南搖頭說：「我說你是不是案子辦多了，已經養成辦案病，腦子都出問題了。什麼事情你都抱著懷疑的態度，你從小就沒有見過好心人嗎？」施出激將法：「不要我幫？那我走了就是！」作勢要離開。

漢陽趕緊拉住寄南，和氣說道：

「才說了幾句就翻臉，那你說說看，要怎麼幫助我才能得到蘭馨公主的青睞呢？」

「要得到公主的青睞就要從公主的個性著手……你呢……見到她之後要……」寄南就和在漢陽耳邊低語，漢陽專心傾聽著，兩人漫步走向公主的花園。

寄南和漢陽才進入花園，經過矮樹叢，突然一條鞭子就揮了過來。寄南倉促間使出一招「左右分刺」，將漢陽一推，自己也借這一推之力險險的和漢陽都閃過了鞭子。只見蘭馨正在花園練鞭子，她沒注意漢陽，看到寄南，就故意對寄南揮鞭，耍出各種招式。寄南忙著應付還要保護漢陽，蘭馨笑著，邊耍邊說：

「寄南哥，你是不是來陪我練武？現在讓你瞧瞧，我的身手長進了沒有？」

寄南閃躲求饒：

「蘭馨，妳快停手！妳這身手不只是長進而已，簡直是突飛猛進！嚇死人啦！」

說話間，蘭馨的鞭子抽向了來不及閃躲的漢陽，正好抽在前幾天被咬的傷痕上。漢陽一痛，臉色驟變，忍不住哀號一聲：

「啊！」

蘭馨一震，倉皇收鞭。漢陽袖子立刻滲血。

寄南捲起漢陽的長袖，一看，轉頭對公主喊道：

「公主，妳打傷了人啦！這人有可能是妳的駙馬爺啊！」

「駙馬爺？」蘭馨疑惑，這才注意到漢陽，趕緊走近漢陽身邊瞧瞧傷口，不以為然的說：「就這點小傷，流點血不礙事的！」看一眼漢陽：「你就是那天抱著本公主，喊刺客的方漢陽？」又看著自己留下的咬痕：「本公主那天沒有咬那麼深吧？怎麼咬痕這麼多天了還在？你是不是太細皮嫩肉了點？」忍不住上下打量漢陽，看個清楚：「嗯，文質彬彬，氣質不錯！」

漢陽一見到公主又臉紅了，聽到讚美，更是手足無措。寄南悄悄踢他，要他說話。他臉紅心跳，說話突然結巴，對蘭馨行禮：

「下……下官……方……方漢陽……參參見公主。」

「下下下？你果然是被嚇著啦！」蘭馨調侃笑著：「本公主只不過耍幾下鞭子，就把你嚇成那樣了？虧你還是大理寺丞！」

「蘭馨，妳都快要嫁人當新娘子了，怎麼就不能溫柔一點呢？還這樣張牙舞爪！」寄南趕緊幫忙：「漢陽是大理寺最秉公守法、最出名的神探，只要是他經手的案子，都能達到公正無私的調查，順利破案！厲害吧？」

「神探？」蘭馨望著漢陽：「一點功夫底子都沒有？怎麼抓壞人呢？」

寄南向漢陽使眼色，用鼓勵的眼神看著他：

「漢陽，好好介紹你的職責，你的抱負，你的理想，嗯？」

漢陽吞嚥著口水，緊張的接口：

「大……大理寺辦的案子，以調查形式居多，若是……若是需要動刀動武，還……還用不著下官這個動腦的！」

「喔！你的意思，你腦筋好，專門負責動腦，辦案又不動手！」蘭馨很有興趣的說盯著漢陽說：「好！那本公主考考你，偷什麼東西不犯法？你說說是什麼東西？」

漢陽搔著頭，思索著，求助的看一眼寄南。寄南兩手一攤撇清：

「你別看我，公主考你，不考我，我一向不學無術，學問沒有你好！」

漢陽慌亂，自言自語：

「偷什麼東西不犯法？在咱們律例中，偷東西就是犯法！這問題要反向思考！」就看著公主說道：「答案就是『偷什麼都犯法』！」

「錯！」蘭馨大叫，高傲的嘲笑著：「這麼簡單的題目都不會，還說你專門動腦！」把鞭子繞在手上說：「我告訴你吧！『偷笑』不犯法！」說完，得意又豪邁的大笑：「哈哈哈！哈哈哈！」

漢陽被蘭馨公主擺了一道，羞愧得滿臉通紅。寄南和一直在旁邊的崔諭娘也忍不住笑著。幾個小宮女伸頭伸腦偷看，也摀著嘴悄悄竊笑。

漢陽真恨不得有個地洞可以鑽進去。

❖

隔了兩天，輪到皓禎上場。寄南一路對皓禎諄諄指導：

「那個蘭馨公主不簡單，那天把漢陽弄得啼笑皆非，今天就看你的了！」

「那是當然，今天我們一定要反其道而行！要讓公主討厭我，我裝笨、裝傻，要不就出考題羞辱她一頓！」皓禎堅定的說。

寄南上上下下打量皓禎，忽然發現一個問題，說道：

「最最最重要的一點是，你不能太英俊！你不能用你那迷人的眼神去看公主，你最好把你的眼睛裝小試試！」

「眼睛怎麼裝小？」皓禎不以為然：「我人就長這樣，難道還要易容不成？」

「為了吟霜，就算要你上刀山、下油鍋，甚至毀容，你也得幹呀！」寄南壓低聲說：

「真該讓靈兒幫你化裝一下，弄個大鬍子什麼的！」

「不聽你瞎說了！」皓禎正經的：「總之我今天一定要跟公主講清楚，讓她去選漢陽，我袁皓禎配不起！」

兩人說得太起勁，一個轉角，還沒進入蘭馨的花園，就突然和怒氣沖沖的蘭馨撞個正著。蘭馨沒看清來人，就怒罵道：

「放肆！走路不長眼睛的嗎？」

皓禎和寄南一驚抬眼，才意識撞著了公主。皓禎當機立斷，對寄南使了眼色，立刻板著臉，毫不客氣的說：

「公主，是妳先撞上我們的，怎麼還衝著我們發那麼大脾氣？」

「蘭馨，是我，妳的寄南哥，不小心撞上的別發怒呀！」寄南倒是好言好語。

「管你們是誰，今天最好少惹本公主！」

「蘭馨，妳今天犯沖啦！對我幹嘛突然擺起公主的架子！」寄南開始翻臉。

「本公主今天就是犯沖，怎麼啦！想討打嗎？」蘭馨想抽腰際的鞭子，摸不著，更怒：

「崔諭娘！我的鞭子呢？」

「剛剛公主出門，就沒有帶鞭子呀！」崔諭娘著急為難的說。

「看來沒有陪妳玩幾招，妳是無法發洩身上的怒氣！」寄南轉眼對皓禎使眼色：「皓禎，你陪公主玩兩招吧！」

「皓禎？」公主一驚。「怎麼……」

皓禎也不等公主說完，就氣勢洶洶的喊道：

「撞了人，不道歉，還擺公主架子，那就不怪我袁皓禎無禮了！公主看招！」

皓禎在蘭馨面前，腳踏弓箭步，側腰提氣、左拳右掌，劍眉星目，擺出武打起手招式。

一式「四夷賓服」，凝神靜氣，看向蘭馨。蘭馨興趣來了，掰掰手腕，也決定大顯身手。

「好一個袁皓禎，那天在皇上面前，你挺威風的嘛！今天本公主再看看你有什麼本事！

你最好小心……」

突然皓禎不待蘭馨出招，也不等她說完，立即一招「鯉魚打挺」，略提內力，身形凌空拔起，跳躍翻身，飄然落於蘭馨身後，不待蘭馨轉身，又一招「蜀道橫雲」，右腳一勾一絆，就絆倒了蘭馨。蘭馨冷不防摔倒，哀叫了一聲，卻也立刻跳躍起身。

「果然是好身手！」蘭馨充滿興致，傲氣的說：「袁皓禎，我要看你的真功夫！你儘管使招出來，可別藏著！」

「本公子從來不懂得憐香惜玉那一套，打疼了，算公主倒楣！」皓禎冷冷說。

「倒楣是什麼滋味，本公主不懂！」蘭馨冷笑回嗆。

皓禎此時像是氣不打一處來，猛烈的向蘭馨進攻，「蜻蜓點水」、「祥雲捧日」、「鳳凰展翅」、「蛟龍出水」、「黃鷹撲食」、「白猿舒臂」、一連串的空翻、跳躍、拳打、腳踢……把蘭馨連續摔了好幾個觔斗。蘭馨剛站起身，皓禎來個「順風掃葉」連環腿，蘭馨又趴下地。蘭馨再起身，皓禎漂亮的回身一腳一絆，使出「橫掃千軍」，蘭馨哎喲喊著又摔了個狗吃屎。崔諭娘在一邊看得手足無措，心中著急不已。

一批宮女拿著水果盤經過，停下腳步看著熱鬧。

寄南隨手拿起宮女手上的水果大吃特吃，觀戰看熱鬧，邊吃邊叫：

「皓禎，你使勁啊！蘭馨，別怪寄南哥對妳『心狠手辣』，找了個對手讓妳發洩脾氣！哈哈！」

蘭馨打不過皓禎，突然跳到樹上，歇息喘氣。皓禎追上去，看樹幹不粗，就抱住那樹幹一陣猛搖，樹枝狂搖，蘭馨驚叫一聲摔下。皓禎跳開身子，讓蘭馨直接摔在地上，摔得七葷八素。皓禎低頭看著掙扎起身的公主，惡狠狠的盯著蘭馨問：

「本公子問妳，什麼東西『天不知地知，妳不知我知』？」

蘭馨站起身來，撫摸著摔痛的地方。

「你是幫方漢陽來報仇的嗎？這種問題還需要問嗎？答案是『祕密』！」

「錯了！」皓禎大吼：「答案是『鞋底破了』！想必妳這個金枝玉葉的公主，鞋底從來沒破過，連這種常識都不知道！丟臉！」

蘭馨一怔，被皓禎的大吼嚇了一跳，撫摸著摔痛的腰，氣呼呼看皓禎。

「再問妳……」皓禎犀利的瞪著公主：「什麼東西越生氣，就越變越大？」

蘭馨驕傲的別過臉：「本公主知道答案，但是不想說！」

「答案是『脾氣』！」皓禎一針見血的指責道：「奉勸公主，妳越生氣，妳的脾氣就越大！這樣的人不討喜！今天就到此結束，相信公主接著大概要躺好幾天了！皓禎告辭！」皓禎冰冷的說著，望向寄南：「寄南，這驕傲公主教訓夠了！走啦！」

蘭馨神情不定的盯著皓禎。

寄南啃下最後一口水果，嘻皮笑臉的說：

「蘭馨，改天換我陪妳過招！今天妳先歇歇囉！受傷的地方，讓崔諭娘和宮女幫妳用藥酒治治！」

皓禎和寄南就這樣丟下公主，揚長而去。蘭馨站在那兒，目送皓禎漸漸走遠的身影。崔諭娘趕緊上前，關切的說道：「公主，您哪兒摔傷了？啊？有沒有哪裡不舒服？這個少將軍是瘋了嗎？怎麼把公主摔來摔去的，還是那宰相的公子斯文……」

崔諭娘話沒說完，蘭馨開心豪爽的笑道：

「我沒有摔傷，我哪兒都舒服！這個袁皓禎合了我的胃口，男子漢就當這樣！有氣勢有傲骨有學問有功夫！太好了！不用挑選了，就是他！我選定了！」

16

盧皇后怒氣沖沖，帶著莫尚宮跨進蘭馨的寢宮。崔諭娘眼看情況不對，趕緊關上房門，把宮女們都關在門外。果然，皇后一進門就對蘭馨開罵：

「蘭馨，妳是存心要跟本宮作對到底嗎？駙馬爺的事，不准妳選袁皓禎！」

「哼！」蘭馨冷哼一聲，迎視著皇后的眼光：「母后不准的理由是什麼？因為不是伍家人？不是伍家的一顆棋子？」輕藐的撇撇嘴：「真可笑，今天是本公主要嫁人，又不是母后，妳別在我身上打什麼如意算盤了，最好趕快死了心！」

皇后霸氣的拍桌，大聲喊道：

「放肆！本宮畢竟也是生養妳的母親，妳再不孝，也不准用這樣的口氣和本宮說話！」

蘭馨怨怒的看著皇后：

「這時候就搬出母親的身分？妳何曾有一個母親的樣子？」咄咄逼人的說：「妳有真正

走入我的內心，站在我的立場想過嗎？要我敬妳是一個母親，妳就先和伍震榮斷得乾乾淨淨，不要淫穢了後宮！何況那伍震榮，和母后是親家，聽說和云妃娘娘也不乾不淨呢！」

盧皇后惱羞成怒，用力甩了蘭馨一個耳光。

莫尚宮、崔諭娘雙雙攔阻不及，目光震慄著。皇后怒視蘭馨：

「跟妳說過多少次，本宮和伍震榮的事情妳無權干涉，不要動不動把那些下流的話，抬出來攻擊本宮！」

蘭馨撫著被打的臉頰，憤恨的喊道：

「妳口口聲聲說是我的母親，可妳卻一次又一次為了那個畜牲打我！」暴怒的說：「我恨死那個伍震榮了，既然妳說我無權干涉妳，那麼妳也無權干涉我的婚姻！」大吼：「我就是有千百個決定，也要嫁給袁皓禎！」

「妳有千百個決定，本宮還有萬把個法子可以阻止妳，妳可別囂張了，這個天下還輪不到妳作主！」皇后威脅著，再不看蘭馨一眼。「莫尚宮，我們回宮！」

蘭馨看著皇后出門的背影，氣得直發抖，一把推翻了桌椅出氣，瘋狂大喊：

「本公主要離開這個皇宮，本公主要趕快離開這個破地方！」

❖

莫尚宮陪著氣呼呼的皇后回到密室，就著急的說道：

「不是說好，要好好勸蘭馨公主的嗎？怎麼母女一見面，就鬧得水火不容，蘭馨公主的脾氣，皇后娘娘您是最清楚的，唉！現在鬧成這樣可怎麼好呢？」

「本宮不想再提公主的事了，她以為她翅膀硬了，可以為所欲為，還早得很！」皇后冰冷的說。她一想，問莫尚宮：「本宮讓妳把榮王找來，怎麼還沒到？」

莫尚宮勇敢的進言：

「娘娘，請恕奴婢斗膽，您和榮王還是少見面吧！尤其公主現在反應那麼激烈，還是不要再節外生枝了！」

皇后嚴峻的臉色變得鐵青，怒喊：

「大膽，現在連妳這個女官也敢對本宮指手畫腳！」但她對莫尚宮畢竟有些忌諱，勉強壓制了脾氣：「現在本宮心亂如麻，要處理的事情千頭萬緒，暫時饒了妳一次，下次不准妳再多嘴！」

「奴婢遵旨！」莫尚宮無奈的說。

正說著，伍震榮已經跨門而入，匆忙的來到盧皇后面前，急促的問道：

「皇后殿下，這到底是怎麼回事？到處傳言公主的駙馬已經選定了袁皓禎？咱們不是計畫好，這個駙馬爺一定要給方漢陽的嗎？何況那劉照陽……」

皇后對莫尚宮等人命令：

「妳們都退下！」

莫尚宮冰冷的對震榮行禮後，便帶著屋內宮女一起離開，關上房門。皇后這才問：

「劉照陽怎樣？」

「那劉照陽是個膽小鬼，聽說被漢陽審了幾次，就把樂蓉、項麒都招了！連皇后妳……也給供出來了！最糟糕的是，太子已經插手管起這宗案件，直接把案子調到他那東宮裡面去了！皇后知道太子那兒等於有個小朝廷，連大理寺和刑部都得配合辦案，這事恐怕會鬧大！」

「太子怎麼會牽涉到這件案子裡來的？」皇后大驚：「你那美人計沒用嗎？」

「別提我那美人計了，太子對那四個美人，一個也不碰！至於太子知道賣官的事，如果下官得到的密報屬實，根本就是竇寄南帶著太子去抓劉照陽的！」

皇后臉色大變，繞室徘徊，把腳下一個陶器一腳踢飛撞牆，破碎了一地。

「本想讓那太子多活幾年，看來，必須馬上動手！」皇后咬牙說。

「這可不好辦！」震榮神色一凜，接著說：「太子府幾乎是銅牆鐵壁！古來皇上和太子都有心結，偏偏妳這個皇帝對太子全然信任，還當成寶貝捧在掌心！不論是他辦事的東宮，還是他住家的太子府，都有衛士高手林立，這事必須面面周全才行！如果皇后信得過下官，讓下官先計畫一下！」

皇后眼色陰沉的深思：

「太子那兒不好辦，就先從寄南皓禎下手！殺一個是一個！」

「是！下官會快馬加鞭，加緊行動！」伍震榮眼光陰狠的看著前方。

❖

這天，太子府中來了稀客。花園中，樂蓉公主面帶慍色，帶著宮女衛士們，浩浩蕩蕩進門，剛好太子要出門，兩方人馬，在花園就撞個正著。太子看樂蓉臉色不佳，把她帶進書房中，摒退雙方左右，才若無其事的問道：

「樂蓉公主突然來訪，是不是為了劉照陽的案子？」

樂蓉毫不客氣的回答：

「太子，你好歹是我弟弟，但是我娘是盧皇后，比你娘地位要高得多，何況你娘陸妃也過世了……」

太子打斷樂蓉：

「妳不是到我這兒來比誰的娘來頭大吧？」

「那我就有話直說了！你這太子深受父皇重任，想建立什麼功績我管不著，但你最好不要管到我夫家和母后身上。你要搞清楚，母后和伍家，不是你可以栽贓的！你別偷雞不著蝕把米！」

「如果妳和皇后行得正做得端，又何必怕我去查呢？」太子坦蕩的問，一臉正氣：「妳們賣官枉法，難道還有理來威脅本太子？」

「所以你準備做絕了？一定要鬧到父皇和朝廷上去嗎？」樂蓉氣勢洶洶的問。

太子正色的回答：

「首先，請妳把自己的氣燄收下去，也請妳搞清楚妳現在是對誰說話，我想怎麼處置貪贓枉法的人，那是我的事情，妳無權過問！倒是該問問，妳的良知是否還在？」

「好！」樂蓉怒道：「父皇有權力立你為太子，母后也會有能耐將你踢下來，你不要得意的太早，再繼續對付母后和伍家，你只會自食惡果！」

樂蓉身邊的女官姚諭娘，是唯一留在書房裡的人，趕緊拉著公主手，提醒的說道：

「公主請回府吧！這兒隔牆有耳，還是少說幾句吧！」好言好語勸著：「走！咱們回府去！」

樂蓉被姚諭娘拉著走，知道再說也無用，憤然轉身，向書房門口走去。太子喊著：

「青蘿！白羽！送樂蓉公主出門！」

青蘿和白羽立即出現在書房門口，清脆應著：

「是！奴婢恭送樂蓉公主！」

青蘿帶著路，笑靨迎人的看著公主，樂蓉一看是青蘿和白羽，不禁大大一愣。這兩個歌伎不是項麒調度，送進太子府當密探的嗎？怎麼太子會讓她們兩個來送她呢？她心裡頓時浮起無數疑惑。

眾人走進花園，太子也跟到花園，只聽到青蘿笑嘻嘻說道：

「公主請走這邊！曲徑通幽，花木扶疏，今天又是陽光普照，這條路是花園裡最美的！到了太子府，不能錯過花園！」

什麼曲徑通幽？花木扶疏？陽光普照？樂蓉滿腹狐疑。突然心頭一跳，有點明白了。這「陽光普照」四個字，不是嵌著「照陽」的名字嗎？難道青蘿在為劉照陽的案子，給她打暗語？她急忙去看青蘿，低問：

「妳在說什麼？」

「回公主，沒什麼！就是請公主賞賞花！」青蘿笑得坦蕩，毫無心機的回答。

樂蓉無法明問，心裡七上八下，看了青蘿一眼，故意提高聲音，憤憤的說：

「本公主不是到這兒來賞花的！難道駙馬府還缺花嗎？笑話！」就不甩青蘿，抬頭挺胸，帶著眾人而去。

太子看著這一幕，直到樂蓉眾人都走了，回頭對青蘿一笑。

「妳說那些，是在玩什麼花樣？」

青蘿四顧無人，只有鄧勇在遠遠護衛著，就輕輕對太子說道：

「回殿下，這樂蓉公主什麼都懷疑，但是腦袋不靈，以前也讓奴婢吃了很多苦。剛剛奴婢忍不住要戲弄她一下，故意說了個陽光普照，這一下，她回去和那位駙馬爺，要白白辛苦很多天，去推敲我這『曲徑通幽，花木扶疏』了！」青蘿偷笑著。

「哦！」太子說道：「妳拐著彎報個小仇！也算妳機靈！哈哈！」他再看向公主消失的方向，傷感的自言自語起來：「始以險技悅君目，終以貪心媚君祿。」搖頭說：「奈何啊奈何！姊弟一場，卻要反目成仇嗎？可惜可惜，險竿兒不聽吾語，悲也！」

「殿下，」青蘿接口：「樂蓉公主沒有險技，她是『始以公主悅君目，終以貪心奪君祿』，這種靠身分發達的險竿兒有一大堆呢！只怕豎起你來成為黑暗叢林，躺下去成為危險滑梯，多少忠心愛國的人，都會葬送在這些險竿兒手裡！」

太子心中一震，看著青蘿，這樣一個小小女子，只因為命運坎坷，輾轉進過駙馬府、榮王府，再到太子府。她的所見所聞，心靈感觸，必然深刻，幾句話就說中要害，點出了目前朝廷上的重重危機！他的臉色不能不沉重起來，對青蘿，也不能不刮目相看起來。

❖

與此同時，皓禎、寄南、靈兒帶著小樂，來到吟霜那鄉間小屋，個個都臉色不佳。小樂一進門就喊著：

「姨婆！香綺！給大家沏一壺好茶，拿些好吃的點心，然後咱們就出去院子裡守著，公子王爺們有事要談！」

吟霜正坐在桌前整理藥材，聽到聲音，就抬起頭來看大家，眼裡帶著詢問，心裡已有答案。香綺、常媽急忙泡茶的泡茶，拿點心的拿點心，悄眼看著皓禎、寄南，見沒有任何人帶著笑容，連寄南都皺著眉頭，便全部震懾著，急急忙忙出房去。

房裡剩下吟霜、皓禎、寄南、靈兒四人。吟霜起身，瞭然的問：

「計策失敗了？公主還是選擇了皓禎，是不是？」

「妳不要急！」皓禎急切的說：「皇上下旨之前，什麼事都可能有變化！我們現在得到的宮中消息，是皇后和公主各有主張，皇后選了方漢陽……」

「公主選了你？」吟霜凝視皓禎。

「你不是有妙計嗎？怎麼越搞越糟？」靈兒生氣的一推寄南：「那個方漢陽就是我假死那天見過的大理寺丞嗎？我看他長得挺英俊的，他對公主也有心，還加上你這個軍師，怎麼會出錯？」

寄南有苦說不出，對吟霜歉然的行禮說道：

「對不起！我弄巧成拙！這方漢陽演出失常，大概得失心太重！至於皓禎嘛，我就說讓他眼睛瞇小一點，裝得畏縮一點！他偏要凶巴巴耍狠耍武功，把公主摔來摔去，結果……」

「結果公主慧眼識英雄，更加認定了皓禎！」吟霜打斷寄南的話，一嘆：「我在治療祝大人時，見過那大理寺丞方漢陽，不管他多麼英俊有才，公主看中的還是皓禎！」

「吟霜，妳別誤會！」皓禎急說：「我真的想盡辦法，把我最傲慢無禮的態度都拿出來了，我就不明白，那公主是昏頭了嗎？怎會要我這樣凶惡的駙馬？」

「你不明白嗎？我是明白的！」吟霜注視著皓禎。

「妳明白什麼？」皓禎一怔問。

「明白公主不是一個庸俗之輩，也不是一個養在深宮、毫無思想的人！她看上了皓禎，只因為……」吟霜看著皓禎說：「你太傑出了！管你瞇眼睛還是不瞇眼睛，凶巴巴還是縮頭縮腦，你都是那些王公子弟裡，最搶眼的一個！我想，這事不論皇后怎麼想怎麼做，都改變不了！皓禎，你一定是駙馬！」

「不是！絕對不是！」皓禎激烈的喊：「現在皇上忙著招待吐蕃來的王子，一時之間，還不會宣布這婚事！我和寄南商量，繼續努力！」就握著吟霜的手，看進她眼睛深處去：「相信我！我才是這婚事的當事人，我不點頭，誰也不能勉強的！」

「你再想辦法呀！」靈兒搥了寄南一拳：「總不能讓吟霜當皓禎的二夫人吧！一定要當大夫人！」加強語氣的再說一遍：「元配——大夫人！」

寄南心情也不好，推了靈兒一把，沒好氣的說：

「喂！妳別忘了身分，妳是我的小廝，怎麼動不動就推我打我？」

「你是個狗頭軍師，我是個冒牌小廝，我這個冒牌小廝，就打你這個狗頭軍師！」

「好好好！」寄南投降了：「狗頭軍師等到國宴後再想辦法！」忽然對靈兒深思的一看：「這國宴伍震榮和方漢陽都會參加，我帶妳去！妳能不能安安靜靜站在我身後不出聲？我想試試看妳這種女扮男裝，會不會被他們認出來？」

「好呀好呀！我正想進宮看看！我保證不會被認出來！」靈兒興奮起來。

「聽說伍項魁不會參加國宴，妳要避開的就是伍項魁！其他見過一面的人都不怕，何況，大家早就認定靈兒死了！不過，萬一認出來呢？」寄南問。

「打死不承認就是了！」靈兒說著，就用男聲說話：「我現在是個男人，不折不扣的男人，知道嗎？」

寄南和靈兒吵吵鬧鬧，吟霜卻只是安靜而深刻的看著皓禎，皓禎握緊她的手，也目不轉睛的看著她。**吟霜眼中，滿是無憾無悔和無求的深情，只有付出，全心全意的付出。皓禎眼中，滿是堅強堅定和堅毅的保證，只要相守，獨一無二的相守。**

❖

靈兒終於如願，用男裝身分參加了皇上的國宴。國宴在皇宮的宴會廳舉行。皇上坐在正中的餐桌上，後面站著曹安和幾個隨身太監。宴會廳擺滿了考究的方形矮桌，大臣賓客都每人一桌，吐蕃王子坐在主客的位置。每桌中間留著上菜的走道，宮女太監們，輪流穿梭在各桌之間，上菜斟酒，川流不息。每個大臣或吐蕃王子，身後都站著一個小廝。太子身後是鄧勇，皓禎身後是小樂，寄南身後是靈兒。

靈兒是特別變裝過的，穿著一身貴族的小廝服。臉上的膚色上了妝，是健康的、男性的紅褐色。眉毛特別畫粗了，依舊把眉梢畫成劍眉，雙眉入鬢，很有氣勢。也不知道她怎樣弄的，居然讓眉骨突出，顯得眼睛特別深黝，鼻子變高了，嘴巴也變大了，乍然看去，怎樣也認不出是靈兒。只是，寄南看來看去，還是有些不安，因為這個小廝，實在太漂亮出色了一點！他建議弄個絡腮鬍，被愛漂亮的靈兒斷然拒絕。

大家入座，皇上對王子舉杯：

「來來來！讓朕和大臣們，一起敬我們的貴賓，吐蕃王子！」

大臣都對王子舉杯，王子也舉杯，大家欣然乾了杯子。王子就用吐蕃話說道：

「自從我們吐蕃被皇上照顧，父王對陛下非常感恩。但是，我國每年進貢的牛、羊、馬匹實在太多，不知道陛下能否減少貢品，讓吐蕃的老百姓，能夠養活自己！」

皇上聽不懂，急喊：

「禮賓司！禮賓司！他在說什麼？」

禮賓司糊弄阿諛的起身說道：

「陛下！他一直在說，感激陛下對他們的照顧，他們會每年進貢很多的禮物來！只要陛下開口，他們就照辦！」

靈兒背脊一挺，用男人聲音衝口而出：

「胡說八道！他說的根本不是這樣！」

眾人都驚看靈兒，寄南趕緊回頭示意，低語：

「裘兒，妳閉嘴！這兒不是妳發表意見的地方！」

太子驚奇的看靈兒，對寄南說：

「你何時多了一個小廝？為何不許他說話？」

「這小廝口沒遮攔的，」寄南擔心的說道：「還是我那『來旺』比較好！來旺一走，這裘兒就報到了！」

靈兒站在皓禎對面，就氣呼呼對皓禎比手勢，表示她聽得懂，又悄悄指指禮賓司，表示他在胡說八道。皓禎懂了，忍不住開口：

「陛下！寄南這個小廝，有點語言天才，他常常在胡人聚集的西市走動，認識絲路的胡人朋友，能聽懂好幾種胡語！或者，讓他翻譯，比禮賓司更正確！」

「是嗎？」皇上就看著靈兒問道：「那麼，這王子說的是什麼？」

靈兒挺直背脊，侃侃而談：

「陛下！他說每年上貢太多，他們的老百姓都快活不下去了！希望陛下開恩，減少貢品，讓他們能夠生活！」

「這是什麼話？」伍震榮臉色一變，完全沒認出靈兒就是大鬧榮王府的女刺客，語氣不佳的質問靈兒：「你這小廝，到底聽得懂還是聽不懂？」

「卑職當然聽得懂！」靈兒就看著王子，用吐蕃語說道：「你這次來，帶了多少貢品來？」

「牛五百頭，羊五千隻，良馬三千匹！」王子說道。

靈兒從沒聽過這樣的數字，驚奇著，用吐蕃語對王子喊：

「哇！三千匹！這長安城的馬匹大概都是你們貢獻的！」就對皇上說道：「陛下，他說，他這次帶的貢品有牛五百頭，羊五千隻，良馬三千匹！不知道是不是？」

「貢品是誰收的？有沒有這些？」皇上問。

「陛下，貢品進長安，浩浩蕩蕩，臣親眼目睹，確實沒有錯誤！這位小兄弟翻譯得完全正確！」漢陽回答。

皇上驚看靈兒，再看王子，說道：

「原來牛羊馬都是吐蕃過來的！良馬三千匹，確實太多了！」

「不多不多！咱們東征西討，良馬多多益善！」伍震榮急道。

皓禎忍不住插嘴：

「陛下！這吐蕃地方，就靠牲畜為生，生活非常艱苦！馬是他們交通遷移的必須品，牛羊更是他們的主要食物，實在不該規定貢品數量！」

「陛下，進貢是他們的好意，不是我們的壓榨，治國要收心！」寄南接口。

太子深有同感，立刻附和著皓禎和寄南，更加深刻的說道：

「父皇！皓禎和寄南言之有理，本朝是泱泱大國，要有大國的氣度！如果真正需要吐蕃的良馬，可以用買的，或者以物易物！」

皇上看太子寄南皓禎一眼，對這三人實在疼惜，急忙說道：

「好了好了！就聽幾個小輩的，王子！貢品只是你們的心意，有也好，沒有也罷！」

靈兒開心，急忙對王子說道：

「皇上說，貢品隨便你們送不送，你趕快謝恩吧！」

王子大喜起立，以吐蕃國禮儀對皇上行禮謝恩：

「陛下宏恩！」一轉頭看看靈兒，再對皇上行禮道：「臣還有一個請求，不知道這位小兄弟，能不能送給臣？讓臣帶他回到吐蕃，成為兩國溝通的橋樑！」

「什麼？要我跟你去吐蕃國？」靈兒大驚。

寄南聽不懂吐蕃話，見靈兒滿臉震驚，急問：

「裘兒，他說什麼？」

禮賓司為報一箭之仇，大聲說道：

「陛下！這位王子要了靖威王這位小廝！要帶他去吐蕃國，當他的小廝！陛下宏恩，也照准吧！」

寄南大震，一跳起身，打翻了面前的酒杯，急喊：

「不行不行！我這小廝不能送人！絕對絕對不能送人！」

伍震榮冷眼旁觀，見靈兒俊俏機靈又帥氣，就看好戲的說道：

「為什麼不能送？只是一個小廝而已！為了和吐蕃交好，連公主都可以和親，一個小廝算什麼？」對皇上說道：「陛下，就答應這位王子吧！」

皇上還在猶豫，寄南急得臉紅脖子粗，一疊連聲喊：

「陛下！不行不行！千萬不能答應！這小廝這小廝……」

皇上不解，卻關懷的看著寄南問：

「這小廝如何？」就安撫的對寄南說：「你就把這小廝送給吐蕃王子吧！朕另外賜你五個小廝！」

太子也不解的看寄南，不進入狀況的說：

「這小廝會說胡語，反應也快，怪不得寄南喜歡。但是，為了和吐蕃國建立良好關係，寄南就割愛吧！」

皓禎一急，起立說道：

「陛下！殿下！這小廝跟寄南感情深厚，跟在身邊多年，像兄弟一樣，君子不奪人所好，還是把禮賓司送給吐蕃王子吧！」

伍震榮不解的、疑惑的看寄南，意有所指的說：

「感情深厚？跟在身邊多年？不能送？」

寄南眼看連太子都幫忙，要送走靈兒，皇上也不會為了一個小廝，傷了和吐蕃交好的機會，又聽到伍震榮明諷暗刺的一番話，又怒又急，也沒細想，就衝口而出的說道：

「是的！正是榮王所想那樣！陛下，我招了！臣有『斷袖之癖』，這小廝是臣的男寵，臣說什麼都不會把他送人！這樣，陛下諒解了嗎？」

靈兒聽不懂什麼斷袖之癖，困惑的睜大眼睛。皓禎沒料到寄南會冒出這樣一句話，也驚愕的睜大眼睛。皇上更是大為驚奇，不敢相信的瞪著寄南。太子稀奇至極，看著寄南深思回憶，不解的說道：

「哦！寄南還有此癖，本太子也是第一次聽到！」看到寄南臉紅脖子粗，顯然是真的急了，不管怎樣也要幫助兄弟般的寄南，就看著皇上，微笑道：「父皇！大庭廣眾之下，寄南都情急招認了，就讓寄南保有他的小廝吧！」

皇上頭痛的、皺眉看著太子，又皺眉看著寄南，心想，怪不得這小子至今不娶妻，原來是這麼回事，難免有點失望。他見寄南如此情急，只得點頭。

袁柏凱、方世廷、伍震榮、忠孝仁義四王……和諸多大臣，個個睜大眼睛，驚奇的看著寄南和他的「斷袖小廝」，只有吐蕃王子，莫名其妙著。

宴會終於結束，太子、皓禎、寄南、靈兒、小樂、鄧勇等人從宴會廳出來。太子和寄南，就很有默契的把眾人帶向西面的一個偏門走去。這條御花園的小徑，是宮中最安靜的角落。四顧無人，太子就哼了一聲，說道：

「寄南，我要審你！跟你從小一塊兒長大，從來沒聽說你有什麼斷袖之癖，也從來沒見過你這個小廝……皓禎，我也要審你，你幫著寄南圓謊，有沒有把我這兄弟看在眼裡呀？」

「太子殿下，把裘兒帶來，是寄南的失誤！」寄南苦著臉說：「今天本王栽在這個小廝身上了！簡直有苦說不出！」

靈兒早已打量了太子很久，此時，忍不住喊道：

「原來在永業村的『大人』，就是太子呀！吟霜還命令你去提水燒火……」就繞著太子轉，打量太子：「沒錯沒錯！剛剛在國宴上，我只注意皇上和吐蕃王子，忙著要翻譯，都沒認出來！」

皓禎四面看看，警告說：

「唉！這兒是御花園，大家說話小心！」

「小心什麼？四面都沒人，客人早就散了！」靈兒說。

太子盯著靈兒看，認出來了，大驚：

「哎呀！原來是永業村見過的那位姑……」趕緊改口：「那位小廝！連名帶姓喊著你的小廝……」盯著寄南，笑道：「我這下明白了！」

「你明白什麼了？」寄南問。

「當然明白你為何有斷袖之癖的原因了！」皓禎接口。

靈兒忽然一拳打在寄南身上，迷糊的說：

「這個『斷袖之屁』是個什麼屁？聽不懂！為什麼你一說，大家都呆住了！」看太子，發現自己還沒行禮，趕緊說道：「裘兒見過太子大人！」

「唉唉，要說太子殿下，不是人人都能用大人稱呼的！」寄南糾正。

「太子殿下，裘兒看你是好人，學問一定不錯！」靈兒問太子：「那個斷袖之屁是什麼屁，你能不能告訴我？」

「裘兒，這個妳就別問，根本不需要懂！」皓禎暗笑。

「嘔死我了！」寄南彆扭的說道：「在這國宴上，逼得我說出這四個字！」忽然對靈兒一瞪眼：「叫妳不要出聲音，妳還真能幹！比皇上的話還多！」

「我不說，讓那個禮賓司欺侮吐蕃王子嗎？」靈兒也瞪眼：「三千匹馬耶！」就問太子：

「太子殿下，那個斷袖是斷了的袖子嗎？」

「不錯！」太子忍著笑：「確實是斷了的袖子！」

靈兒這下，更加糊塗了，納悶的說：

「我只知道狗屁馬屁，從來沒聽說過斷了的袖子還能放屁！」

太子噗哧一笑，說道：

「寄南，你這位小廝太有趣了！你捨不得給吐蕃王子，給我如何？」

「裘兒今天可真出風頭！寄南，咱們的啟望哥要，你就送了吧！」皓禎說。

寄南面紅耳赤，看著皓禎等人瞪眼：

「什麼好兄弟？都是幸災樂禍的人！」

「你們這些大人太奇怪了！」靈兒喊道：「當著皇上能說，就不告訴我意思！」轉身對小樂一凶：「你知道還是不知道？趕快告訴我！」

小樂忍著笑，不敢不說。

「就是……」小樂俯在靈兒耳邊悄悄說了什麼。

靈兒瞪大眼，回頭又給了寄南一拳，罵道：

「你會不會編理由？這個斷袖子還是斷袍子的毛病，你也說得出口！」

太子趕緊忍住笑，提醒：

「走好了！這可是御花園！要打架也等出了這皇宮！」

17

出了皇宮，就看到魯超一身黑衣勁裝，帶著幾個黑衣衛士，拉著幾匹馬，也沒掌燈，如同熱鍋上的螞蟻，正在東南西北各個門悄悄窺探著。此時，看到太子皓禎等人從西門出來，立刻就迎上前去，神色慌張的說：

「太子、王爺、公子，不好了！出事了！」

「出什麼事了？」皓禎緊張起來。

「伍震榮的人馬把綢布莊、鐵匠行都抄了！」魯超低語：「兄弟死傷嚴重！紹興酒樓那邊有一份從幽州送來的密件，還不知道有沒有落到他們手裡？」

皓禎和寄南臉色大變。太子一驚，問：

「是『天元通寶』出事了？咱們的據點，不是最大的機密嗎？是誰洩露了地點？」急喊：

「鄧勇！你趕緊去府裡調人！」

皓禎當機立斷，緊張的對太子說道：

「啟望哥！你趕快回府，不管發生什麼，都要裝不知道！你的名號如果洩露了，『天元通寶』都栽了！『木鳶』也白忙了！你是我們大家灑熱血、拋頭顱保護的人呀！天元通寶是為了皇上和你才成立的呀！」

太子一想，趕緊說道：

「好好！」喊道：「鄧勇！我們回府！」再看二人：「皓禎，寄南！小心！」

一輛馬車悄悄過來，太子和鄧勇，就跳上馬車，疾馳而去。

寄南見太子走了，就對皓禎匆匆道：

「來不及了，快到我府裡換衣服，速速搶救紹興酒樓！」

「綢布莊、鐵匠行那兒受傷的兄弟們，卑職已經讓他們去米倉的地窖避難，現在急需大夫！」魯超又匆匆說道。

「魯超！」皓禎對魯超匆忙交代：「你召集一下沒受傷的兄弟，去紹興酒樓支援我們！」對小樂交代：「小樂！你立刻弄一輛不起眼的馬車，到吟霜姑娘那兒去，讓她把所有的救傷藥品、她爹留下的救命藥，全部帶著，還有乾淨的棉布剪刀針線這些東西，她會縫傷口，連剖腹取胎都會！現在能夠支援的大夫只有她了，讓她立刻趕到米倉去給兄弟們治傷！」

魯超和小樂匆忙離開。寄南抓著靈兒脖子，警告的說：

「妳不許多問，跟著我們一起行動！」

靈兒感到氣氛緊張，驚訝的問：

「發生什麼事了？還要吟霜來幫忙？什麼行動？」

寄南摀著靈兒的嘴，將靈兒抱上馬背。

不到一炷香的時辰，皓禎、寄南和靈兒已經換上了黑色的夜行衣，外面有披風，頭上戴著有黑紗簾可以遮住臉部的大圓帽。眾人策馬，飛奔到紹興酒樓，與魯超等天元通寶弟兄會合。弟兄們全部黑衣蒙面，頭戴大帽。

寄南等眾人在酒樓外遠處下馬，悄聲躲於暗處，緩慢接近酒樓，觀察著酒樓動靜。只見酒樓外表一切如常，客人飲酒聲音此起彼落。皓禎與寄南躡手躡腳打前鋒，繼續前進著。寄南樂觀的對皓禎悄聲說道：

「看來酒樓還沒有被抄，咱們快進去通知掌櫃！」

「先觀察一下！」皓禎警告的低語。

皓禎話才說完，由伍項魁帶領，躲於暗處的羽林軍一下子湧出，將寄南皓禎團團包圍住。兩具屍體，突然被拋在寄南和皓禎面前。兩人定睛一看，赫然是掌櫃和店小二的屍體！

兩人大驚大痛，還來不及反應，伍項魁已得意洋洋說道：

「在這等了一個晚上，果然挺值得的，這兩個亂黨賊窩已經被我們剿滅了，你們肯定是亂黨的同夥吧？如果是個人，就把你們的帽子摘下來，讓本官瞧個清楚！」

寄南和皓禎不能出聲，不能暴露身分，只能透過眼前遮蓋的黑紗簾看著眼前的狀況。寄南滿心憤怒，咬牙切齒，在內心發誓：

「果然是伍震榮派這個狗兒子出來作亂，利用國宴，殺我兄弟，我要你拿命賠！」

「你們還不出聲？敢情是一群啞吧？」伍項魁喊著：「行！本官忙了一晚上也夠累了！」從袖子裡掏出密函，揮舞著：「這應該是你們急著想要毀滅的密件吧？哈哈哈！」踢著地上的屍首：「他們來不及燒毀，只能怪你們亂黨平時訓練不周，有本事你們就搶回去，沒本事就自動棄械投降！」

寄南一怒，立提內力，一招「風擺楊柳」，欺身而上，反腳一踢，快速踢飛了伍項魁。密函落地，伍項魁倒地痛喊：

「給我殺了這群黑衣人！誰斬了他們的腦袋，本官重重有賞！」

寄南和皓禎很有默契的互相對望，點頭暗示，雙雙奮力拔劍開戰。靈兒、魯超與所有黑衣蒙面人現身，一擁而上與羽林軍對打。靈兒見獵心喜，想道：

「原來是要教訓那個蛤蟆王！我今天就刺死這個王八烏龜蛋！」

靈兒火速加入皓禎和寄南身邊，三人圍剿伍項魁。一群羽林軍湧入護著伍項魁，打散了靈兒皓禎和寄南。皓禎見機欲搶回落地的密件，卻被若干羽林軍圍攻，他不願傷到羽林軍，只能閃躲跳躍，眼光看著地上的密函。寄南和靈兒也想搶奪滾在地上的密件，兩人聯合應付敵人，打得如火如荼。

寄南一邊打殺，迅速將密件踢向皓禎，卻被羽林軍截下踢給伍項魁。密件被踢到伍項魁腳邊，伍項魁正想彎腰撿起密件的同時，突然皓禎使出一招「大鵬展翅」，如同一隻大鳥，凌空快速飛躍而來，一把劫走了伍項魁腳邊的密函。但在劫走密件同時，右手臂被羽林軍劃了一刀，立刻鮮血直流。伍項魁不及應變，大喊：

「通通給我抓起來！搶回密件！」

靈兒趁殺敵空隙，靈敏的踢起一塊石頭，像射飛鏢將石頭射向伍項魁的腦門，用山東腔的男子聲音說道：

「搶密件？我請你吃蜜餞！」

伍項魁被石頭砸到腦袋，痛得一愣，手摀著額頭一摸，這才發現手上都是血，氣得跳腳大罵：

「居然敢對本官使用暗器！」大喊：「殺！通通殺死這幫混蛋！」

皓禎劫走密件，飛快殺進寄南和靈兒身邊護航，說道：

「掌櫃已經犧牲，密件奪回，兄弟們快撤！」

「你受傷了？」寄南擔心的問。

「一點小傷，不礙事！背對背，衝出重圍去！」皓禎吹了一聲暗示口哨。

魯超帶著若干負傷的黑衣兄弟聽到哨聲，速速撤退。

只見皓禎和寄南、靈兒三人舉著長劍，三人背對背像畫圓般的向羽林軍一掃。羽林軍紛紛退後。驟然間寄南皓禎夾帶著靈兒，兩人同時一提內力，一招「扶搖直上」，三人向天上旋轉躍起，三個黑影就飛向夜色的星空，消失無蹤。

伍項魁看得目瞪口呆，回神後才大喊：

「追啊！要把可惡的亂黨一網打盡！」

❖

皓禎、寄南、靈兒、魯超四人衝出重圍，就駕著四匹駿馬在夜色裡狂奔，黑色披風隨風飄揚。一陣疾風勁馬的奔馳，沿路「駕駕駕」的喊著，皓禎邊跑邊交代魯超：

「快把受傷的兄弟集中到米倉治療！傷亡情況米倉匯報！綢緞莊和鐵匠鋪那兒再搜尋一次，看看有沒有漏掉的受傷兄弟？分散前進！」

「是！」魯超和一幫黑衣兄弟瞬間散開，各自飛奔而去。

在米倉的地窖裡，受傷的兄弟們東倒西歪，流著血，呻吟著。寄南、皓禎、靈兒謹慎的打開地窖門，再趕緊關好。寄南一見健在的兄弟們，急問道：

「你們傷勢如何？」

「有的輕，有的重，流了不少血，恐怕要立刻治療！」一個兄弟回答，嚴肅傷感的補了一句：「司馬師爺和趙師父他們都遇難了！」

「還有鐵匠鋪的老陳、賣茶葉的張壽都犧牲了！」另一位說道。

「我知道……」皓禎心痛已極：「所有情況我都了解了，你們身邊該銷毀的東西都銷毀了嗎？沒有留下任何麻煩吧？」

「放心！我們都知道該怎麼做！只是……紹興酒樓那邊……」

「紹興酒樓的沈掌櫃也走了，不過所幸，幽州來的密件，我們奪回來了！對方也被我們打傷不少！」皓禎沉痛的說：「因為不想傷到羽林軍，這場架打得極不公平！哪有這種事？朝廷官員帶著羽林軍，打我們這些為國盡忠賣命的兄弟！」

魯超小心翼翼的帶著數位受傷弟兄進入地窖。寄南趕緊幫忙安置，不斷說著：

「各位弟兄辛苦了！」

靈兒立刻手腳麻利的檢查眾人傷勢，低聲喊道：

「我們需要乾淨的清水，來清洗傷口！哪兒有水？我們馬上行動！」

「在米倉院子裡有一口井，不過要冒險出去提水，不能讓人看見！」寄南說。

「我可是機靈出名的，絕對小心，我這就去打水！」靈兒說著，就迅速悄悄出門去。

「兄弟們，再忍耐一下，女神醫應該快到了！」皓禎一面安慰著傷者，一面幫呻吟的兄弟們挽袖子，褲管，讓傷口露出來，以便治療。他看到傷口嚴重者，不禁深深擔憂著。

靈兒在井邊悄聲的打水。心裡在回想著今晚這場大戰，真沒料到，前一刻還在國宴上出風頭，後一刻就在街頭大打出手，還是和那個癩蛤蟆打！她想得出神，寄南悄悄走近她身邊，乾咳兩聲，壓低聲量說道：

「咳咳！今晚的事，是會殺頭的大事，妳要死守祕密，知道嗎？」

「知道個鬼！」靈兒突然踢寄南一腳：「反正跟癩蛤蟆打架就是正事，先治療這幫兄弟要緊！」將打好的水推給寄南：「快送水下去！」

寄南呲牙撫著被踢疼的小腿，小聲抱怨：

「妳就不能溫柔點啊！本王打了一夜的架，兄弟傷的傷，死的死，已經又氣又累又恨又心痛，這下還被妳這個小廝踢！」

「心疼受傷的兄弟，就趕快幫忙送水，忘記你是個王爺吧！」靈兒提起一桶水。

「是！」寄南不由自主應著。這會兒，靈兒像個王爺，他倒像個小廝。

靈兒和寄南提水進入地窖裡，趕緊幫兄弟們清洗傷口。魯超正在向皓禎緊急報告：

「受傷的兄弟都集中在這兒了！有十四名兄弟！都是刀傷劍傷！」

地窖門打開，小樂帶著吟霜和香綺，抱著許多棉布醫藥用品和藥箱，奔了進來。皓禎立刻迎上前去，對吟霜歉然的說道：

「沒辦法，只能把妳找來救命！兄弟們受傷嚴重！」

吟霜看到皓禎血濕衣袖，驚痛的喊：

「給我看你的傷口！」拉起他的右手，喊道：「香綺！剪刀！」

香綺立刻遞上剪刀，吟霜飛快的剪開衣袖，察看傷勢。皓禎著急的說：

「別管我！先去治療那些兄弟，他們都比我嚴重！」

「我知道！我會先治療他們的，但是要先幫你止血！香綺！布條！」

香綺遞上布條，吟霜在皓禎右手上臂處打結止血，再用三角巾吊住他的手臂。

「吟霜，快來看這位兄弟，我已經幫他清洗過，可是傷口太深了，還是一直流血，怎麼辦？」靈兒在一個受傷的兄弟身邊，著急的喊著。

吟霜就奔到那位傷者前，看看傷口，對傷者說道：

「我爹是神醫，教了我縫合傷口的技術，我現在要把每位的傷口，能縫合的都縫合，這樣，七天後我再來拆線，傷口就癒合了！」看看寄南等人，清脆而有條理的吩咐：「小樂，你負責提水；靈兒，妳負責清理傷口；香綺，妳負責給我過火的針線和銀針；魯超、寄南，你們要找些門板來，搭成床，讓重傷的人躺著，我也比較好工作！大家立刻行動吧！」

「那我負責什麼？」皓禎急問。

「你坐在那兒別動，免得傷口再流血！就算幫我了！」吟霜頭也不回的說。

眾人立即分工合作，各人忙各人的，迅速的，一張簡易的床榻搭起來了。魯超把傷得最重的病人抱上床。吟霜喊：

「魯超！扶他坐起來！」

魯超扶著傷患，讓他坐起，小樂也來幫忙，扶著另一邊。吟霜就站在傷者身後，兩手貼在傷患的背部運功，嘴中虔誠的低唸口訣。

「吟霜，妳……」皓禎想阻止，看著受傷的兄弟，又忍住了。

傷患躺回床上，吟霜站在床前，拿起銀針，給傷者扎針。傷口是很深的一條刀傷。吟霜用安慰的眼神，溫柔的看著傷患，說道：

「我要縫了！你不會痛的！」回頭叮囑香綺：「上次鄭婆婆那兒，妳看我做過，應該很熟悉了！每根縫線的針都要在火上烤過！小樂，點根蠟燭來！」

小樂忙著送上蠟燭，香綺忙著把針烤過。吟霜說完，就對著傷口周圍一寸左右，用手拂過再運氣功止痛。香綺遞上針線，吟霜就在傷口上穿針引線的縫了起來。

「真的不怎麼痛！只有一點點痛！」傷患不可思議的說。

皓禎一瞬也不瞬的看著吟霜工作，緊緊的盯著她，眼光沒有須臾離開過她的動作。室內忙碌著，但是也個個好奇的、緊張的、安靜的看著吟霜縫合傷口。吟霜重複扎針、在傷口周圍用手運氣止痛，縫合、打結、剪去線頭。傷者不斷更換著，吟霜的臉色逐漸蒼白，額上沁出密密汗珠。皓禎看著她的眼神，越來越關心和擔憂。

靈兒拿著手帕幫吟霜拭汗，說道：

「吟霜，妳要不要先休息一下？妳好像很累了！」

「不行！」吟霜堅決的說：「我要快快治完這些兄弟，要不然，皓禎也不肯先治療的！

小樂，提一盞燈過來，這個傷口我有點看不清！」

「來了！我來照著！」小樂又提了一盞燈來。

寄南和魯超，已經架好了許多床，寄南走到皓禎面前問：

「你還好吧？」

「還好！」皓禎心不在焉的說，眼中只有吟霜那專注的神情和忙碌的動作。

「我們是不是應該看看那封密件？看完了馬上毀掉？」寄南說。

一句話提醒了皓禎，趕緊回神，掏出密件，打開一看，只見密函上寫著：

「山水悠長，百花怒放，歌舞昇平，眼觀四方」，沒有署名。

「不是說是幽州送來的密函嗎？這像是木鳶的語氣！」皓禎驚愕的說。

寄南把密函再唸了一遍，看著皓禎分析：

「事情發生得太突然，木鳶來不及用金錢鏢通知我們，只得就近把密函送到紹興酒樓，他知道我們如果看到，就會明白是他！幽州是個假消息！那幽州都督，根本是伍家的人！你想，伍項魁看過這密件了嗎？」

「那伍項魁是個沒腦子的笨蛋，還來不及看！就算看了也不會懂！」皓禎說。

「那你知道木鳶這幾句話的意思嗎？」寄南問。

皓禎注視那十六個字，開始思索，說：

「江山樓、湖心亭兩個地方保住了！百花樓也沒事，歌坊安全……」臉色一沉：「道觀要趕緊撤！最好告訴他們，直接撤到汴州去！」

「那我立刻趕到道觀去！這兒交給你和大家！」寄南臉色一緊，說完，一陣風般的消失在門外。

皓禎趕緊在油燈上燒毀了那密函。

吟霜已經縫合了最後一個傷患的傷口，香綺拿著針線銀針走到皓禎面前來。靈兒小樂過來幫忙，吟霜急急的說：

「輪到你了，快去那邊躺著！」

「妳怎麼臉色這麼蒼白？」皓禎凝視她說：「我沒事，不用縫了，妳太累了！」

「你要不要去躺著？」吟霜急道：「這樣站著我沒辦法縫！就剩你一個了！」

「你快去！別婆婆媽媽，難道你怕痛嗎？大家都說，一點都不痛！」靈兒說。

皓禎就被小樂、靈兒，魯超拉到床前，躺上床。吟霜仔細看過傷口，對著傷口周圍運氣止痛，皓禎目不轉睛的看著她。吟霜再用棉布蘸著米酒，輕輕擦過傷口，低下頭，她開始縫合傷口，穿針引線。她好像在縫製一件藝術品，專心而細緻。她縫了最後一針，打了結，剪斷線後，臉色慘白，額上冷汗涔涔，虛弱的說：

「好了！通通縫好了，你……」

吟霜話沒說完，身子一軟就昏倒了。皓禎一直在緊緊的注視她，一見她昏倒，立刻跳下床，用沒受傷的手，把她抱在懷裡，心痛的喊：

「魯超！駕車！我們送吟霜回家！香綺、小樂、靈兒，你們留在這兒照顧傷患，等寄南回來！」

❖

轉眼間，魯超已駕著馬車，奔馳在郊道上。車內，皓禎坐著，吟霜躺在他膝上，仍然昏迷著。皓禎輕輕撫摸著她的面頰，心痛低語：

「都是鐵錚錚的漢子，痛一點也沒關係，妳為什麼要運氣給大家止痛？妳爹不是說過，妳身體不好，這會傷了妳的元氣嗎？」

吟霜身子動了動，眼睛睜開了。立刻，她掙扎著想坐起，驚慌困惑的喊：

「傷口！我來不及了！還有皓禎的傷口沒縫！」

皓禎用沒有受傷的那隻手，急忙摟住了她，一疊連聲的說道：

「縫好了！縫好了！妳看，我不是好好的嗎？」

吟霜注視他，如釋重負的呼出一口氣來：

「哦！我生怕來不及幫你縫傷口！我有沒有把你縫得很痛？我真怕讓你很痛！」

「因為妳的力氣已經快用完了？」皓禎啞聲的問，責備的說：「我看到妳對著傷口運氣，就知道有問題，阻止妳就好了！看看！妳勉強支持到治完我，就昏倒了！我真不想看到妳消耗妳的體力，可是我卻把妳帶到那兒，讓妳耗盡力氣！這樣，妳好幾天都恢復不過來！」

「不會的！」吟霜虛弱的微笑著：「我休息休息就會好！那傷口，如果不止痛，縫起來會讓人痛得昏倒的！」

「那妳就寧可自己昏倒，也要讓別人不痛！妳這個神醫，我再也不用了！」

吟霜把面頰依偎在皓禎肩頭，欣慰的笑著說：

「小小昏倒一下，感覺到你對我的好，我昏倒也值得了！何況，我整晚都在為『護國大業』盡力，有幸加入了你的工作，幫助了那些熱血的忠貞兄弟，我很驕傲呢！」

「那麼從此，妳也是『天元通寶』的一員大將了！」皓禎說完，把她更緊的摟著，說不出對她有多麼珍惜，有多麼憐愛，還混合著崇拜的情緒。

18

在皇宮的闕樓上，皇后坐著喝茶，正聽取震榮和項魁的報告。闕樓這個地方，造在皇宮兩側，很高也很壯觀，是為了遠眺皇宮風景，和衛士站崗之用。平時都沒有人來，皇上懶得上那麼多階梯，大臣們也沒必要來這兒，衛士早就被皇后和伍震榮安排了自己的親信，除非有特別的活動，闕樓是非常安靜的地方。反正，皇宮裡的樓台亭閣，多得數都數不清，沒有必要到闕樓來喝茶閒坐。於是這兒，就成了盧皇后召見伍震榮家族和盧氏家族的地方。就算碰到皇上和大臣，這兒也是公開的樓台，沒人會懷疑他們有密會。當然，莫尚宮、親信的衛士，和震榮的衛士，依舊在附近徘徊守衛著。

伍震榮站著報告，說得眉飛色舞：

「前晚我們利用國宴，大舉破獲了亂黨多處的藏匿處，大大的打擊了他們那幫叛賊，可說是成績斐然啊！」

項魁頭部包紮著，急著邀功：

「這幫亂黨，在下官的領軍之下，通通被剿滅了，相信他們日後也難東山再起！」

「這事情榮王辦得真好！」皇后欣喜說道：「當然項魁也辛苦了，還受了傷，你們父子這回為皇室立了大功一件。不過，難道沒有抓到幾個活口，逼他們繳出謀逆的名單？這事情一定要斬草除根呀！」

項魁得意的繼續報告：

「這幫亂賊個個狡猾，除了用武器拒捕之外，眼見逃不出下官的緝捕，大多都吞藥自盡了！但是，下官前晚緝捕亂黨的時候，卻有了驚人的發現！」

「哦？是什麼發現？快說！」皇后興奮著。

「前晚在紹興酒樓出現了兩名黑衣蒙面高手，他倆雖然悶不吭聲，但從身手和身形來看，極像兩個人，就是袁皓禎和竇寄南！」伍項魁說。

「有證據嗎？」皇后眼睛瞪得好大：「如果能確定這兩人參與亂黨，那他們就插翅難飛了！」

「證據倒是沒有，但是其中有一人手臂被羽林軍劃了一刀，傷口肯定不小！」

「殿下，臣以為若要證明竇寄南和袁皓禎前晚有沒有參與亂黨行動，只要驗證他們有沒有受傷，便可以水落石出了！」伍震榮很有把握的說。

「那還等什麼？」皇后當機立斷，霸氣的說：「有傷也不可能馬上消失，立即將他們兩人召入宮中，本宮要讓皇上親自驗傷，審問他們！」她滿意的笑：「到時不費吹灰之力，就可以將朝廷裡那些蠢蠢欲動的爪牙給收拾了。」

伍震榮和項魁父子相視一笑，大聲說道：

「臣遵旨！」

於是，皓禎和寄南突然被點名召進宮。兩人結伴而來，都有點惴惴不安。

「皇上突然將我們兩人同時召進書房，還不是在議政大殿上，這顯然大有問題，尤其前晚我們才失去了幾個聯絡據點和弟兄們，我認為情況不妙！」皓禎說。

寄南忿忿的接口：

「如果和前晚的事情有關，那一定是伍震榮和伍項魁父子想置我們於死地，皓禎！」毫無懼色的說道：「到時候我們就賴到底！他們不可能有任何證據！」

就這樣，兩人進了皇上的書房。定睛一看，重要的人幾乎都到了。皇上坐在書桌前沉思不語，皇后也坐著專屬的位置陪侍在側。太子、柏凱、世廷、漢陽，及忠孝仁義四王和若干大臣都在，個個帶著沉重的臉色忐忑著。唯有伍震榮、伍項魁滿臉興奮，一臉等著看好戲的表情。兩人跨進書房，立刻感覺氣氛冰冷詭異。

柏凱用警告的眼神和皓禎、寄南對視了一眼，皓禎、寄南已然心裡有數。

太子關切的對二人遞眼神，三人迅速的交換了眼光。皓禎和寄南趕緊行禮如儀。

「微臣叩見皇上，皇上萬福聖安！」

皇上不安的看著二人，擔心的說：

「哦！你們來了，賢卿平身！」

皇后見皇上遲疑忐忑狀，一臉按捺不住的惱怒，抬高聲音說道：

「皇上，待罪的人都來了，是陛下您來審問呢？還是由本宮代勞？」

皇上為難的看著皇后，又看了皓禎與寄南一眼，決定以退為進，先觀望再說，就順水推舟的說道：

「皇后想審問就問吧！朕，聽著就是！」

皇后逮到機會，趾高氣昂的立刻發難：

「袁皓禎、竇寄南兩人還不跪下！」

「臣斗膽請問皇后殿下，不知微臣兩人犯了何錯？令皇后殿下如此盛怒？」皓禎挺立不跪，一臉的傲然無懼。

「你們兩人前晚參與地下亂黨的祕密行動，想謀逆造反，還不認罪！」皇后喝斥。

太子急忙說道：

「母后！寄南和皓禎，從小與啟望情同兄弟，他們兩個，處處保護父皇和本太子，是人盡皆知的事，哪有可能是亂黨？」

柏凱也緊急出面澄清：

「陛下，袁某家族，幾世戎馬，都在戰場上為本朝立下汗馬功勞，即使是小犬皓禎，十六歲就跟隨臣上戰場，立下戰功，也是皇上親眼看著長大的，絕對不可能想謀逆造反，參加地下亂黨啊！」

義王更是驚愕至極的喊道：

「長安城內破獲亂黨，此事當真嗎？別抓錯了好人，冤枉了百姓！皓禎和寄南參加亂黨，更是不可思議！此事大有可疑，陛下……」

皇上點頭想發言，卻被盧皇后搶話：

「就算皓禎是皇上從小看著長大的，但是也有可能被別有用心的人利用，給帶壞了！」看著皇上：「皇上，臣妾接獲密報，前晚亂賊之中有人拒捕，帶傷畏罪潛逃，這人不是袁皓禎就是竇寄南！」

寄南一派輕鬆，皺眉思索：

「前晚？前晚不是皇上宴請吐蕃王子那晚嗎？那晚真是本王最不堪的一晚，為了一個小廝，把我最私密的事情都昭告天下了，本王一回家就喝悶酒，喝得酩酊大醉，然後倒頭大睡。怎麼？睡覺也有罪嗎？」

「竇寄南你這狡猾之輩，不要再狡辯了！」皇后盛氣凌人的大吼，又大聲命令：「項魁，看看竇寄南身上有沒有傷？」

項魁得意的走近寄南身邊。寄南哪兒會讓他靠近自己，立刻閃躲。

皇上一臉著急，不安的看著寄南。寄南大叫：

「漢陽！你是大理寺丞，別說臣還是個靖威王，就算是個庶民，也不能讓臣在這麼多長輩面前脫衣服吧？除非你們有鐵證！萬一我身上沒有傷，那個誣衊我的人，一定要砍頭！」眼光灼灼的盯著盧皇后：「皇后殿下，妳有把握嗎？」凌厲的掃視過去：「榮王、左監大人，你們又有把握嗎？」

皇后和震榮父子竟然被寄南唬住了，面面相覷。皇上不安的接口：

「寄南是朕看著長大的，怎會是亂黨？脫衣服驗傷？不妥不妥！」

「確實，這事大大不妥，大大不妥，到底寄南不是人犯！」漢陽深有同感的說道。

皓禎就一步上前說道：

「那麼，臣是人犯嗎？」

「當然也不是！」漢陽說。

就在此時，項魁忽然發難，衝上前來，就去抓皓禎受傷的右手臂。皓禎哪兒會讓他抓到，一閃一推，一招「搖頭擺尾」，一個右衝捶，再加料轉身頂心肘，把項魁推了個大觔斗。伍項魁收勢不及，腦袋受傷處又撞到桌角上，痛得哇哇大叫。皓禎大喊：

「幹什麼？要暗算我嗎？陛下和各位長輩，你們看到伍項魁仗勢欺人的態度了嗎？我和寄南是兄弟，是好友沒錯！被陷害成亂黨，那是砍頭的罪！你們的證據，居然是在身上找傷口！我現在就告發，伍項魁頭上有傷，一定是亂黨！趕快抓起來！」

伍項魁氣得臉紅脖子粗。

皇上撫著太陽穴，看看寄南又看看皓禎，完全不信的說道：

「唉！這是怎麼了？寄南和皓禎，朕都信得過！大家冷靜冷靜，把這些誤會和猜疑都收起來，上下一心吧！」

皇后怒瞪皇上一眼，忽然平靜了，看著二人說道：

「這麼簡單的一件事，不過是要看看兩位的手臂，居然如此困難，實在讓本宮大惑不解！不懷疑也得懷疑！」

伍震榮起身，走到兩人面前，嚴厲的說道：

「你們兩個，是英雄好漢就別婆婆媽媽！讓本王來解開這個謎底，兩位，請捲起袖子！沒傷就沒傷，有傷就告訴大家，傷是從哪兒來的？」

寄南臉色一變。皓禎臉色也一變。

太子突然生氣，大聲說道：

「誰都不許碰寄南和皓禎！這等誣衊忠良的事，分明是衝著我太子來的！因為他們兩個幫我抓到一個重要人犯劉照陽！我要請樂蓉公主和項麒駙馬，也來對證一下！今天，大家有牌的通通掀開看看！」

這次，輪到皇后和伍震榮臉色大變。皇上頭昏腦脹的問：

「怎麼又要找樂蓉和項麒？亂黨和他們也有關嗎？」

太子義正詞嚴，充滿正氣的喊：

「當然有關！如果皓禎和寄南都可能是亂黨，誰還是清白的？說不定皇上也是亂黨！在身上找傷口是不是？」忽然在矮桌前盤膝而坐，把左手腕放在桌上，從腰間拔出匕首，一匕首插在自己左手臂上，立即濺血。「榮王！母后！來抓我吧！我手腕上有傷口，就是你們口中的亂黨！」

太子這一招，驚動了所有人。世廷驚喊：

「哎呀！太子殿下，本官知道太子和寄南、皓禎情如兄弟，義氣如山！但是，太子是多麼高貴的金枝玉葉，怎能如此傷害自己？」

太子眼眶泛紅，熱情奔放的吼道：

「我高貴？比起皓禎和寄南，我只是養在東宮的太子，他們才是真正的高貴！為我朝出生入死的皓禎，為伸張正義到處打架的寄南，才是真正的英雄！」

皇上見太子流血，驚喊：

「這怎麼是好？曹安，快傳太醫！太醫！太醫……」

曹安驚慌趕緊奔出。皓禎一個箭步上前，拔出太子手臂上的匕首，鮮血直冒。

寄南急忙撕開衣服下襬，上來止血。

曹安帶著太醫衛士匆忙奔入，場面一團混亂。

皇后、榮王、項魁都被太子的舉動和氣勢鎮住了。

太醫們包紮了太子的傷口，留下了內服的藥包，叮嚀又叮嚀之後，魚貫退出皇上的書房。在大臣們的關心和震撼中，皇上對那個「亂黨事件」已經充滿反感，滿心在太子的傷勢上，對於皇后和伍震榮逼到太子出此一舉，心裡更是反感。皇后還想扳回劣勢，才想開口說話，皇上就揮手阻止，憤憤的說：

「朝廷上人盡皆知，太子皓禎寄南三個，是朕的驕傲，他們兄弟般的情誼，更是我朝官員應該效法的榜樣，如果人人像他們一般義薄雲天，朕的朝廷還有什麼亂黨？現在，誰都不要製造分裂，造謠生事了！皓禎、寄南，你們兩個趕快把啟望送回太子府去休息！叮囑太子妃，讓他按時吃藥和換藥！」

「是！臣遵旨！」皓禎和寄南同聲說道。

皇后和震榮氣得臉色發青，項魁看到皇上震怒，什麼話都不敢說了。

就這樣，在魯超、鄧勇的駕駛下，太子、寄南、皓禎面對面坐在馬車裡。三人都對於書房一幕，餘悸猶存。寄南瞪大眼看著太子，這時才開口說道：

「你這一招也太驚人了吧？差點沒把我嚇死！」

太子卻關心的看著二人問：

「到底你們兩個誰受傷了？」

皓禎就捲起袖子，出示包紮著的傷口。

太子見傷口那麼長，膽戰心驚。皓禎就急忙說道：

「我這傷口沒事，已經被女神醫治過，傷口縫起來了！這縫傷口的事，吟霜怎麼學的，我也不知道，只知道縫好就不痛了！啟望哥，不如你也去給吟霜縫一下吧？」

「傷口還能縫起來？」太子驚愕的說：「太神奇了！」盯著皓禎：「女神醫？就是那天命令我去提水燒火的女神醫？」

「不錯！就是她！」皓禎說：「這次我們十四個受傷的兄弟，她也一個個縫好傷口了！加上我是十五個！」

太子輪流看二人。

「你們兩個，一個有斷袖小廝，一個有會縫傷口的女神醫！還有多少事瞞著我？」

「瞞著你就不會讓她們都出現在你面前了！」寄南說。

「今天啟望這招，總算讓我們逃過一劫！」皓禎憂心忡忡的說道：「不過，天元通寶裡面有奸細，害我們傷亡慘重！是誰洩露了我們的據點？這事太過嚴重，必須要查！只是卻不知從何查起？連『木鳶』是誰，我們都不知道！」

太子一聽，想到前夜的傷亡，難過的皺起眉頭，說道：

「天元通寶越是擴大，奸細就會趁機混進來，防不勝防！皓禎寄南，你們兩個幾乎天天都在生死邊緣！千萬要防備！」又生氣的說：「這『亂黨』堂而皇之的待在皇宮，陷害忠良是『亂黨』，還要置你們於死地！真是太沒天理了！」

皓禎正色的說道：

「太子殿下，我們會去抓奸細，去保護自己，去做該做的事！但是，今天你這種驚人之舉，下不為例！」

寄南立刻嚴重的附和，板著臉說：

「下不為例！流血流汗的事交給我們，撐起這片江山的事交給你！」

「當時我也慌了！」太子一嘆：「看皇后和榮王咄咄逼人，知道你們身上一定有傷，卻想不出來如何解圍，只得先搬出那個劉照陽，然後就拔匕首！」看二人都對他瞪眼搖頭，大聲說道：「好啦！下不為例！」

皓禎和寄南突然被召進皇宮，不敢告訴靈兒，只吩咐靈兒去吟霜那兒等他。靈兒很不服氣，既然是竇王爺的小廝，怎麼又不帶著她？讓她也可以到處逛逛，見些世面。無可奈何，只好到吟霜那兒，穿著男裝，陪著吟霜和香綺，在花圃中喝茶賞花曬藥草。

吟霜擔憂的說：

「不知道米倉那些兄弟好些沒有？我留下足夠的藥膏，也不知道他們會不會彼此上藥？該吃的藥也不知道他們有沒有按時吃？」

「小姐不要擔心，」香綺說：「他們都是大男人了，傷口在自己身上，一定會彼此照顧的！」

「香綺，妳知道這些事不能說的，對什麼人都不能說！」吟霜叮囑：「要不然會害了皓禎公子和寄南王爺！」

「我知道！我知道！我和小樂都不會說的！」香綺一疊連聲的回答。

靈兒看著吟霜，忽然感到心頭湧起一股熱浪，感動的說：

「真沒想到，那竇寄南整天嘻嘻哈哈，沒有半個時辰正經的時候，原來他是真人不露相，怪不得上次去桐縣，聽說還抓了壞縣官，救了老百姓！我現在終於明白，他們另有身分！而我，居然莫名其妙成為他們一夥的了！」說著就激動起來：「吟霜，那夜我又見到了那蛤蟆王，差點就可以幫妳報仇了！」

一陣馬蹄聲奔來，吟霜和靈兒都跳起身子，抬頭一看，只見寄南、皓禎，帶著小樂，騎馬而來。靈兒忍不住大喊：

「主人！你不要你的小廝了是不是？要我在這兒待命，待什麼命？我們等了好久了！」

三人在吟霜靈兒面前翻身下馬。寄南就感嘆的說道：

「裘兒，妳差一點見不到我這個主人了！今天太驚險，皇上把我們兩個宣進宮，原來皇后和伍震榮想置我們兩個於死地，如果不是奇蹟出現，我們兩個現在一定關在大牢裡！」

靈兒、吟霜、香綺都震驚著。

「奇蹟？什麼奇蹟？」靈兒問。

皓禎就一把拉住寄南，暗示閉嘴，笑嘻嘻說道：

「奇蹟就是有貴人相助，我們平安的回來了！」

「你手上的傷應該要換藥了！到屋裡，我幫你上藥！」吟霜關切的看著皓禎。

皓禎把吟霜的身子往自己懷裡一帶，擁著她，有感而發：

「天下若有奇蹟，妳就是我的奇蹟！」

靈兒、香綺依舊不解著。寄南羨慕的搖搖頭，一眼看到靈兒，就大呼小叫的抓住她的手腕喊道：

「真不公平！皓禎有個奇蹟，我卻有個害我變成斷袖之癖的小廝！裘兒，我們兩個騎馬去狂奔一下吧！」

「哈哈！騎馬狂奔，這個我喜歡，香綺！我帶妳騎馬去！」小樂跟著起鬨。

寄南帶著靈兒，小樂帶著香綺，就騎馬奔向了草原。

皓禎和吟霜依偎著，看著那兩對跑遠的人兒。皓禎忍不住說：

「在兄弟們一番血戰之後，我還能笑，好像都是犯罪！」

吟霜深有同感，接口說道：

「我爹去世的時候，我覺得我整顆心都碎了，永遠不會笑了！但是，現在站在你身邊，我卻有幸福的感覺，這種感覺讓我也有犯罪感，那我是不是不孝呢？」

皓禎轉頭，深深的看著她，說道：

「人生瞬息萬變，我們此刻都不知道下一刻會面對什麼？讓我們都收起犯罪感，享受幸福感吧！」

❖

太子被送回太子府時，已經和皓禎、寄南、鄧勇串通好了，到了太子府，見到太子妃，只淡淡的告訴太子妃，太子在宮裡手臂撞了一下，受點小傷，並不礙事。太子妃忙著照顧皇太孫佩兒，就沒有深究。到了晚上，手臂該換藥了，也開始疼痛。太子在書房中，獨獨留下鄧勇，讓他幫忙為手傷換藥。鄧勇拆下包紮的白布條，看看傷勢，著急的說：

「太子！要傳御醫來才行！這傷口不是鄧勇能處理的！」

「千萬不要小題大作，驚動了太子妃，就不好了……」太子阻止。

正說著，太子妃帶著青蘿、奴婢、御醫等一行人浩浩蕩蕩進門。太子妃著急的喊：

「鄧勇！」

鄧勇一驚，趕緊從太子身邊起身：

「卑職鄧勇給太子妃請安！」

「請安倒不必，太子受了刀傷，皓禎寄南和你，三個人預備瞞我多久？你到現在都不說！也沒傳御醫侍候，萬一有個閃失，你對得起太子，對得起我嗎？」

鄧勇一驚，跪下說道：

「鄧勇知錯！」

太子看著太子妃，柔聲的說：

「別罵鄧勇了，更別怪皓禎和寄南，是我不許他們說的！一點點小傷，還需要御醫嗎？」見御醫已經進門，就妥協的說：「好吧好吧！既然來了，就看看吧！」

御醫上前，趕緊審視。青蘿就忙著幫御醫剪包紮用白布。

青蘿看著傷口，抬眼看太子：

「匕首刺的，這種傷，青蘿看多了！」

太子趕緊一拉青蘿衣袖，示意：

「少說幾句！」

御醫重新上藥，重新包紮，開了方子留下，說道：

「太子不礙事，臣每天來換藥，很快就好！」

「包紮好了，就退下吧！」太子對御醫說道，看看屋裡的人，喊道：「鄧勇，把大家都帶下去！青蘿留下服侍！」

鄧勇帶著奴婢、衛士、御醫等人退下。室內剩下太子妃、太子、青蘿。

太子妃過來看著太子，一嘆說道：

「太子！宮裡發生的事，多少雙眼睛看著，還能瞞過我嗎？你們回來那刻我是被矇住了，但是，這會兒我什麼都知道了！」凝視著太子，深刻的說道：「我知道太子和寄南皓禎感情好，但是，不管多好，也不能這樣傷害自己呀！萬一你刺了自己，也救不了他們兩個呢？」

這太子妃嫁進東宮已經五年，佩兒也兩歲多了。她是個難得的女子，溫柔賢慧又安分守己，知書達禮又不亢不卑。

太子有力的、義無反顧的說：

「他們哪兒需要我救？是我需要他們！這伍震榮滿街抓亂黨，胡亂就給老百姓扣帽子，對付寄南和皓禎，根本就是對付我！如果我不鎮住他們，皓禎和寄南逃不掉，朝廷都成了他們的，我還有什麼力量？」

青蘿不禁低語：

「就是這樣！先嫁禍，再栽贓，然後就糊糊塗塗把人下獄了！這還是客氣的，當初為了搶我，把我爹當街打死！也說我爹是亂黨！」

太子深深看著青蘿，從來沒問過青蘿的身世，原來如此慘烈！青蘿見太子關切，趕緊一笑，起身看著窗外，笑著說：

「青蘿失態了，淨說這些傷心事，讓太子和太子妃不舒服……」就看著窗外星空，不由自主驚嘆的喊：「太子，太子妃，快來看！天上有好多星星呢！」

太子和太子妃走到窗前，果然看到滿天繁星，一閃一閃的煞是好看。

青蘿就有感而發的唸道：

「燦燦星辰，照耀凡塵，芸芸眾生，人上有人！」轉身對太子行禮，虔誠說道：「為兄弟兩肋插刀，幾人能真正做到？青蘿雖是小小奴婢，感佩不已！」又轉向太子妃說道：「太子妃！將來，太子一定會大放異彩的！」

太子和太子妃都震動的看著青蘿，太子不禁動容。

❖

為了挽回皇上的不滿，這晚，皇后又親自到皇上寢宮來侍候。皇上歪躺在臥塌上，正在看書，見皇后來，也沒表示什麼，只是絕口不提今天那場找傷口的事。皇后也不敢提，一面小心翼翼的卸著釵環，一面瞄著皇上，用她最動人的眼神，千般溫柔，萬般嫵媚的斜睨著皇上。她深深知道，皇上對她這樣的眼神，是無法抗拒的。更勝過她的投懷送抱。果然，皇上的書捲起來了，擱置在床邊小几上，皇上的眼光，迎視著她。

正在進入情況的時候，忽然莫尚宮在門口大聲通報：

「蘭馨公主到！」

皇后起身，正想阻止，只見蘭馨撞開房門，推開曹安和莫尚宮，大踏步走進房來。

「蘭馨拜見父皇和母后！」蘭馨行禮如儀。

「今晚妳怎麼這樣有禮起來？本宮很不習慣！」皇后大為驚奇。

皇上起身，看到蘭馨還是很歡喜的，說道：

「蘭馨是該常常到這兒來坐坐！」

「我不是來請安聊天的！」蘭馨一本正經的說：「今天，聽說母后差點讓伍震榮父子，把袁皓禎和竇寄南給殺了！」

盧皇后背脊一挺，這丫頭什麼不好提，居然提這件讓她恨得牙癢癢的事！她眼底的溫柔和嫵媚都不見了，尖銳而諷刺的說：

「不是被太子一鬧，什麼正事也沒辦成嗎？妳是來嘲笑妳母后嗎？」

「一場誤會！全部是一場誤會！皓禎寄南絕對不是亂黨！」皇上說道，眼神從皇后身上，轉移到蘭馨身上，眉頭也隱隱的皺了起來。

皇后看看皇上，知道醞釀半天的情緒都沒了，有氣的說：

「日子還長呢！是不是誤會，早晚會弄清楚！今天是被他們逃掉了！等到時機成熟，狐狸尾巴就會露出來了！」

蘭馨瞪著皇后，清脆的，有力的問道：

「母后！妳的意思是說，妳遲早要把他們兩個弄死，是嗎？」

皇后一聽，忍不住一拍桌子，大喊：

「放肆！」

蘭馨就大聲的，挑戰的，對皇后說道：

「妳除了拍桌子，喊放肆，打我耳光外，還有沒有新花樣？」

皇上這天，已經被皓禎、寄南、太子三個，弄得情緒激動。此時，看到母女再度開戰，真是頭痛萬分，充滿無奈，喊道：

「妳們母女兩個，為什麼一見面就吵呢？蘭馨，妳有事嗎？」

蘭馨看著皇上，清清楚楚，明明白白的說道：

「父皇，為防母后繼續糊塗冤枉好人，懇請父皇現在就做一件不糊塗的事！快把本公主賜婚給袁皓禎吧！趁他沒有被我母后栽贓嫁禍殺掉以前！」

「妳真認定了皓禎？」皇上驚訝。

「妳跑來要父皇把妳嫁掉！妳還真不害臊！」皇后大怒。

「和母后比起來，我已經含蓄多了！」蘭馨瞪著皇后，眼裡充滿威脅：「如果我有不害臊的地方，大概也是跟母后學來的！」就轉向皇上，意有所指的說道：「父皇，這世上有很多事情，都不是我們表面上看到的樣子，很多事情都必須抽絲剝繭才行！」

「抽絲剝繭？妳的婚事為什麼要抽絲剝繭？」皇上迷糊的問。

「因為母后一心一意要我嫁給方漢陽，那一定有原因！」

「好了好了！」皇后被威脅到了：「妳的意思表達得很清楚了！妳出去吧！本宮被鬧了一整天，到晚上還不得安寧！」

蘭馨就走到皇上身邊，很溫柔的貼在皇上耳邊，悄聲說道：

「父皇如果疼我，就早點賜婚吧！要不然我會擔心害怕，我中意的那位駙馬，早晚被伍震榮冠上罪名、砍掉腦袋！」說完，回頭看著皇后，揚聲說道：「好了！我走！在這皇宮裡，想要擁有一點親情，那是做夢！」蘭馨說完，掉頭而去。

皇后不知道她對皇上說了什麼悄悄話，怔忡著。

皇上卻真正深思起來。

❖

這天早朝時，一如往常，皇上坐在朝堂上，文武百官兩邊跪坐。

上奏的官員已經都上奏完畢，皇上闔起手中的奏摺，突然抬頭對眾臣說道：

「好！朝廷大事談完了！朕現在宣布兩件私事！第一件，是蘭馨公主，朕已經選定驍勇少將軍袁皓禎為駙馬！將擇日完婚！」

皓禎一聽，臉色慘變。漢陽一聽，眼神暗淡。

皇上繼續說道：

「第二件，靖威王竇寄南和他的小廝裘兒行為放蕩，交由德高望重的右宰相方世廷管束，三日後，兩人入住宰相府！」

寄南一聽，大驚失色。

19

皇上下了早朝，宮裡的消息就傳遍了。崔諭娘奔進蘭馨的寢宮，向蘭馨報喜。蘭馨喜悅的、不敢相信的問：

「真的嗎？父皇已經下旨了？清清楚楚說的是袁皓禎嗎？」

「真的！真的！千真萬確！」崔諭娘忙不迭的點頭：「高公公在大殿外面，全都聽見了！就是袁少將軍沒錯！恭喜公主，賀喜公主，心想事成了！」

蘭馨笑著，在房裡飛舞著轉了個圈，興高采烈的說道：

「總算父皇做了一件不糊塗的事！」

外面傳來莫尚宮的通報聲：

「皇后娘娘駕到！」

蘭馨神色一凜，趕緊站好，收起笑容。只見皇后帶著莫尚宮，大步進房來。崔諭娘和眾宮女趕緊請安。皇后一揮手說道：

「通通出去！本宮要和公主談話！」

崔諭娘趕緊帶著宮女們退下，莫尚宮也退到房門外。

皇后看著蘭馨，開門見山的問：

「想必妳已經知道了？那晚妳到父皇寢宮，跟妳父皇說悄悄話，就是要求賜婚，是嗎？現在如妳的意了，是嗎？」

「母后是來恭喜我的嗎？」蘭馨挺直背脊。

皇后凌厲的看著蘭馨，聲音裡充滿威脅：

「我是來警告妳的！不要高興得太早！這將軍府想娶妳，也沒這麼容易，公主院總得先裝修好，日子要挑，妳還有得等呢！最好把妳那副母貓發情的樣子收起來，免得丟了妳父皇的臉！」

蘭馨凝視皇后，眼中似笑非笑，唇角向上輕揚，說道：

「原來母后還捨不得我嫁？」笑了起來：「什麼叫母貓發情，我第一次聽到，但是不是第一次看到！」笑容一收，眼神和皇后一樣凌厲：「下次我再看到，非把那隻公貓給宰了不可！」說著，用手一劈，做了個砍人的手勢。

「真不知道我怎麼會生了妳這樣的女兒？」皇后氣極。

「我也不知道，怎會有妳這樣的母后？」

母女兩人怒目互視。半晌，皇后隱忍地說道：

「妳最好收斂一點，不要再威脅本宮，離間本宮和妳父皇的感情，那對妳一點好處都沒有！至於妳的婚事，既然皇上下了旨，妳就等著當新娘吧！像妳這樣囂張，到了將軍府，有任何委屈，別回宮哭訴！」

蘭馨傲然自信的一點頭，充滿信心的說：

「不勞母后費心！婚後是我自己的事！」

皇后冷冷的瞪著蘭馨，一掉頭喊：

「本宮話說完了！莫尚宮！走！」

莫尚宮進門，皇后昂著頭，嚴肅的出門去。蘭馨見皇后走了，又飛舞著身子，在室內跳躍著，再度喜悅的繞了一圈，神采奕奕的說道：

「哼！母后巴不得我這婚姻失敗，我就征服那個袁皓禎給她看看！」

❖

而那個蘭馨想征服的袁皓禎，正有氣無力的靠坐在坐榻裡，有如大難臨頭。皓祥、雪如、柏凱、翩翩都聚集在大廳裡，看著這個準駙馬。大家或坐或站，各有各的心事，個個心情不同。

忽然間鞭炮聲大作。

只見丫頭僕人在袁忠帶領下，興沖沖的進門，對柏凱夫妻和皓禎行禮。袁忠歡天喜地的嚷著：

「恭喜大將軍！恭喜夫人！恭喜大公子！真是天大的喜事啊！」

皓禎正想著吟霜，痛楚莫名。聽到鞭炮聲已經快發狂了，看到袁忠帶著奴僕進房道喜，更是火上加油，就一拍桌子站起身，對袁忠吼道：

「袁忠！你在我家四十多年，看著我出生長大，居然把我當成攀龍附鳳之徒、趨炎附勢之輩？恭喜什麼？有什麼事值得恭喜？你說！」

袁忠嚇傻了，撲通一聲跪下了，惶恐說道：

「老僕掌嘴！」就劈哩啪啦自打耳光：「都是老僕自作主張，因為聽到皇上賜婚的喜事，就……就……」

袁忠一跪下，整排僕人丫頭全部跪下了。皓禎又大叫：

「不許掌嘴！給我起來，誰讓你下跪？誰讓你掌嘴？這麼多年以來，我仗勢欺人過嗎？我對你們疾言厲色過嗎？為什麼跟我來下跪掌嘴這一套？」

袁忠趕緊起身，頓時不知所措，老淚縱橫了。柏凱再也忍不住，怒道：

「皓禎！你瘋了嗎？袁忠是把你抱大的，你小時候騎在他背上，把他當馬騎，一騎就騎上半個時辰，現在你這是什麼態度？」

皓祥冷冷的接口：

「當然是『駙馬爺』的態度！老僕老家人，都不放在眼裡了！」

皓禎正一肚子氣沒地方出，立刻跳起身子，閃電般衝過來，抓住皓祥胸前的衣服，一陣亂搖，喊著：

「什麼叫『駙馬爺』的態度？駙馬跟我還遠著呢……」

翩翩護子心切，尖叫撲向皓祥：

「皓禎！你要打皓祥嗎？這公主還沒進門呢！駙馬就凶成這樣，這個家還有我們母子的位子嗎？」

雪如趕緊上去拉住皓禎的手臂，著急的說：

「別這樣！別這樣！娘知道你不在乎當駙馬，可是……袁忠他們都是好心，誰家聽到這樣的事不歡天喜地呢？你別把怒氣往袁忠、皓祥他們身上發洩，無論如何，這也不是一件壞事呀！你為什麼這樣死腦筋呢？」

小樂溜進門來，扶著袁忠說道：

「袁叔，趕緊帶著玉兒她們出去吧！公子不是要對你發脾氣，他是有苦說不出啊！他最不願意的，就是讓你們受委屈，他現在心都亂了！你別怪他啊！」

袁忠拭著淚，對皓禎行禮，低低說道：

「公子！老僕年紀大了，昏庸了，做錯什麼，都請公子原諒！」

皓禎被小樂說中心事，又見袁忠如此，說不出有多後悔和心痛。袁忠早就不是僕人，一生都奉獻給袁家，應該是家人了！他伸手一扶，悽然的說：

「不是你錯！是我錯！」說著，眼睛漲紅了：「我不該跟你們發脾氣，我走！我出門悔過去！」

皓禎說完，奪門而去。小樂趕緊跟著跑。

❖

此時此刻，吟霜正在米倉的地窖裡，為受傷兄弟們拆線，香綺在幫忙，魯超戒備的左右張望。一個兄弟好奇的問：

「怎麼沒見到少將軍和竇王爺？」

「這時候，他們還在上朝吧！」吟霜說：「早些拆線，你們就早點恢復，這事不用他們幫忙，魯超接我過來做就可以了！」

「小姐，我看這拆線沒什麼難，我也來幫忙拆吧！」香綺遞著剪刀說。

「妳幫我遞剪刀，解開那些兄弟們的包紮就可以了！」吟霜趕緊阻止：「拆線還是讓我來吧！我拆完一位，妳就幫傷口塗上藥膏！」

「是！傷口還要用棉布包紮嗎？」香綺工作著。

「我會告訴妳，有的需要，有的就不需要了！」吟霜說。

兄弟們看著吟霜工作，個個感激涕零，讚嘆不止：

「白姑娘真是神醫啊！從來沒有看過這樣的醫術，早知道有這麼好的方法，我們許多死去的兄弟，都可以救活的！」

大夥兒談話中，忽然一聲門響，魯超頓時戒備。

只見米店掌櫃進門，興奮的對兄弟們和魯超說道：

「有好消息告訴大家，剛剛得到最正確的消息，今天在早朝上，皇上已經正式把蘭馨公主，賜婚給少將軍皓禎了！」

兄弟們頓時歡聲雷動，七嘴八舌的喊著：

「太好了！少將軍是駙馬爺了！天助皇上，天助天元通寶！」

眾人歡呼聲中，噹的一聲，吟霜手裡的剪刀，落到地上去了。她的臉色，驟然變白，香綺也跟著變色了。

❖

皓禎衝出了將軍府，就跳上了「追風」，在原野上疾馳。小樂騎著另外一匹馬，在後面苦苦的追著，一面追，一面喊：

「公子！慢一點慢一點！小樂騎馬技術不好，顛得我屁股好痛！」

「沒有要你追來，我現在什麼都顧不得，還管得了你的屁股！」

「小樂的屁股沒關係……」小樂喊著：「賨王爺和袠兒也追來了！公子，你還是慢一點吧！那袠兒小廝，要想追上公子，也不容易呀！」

皓禎回頭，看到急追而來的寄南和靈兒，這才讓馬兒慢了下來。

寄南追上皓禎，著急的說：

「聽說你在家發了一陣瘋？差點和皓祥動手？你怎麼這樣沉不住氣？萬一皓祥口風不緊，傳到宮裡，說你不要蘭馨，你豈不是又要遭殃？」

「我不在乎！」皓禎一昂頭：「最好傳到宮裡，讓那位公主瞭解真相！」

「你不在乎！現在是什麼時候你知道嗎？」寄南大聲責問：「我們在長安的據點被抄，奸細還沒追查出來，兄弟們還在養傷，士氣已經大受打擊！你是我們的大將，如果你也被打倒了，你要兄弟們怎麼撐得下去？」

皓禎愣了一下，這才長長一嘆，說道：

「是！我已經章法大亂了！真的不知道該怎麼辦？這個婚事一直威脅著我，今天皇上一下旨，我的感覺就是天塌下來了，五雷轟頂！」

靈兒追上來，對皓禎和寄南喊道：

「哎哎，這駙馬的事，還可以拖一陣！等會兒我們到了吟霜那兒，大家再討論出一個辦法來！我認為還有轉機！倒是我……喂喂，你們那位皇上是怎麼回事？突然要把我和寄南送到宰相府去管束！」提高聲音大叫：「竇寄南！我為什麼要被宰相管束？」

寄南沒好氣的說：

「裘兒，我是妳的主子，妳要喊我王爺，妳懂嗎？什麼竇寄南、竇寄南的？妳懂不懂規矩？這樣到了宰相府，妳不給我出亂子才怪！」

「我懂規矩還會被送去管束嗎？」靈兒想想說：「我就是被你這個竇寄南陷害了！我活了這麼大，連個男人都沒有，這會兒當了男人，袖子又斷了！真倒楣！」

「不是袖子斷了，是斷袖之癖！這是有典故的……」寄南說。

「原來袖子沒斷？」靈兒疑惑道：「太子說斷了！」

「袖子是斷了，被那個皇帝——漢哀帝用劍砍斷了！」

「袖子是軟的，劍怎麼砍得斷？應該用剪刀才是！」靈兒迷糊的大聲問：「到底這袖子跟那碼子事有什麼關係？要砍也不該砍袖子呀！」

皓禎煩躁的大叫：

「你們兩個可不可以給我安靜一點！這件事對吟霜一定是很大的打擊，我得想想跟她怎麼說……」頓了頓，忽然豁然開朗的說道：「反正我不會娶公主！吟霜根本不用在意這事，不會發生的事，怎麼會傷害她呢？」

「什麼？你想抗旨？」寄南一驚。

皓禎嚴肅的點點頭。

寄南臉色大變。靈兒看看寄南的臉色，也覺得事態嚴重起來。

❖

皓禎在這兒心煩意亂，漢陽在宰相府裡黯然神傷。采文已經得到宮裡的消息，這種消息，總是迅速就傳到四面八方的。她看著漢陽，心隱隱的作痛。只有當親娘的人，才能那麼細膩的體貼到兒子的內心。她想安慰漢陽，說得依舊軟弱無力：

「漢陽，塞翁失馬焉知非福，雖然沒有如願跟公主聯婚，總之你也是兩個人選之一，是皇上器重的人！這事就不要放在心上，那個『有緣人』總會出現的！」

「娘，說真話，這件事還真是我希望的，偏偏就事與願違！」漢陽在母親面前，沒有隱藏自己，苦笑了一下：「如果說我完全不介意，那就是我在騙妳！」

采文心疼的拍拍漢陽的肩膀。世廷深思的坐下：

「雖然皇上已經下旨了，畢竟距離成親還有一段日子，你想，公主下嫁，那將軍府還要弄個公主院，就算裝修房子也得一段日子，在這段日子裡，恐怕還有變數發生！我認為，皇后和伍震榮那邊，還會想辦法轉圜！」

「依漢陽看已成定局，聖旨都當眾宣告了，爹娘就別再想駙馬爺的事了……」漢陽藏住了自己的苦澀，趕緊轉變話題：「現在我們比較頭痛的事，是要如何安頓寄南和他的小廝呢？」

「是啊！」采文立刻為難的說：「斷袖之癖這種行為，到底要怎麼管束？要管束應該把寄南和他的小廝分開，怎麼兩人又一起住進來，唉！弄得我不知所措！」

「娘，不要想得太嚴重，斷袖之癖其實和正常人一樣，只是感情方面和我們傳統有別而已！總之，應該從禮教方面開始把他們導入正途就對了！」漢陽深思的說。

「寄南那個桀驁不馴的脾氣，禮教灌輸他有用嗎？唉！咱們就走一步看一步吧！真是天下事無奇不有，今年咱們什麼都碰上了！」世廷嘆氣。

「漢陽一直是家裡的獨子，現在寄南來我們家，就算多一個兄弟吧！」漢陽說。

「我可警告你啊！」世廷立刻提醒：「他是亂黨的嫌疑人，你可要好好的觀察他、調查他，爹還需要隨時向榮王報告！」

「難道這是榮王的提議？管束只是一個幌子，主要是要我們監視他的行動！讓小廝一起住進來，是讓寄南沒有防備，好一網打盡他的同謀！」漢陽機警的問，疑心頓起。

「那也不見得！皇上一直很喜歡寄南，大概對竇妃還念念不忘吧！」世廷說。

漢陽疑惑的看看世廷，心想：

「沒那麼簡單，把寄南這一對安排到咱們這兒，絕對有目的！」眼光看向窗外，深思的：「好吧！看看這是什麼招？我方漢陽就好好接招吧！」

❖

皓禎、寄南、靈兒、小樂終於騎馬到了吟霜家門口，大家下馬。常媽正在餵雞，聽到馬蹄聲，就站起身來。皓禎喊：

「常媽！吟霜在屋裡嗎？」

「不在呀！」常媽驚訝的說：「一早，魯超就駕車過來，把她和香綺都接走了！」

「什麼？魯超？他們去了多久？」皓禎大驚，他現在是驚弓之鳥。

「不是公子讓魯超來接人的嗎？吟霜姑娘還帶了她的藥箱！」

「皓禎！」寄南驚喊：「我們都被朝廷上的事弄昏了！今天是第七天！」

「什麼第七天？」靈兒困惑的問。

皓禎恍然大悟，著急喊道：

「她去米倉為兄弟們拆線，我們居然沒有一個去幫她！」看看天色：「過了晌午！她弄到現在嗎？那她一定累壞了！」責怪寄南：「這麼重要的事，你怎麼給忘了？我得快馬趕到米倉去！」

皓禎正要上馬，小樂往前一看，喊道：

「公子！不用去了，吟霜姑娘他們回來了！」

眾人回頭，只見魯超駕著馬車，已經到了門口。皓禎趕緊迎上前去，打開了車門，把吟霜一抱下車。皓禎看看吟霜的臉色，就心痛的喊：

「臉色那麼差！妳又用了那個止痛藥，是不是？」

「沒有！拆線根本不痛，用不著止痛藥！」吟霜淡淡的說。

「那麼，妳為什麼臉色蒼白？」

香綺在一邊小聲說道：

「因為她知道了，那些兄弟和米店掌櫃都知道了！」

「知道什麼了？」皓禎問。

「知道朝廷上的事，皇上已經下旨，把蘭馨公主賜婚給公子了！」

皓禎一怔，就一把握住吟霜的手腕。

「我們進房裡去談！這事我必須跟妳講個清楚！」

皓禎不由分說，拉著吟霜就進房去了。靈兒急喊：

「喂喂！這已經不是你們兩個人的事，是我們大家的事了！」要追上去。

「妳別去！」寄南拉住靈兒：「讓他們兩個先談，我們在這兒看風景、等結論吧！」

皓禎拉著吟霜，一直拉進臥房，關上房門，就雙手握著吟霜的雙臂，兩眼看著她的兩眼，有力的說：

「妳根本不用難過，更不需要為這件事煩惱，因為我不會娶公主！妳明白了嗎？」

吟霜迎視著皓禎的眼光，堅定的回答：

「你會娶她的，你應該娶她的！這是聖旨，你是護國大業的少將軍，你不能抗旨！如果你那樣做，會讓皇上顏面無光，會讓公主無地自容，那等於你公然和皇上對抗，你這個擁李派就變成了反李派！你要弄成這樣嗎？」

「我的婚事，怎麼也和護國大業有關？這根本是兩回事！」

「怎會是兩回事？」吟霜凝視他說：「今天我在幫兄弟們拆線，你知道，當大家聽到賜婚的消息，個個都興奮得跳了起來，又歡呼又喝彩！大家都說，賜給你是天助皇上，就怕蘭馨賜給了方漢陽！」她眼光穩定，聲音清晰：「她是公主呀！皇上的血脈呀！你娶了她，你的立場更加堅定，你的勢力更加穩固！保住李氏江山不是你一直努力的事嗎？這個道理你怎會不懂？為了聯合陣線，公主都可以和親！為了天元通寶，你也得爭取這位公主才對！」

皓禎深深看她，困惑的問：

「妳怎麼能這樣理智？妳知道，她是一個女人，如果我娶了她，妳呢？難道不會難過？不會傷心和嫉妒嗎？」

「是！在我的本能裡，我會傷心和嫉妒，但是，比起你的大業來，那就變得很渺小！你根本不必在乎我的感覺，去迎娶公主就對了！」

皓禎激動，喊道：

「我怎麼可能不在乎妳的感覺？自從認識妳，妳的感覺、妳的一切，都成為我生命裡最重要的事！假若現在為了護國大業，要妳去嫁給另外一個男人，我想我做不到！妳居然這麼冷靜？妳不知道『情有獨鍾』四個字嗎？」

「我知道！」吟霜含淚看他：「而且我向你保證，我對你也是情有獨鍾的！」

皓禎就把她一把抱進懷裡，充滿熱情的說道：

「那麼，不要勉強我去娶公主，我和妳之間，沒有任何位置給公主！妳也不需要這麼寬宏大量，來容納她！感情是我倆的事，別扯上護國大業！我什麼都依妳，就是這件事，讓我作主！」

吟霜推開他，深深凝視著他，正色的說：

「這事你根本無法作主，就算沒有公主，我也進不了你家大門，我早就說過，我認了！你如果對我好，就不要鬧得天下大亂，影響你們在進行的大事，娶公主是你的責任和宿命，你也認了吧！」

皓禎用力把她一推，看著她的眼睛，惱怒起來：

「哪有妳這種女人，口口聲聲要我娶公主？除非妳心裡根本沒有我！有我，妳就該求我不要娶公主！求我娶妳！我要一個愛我的吟霜，不要一個把我推給別人的吟霜！這麼冷靜的妳，滿口護國大業的妳，我簡直不認識！真真氣煞我也！」

吟霜被他一推，就站立不住，連退了兩步，跌坐在床榻上。

皓禎怒視她，激動的喊：

「感情是多麼自私的事，為了妳，我可以丟下一切，那個大業有很多人在做，也不少我一個！妳的生命裡呢？除了我還有什麼？自從認識妳，我幾乎以妳為中心！妳呢？有沒有跟我一樣強烈的感情，妳沒有！」

吟霜咬著嘴唇，坐在那兒默然不語。

「既然妳這麼大方！」皓禎更怒：「這麼不在乎我！我一個人付出，還要和朝廷家人宣戰，我也太累，太不值得！妳不用說得那麼理直氣壯，我明白了！妳寧願當一個駙馬的金屋藏嬌，也不願我抗旨娶妳為妻！這樣的感情我不要，我走就是了！」

皓禎說完，一掉頭，就氣呼呼的奪門而去。吟霜喊道：

「你回來！你的傷口還沒拆線！」

皓禎頭也不回的怒喊：

「不勞妳這神醫費心，我自己會拆！」

皓禎喊完，已經風一般消失在門外。吟霜眼睜睜看他拂袖而去，不禁跌坐在床沿，眼淚到此時才奪眶而出。

皓禎像一陣狂風般衝出房子，外面的人全部一驚。只見皓禎怒氣沖沖，拉了他的追風，就一躍上馬。寄南驚愕的喊：「你要去哪裡？你們談出結論來了嗎？」

「談出結論了！我走！再也不到這兒來糾纏她了！因為她心裡根本沒有我！」

「你這是什麼話？」靈兒驚喊：「你要冤死吟霜嗎？你弄出一個公主來，難道還要吟霜跟你說什麼好聽的話？就算她罵了你，也是你活該！你還鬧什麼脾氣？」

「如果她罵我就好了！最起碼我知道她心裡有我！反正，我走就是！這兒我一刻也待不下去了！」皓禎喊著，一拉馬轡，就疾馳而去。

寄南趕緊跳上馬，飛騎追來，喊道：「皓禎，我們還有一步棋可走！去找啟望哥！」

皓禎一怔，馬兒放慢了腳步。寄南對皓禎誠摯說道：

「我們從來沒有求啟望哥為我們做什麼！弄砸這個駙馬，啟望應該有辦法！他畢竟是太子，比我那些成事不足、敗事有餘的方法高明！」

皓禎聽進去了。是的，怎麼忘了啟望？啟望為了救他們兩個，連匕首都可以往自己手腕上插下去。弄砸這個駙馬，應該不難！至於吟霜，皓禎依舊有氣。等到弄砸了駙馬，再來理清這一團亂麻吧！

20

太子吃驚的看著皓禎和寄南，不敢相信的問皓禎：

「什麼？你不能娶蘭馨？為什麼？蘭馨雖然個性強悍但非常善良，她又喜歡武術，剛好配上你這位武將，簡直是天作之合，再適合不過！」

「適不適合不是誰說了算，而是我內心根本接受不了她，如果啟望哥是真心疼愛蘭馨，就不要害了她！你快勸皇上收回成命吧！」皓禎心煩意亂的說。

「你這是什麼話，我自己的妹妹，嫁給你這麼一位國家棟樑的好兄弟，怎麼會是害了她呢？何況蘭馨眼光可頂著天，不是什麼人都看得上的，就連漢陽她都看不上眼！」

寄南著急，推著皓禎說：

「你就實話實說吧！說重點！重點呀！」

皓禎突然正色看著太子，有力的說道：

「啟望哥！我袁皓禎從來都沒有求過你幫忙，這回是第一次，請啟望哥幫助我也成全我，我對自己的婚姻有憧憬，坦白說就是早有了心上人，我沒有辦法辜負我最深愛的人，也沒辦法昧著良心和蘭馨結婚，那對蘭馨是不忠！是傷害！」

「原來你已有心上人？」太子驚愕：「那也沒關係！娶了公主再把心上人弄進門就行了！你我的身分，誰不是三妻四妾？蘭馨也不能強迫你不娶其他夫人！」

「可是我過不了自己這一關！」皓禎義正詞嚴：「忠於朝廷，只認皇上太子李氏一族！忠於婚姻，只認白吟霜！」

「哦！白吟霜！」太子恍然大悟：「在永業村說災民最大的白吟霜，命令我們馬上工作的白吟霜，為天元通寶兄弟治傷的神醫白吟霜！會縫傷口的白吟霜！」

寄南急切上前說道：

「太子老哥，就是她就是她！你也別跟皓禎說什麼三妻四妾了！那是說不通的事！還是趕快出手救皓禎，救吟霜，救蘭馨吧！要不然會出人命！」

太子睜大眼睛，說：

「出人命？有這麼嚴重？難道你娶蘭馨，那個白吟霜會自盡嗎？」

「她不會自盡！」皓禎說：「是我活不成！或者是三個人一起毀滅！」

寄南對著太子深深點頭。太子被兩人嚴重的神情震懾著。

「既然這麼嚴重，我就趕緊進宮吧！你們一起去，躲在御書房外面，我安排鄧勇支開皇宮的衛士，你們立刻可以知道我和父皇談判的結果！」

太子帶著皓禎和寄南進宮，然後單身到了皇上書房，面見皇上。

太子這個任務不好辦，才開了口，皇上就大怒的說道：

「都已經在朝上公開賜婚了，怎麼可以收回成命？這婚事已定，誰都改變不了！」

「父皇，蘭馨一向任性，婚事恐怕也想得太簡單了。兒臣覺得蘭馨是父皇的掌上明珠，更應該慎重，這婚事再認真想一想、緩一緩！」

蘭馨突然怨怒的衝進書房，喊著：

「緩什麼緩？啟望哥哥，皓禎是你的摯友，我是你的親妹妹，這樣的結合，你應該是皇室裡最高興、最滿意的人呀！你怎麼可以來破壞我的婚姻大事！」

皇上摸著額頭，看著太子：

「這下可好！啟望呀！你可捅個大蜂窩了！你小心呀！」

書房窗外，皓禎和寄南就蹲坐在窗櫺之下，靠著牆偷聽。魯超鄧勇在兩邊把風，太子的幾個衛士站在遠處驅趕宮女太監們。

書房內，蘭馨不滿的瞪著太子。太子努力的想說服蘭馨，說道：

「蘭馨，就因為皓禎是我從小一起長大的摯友，我了解他甚過於妳，所以知道他和妳並不合適。我聽說妳也不滿意漢陽，那寄南也不錯呀！寄南大咧咧的性格最適合妳，你們三天兩頭打打鬧鬧，生活一定會過得非常熱鬧有趣！這麼好的人，妳怎麼不選呢？」

在書房外偷聽的寄南和皓禎，頓時吃驚傻眼。寄南急瘋了，低語：

「這太子怎麼亂點鴛鴦譜？把蘭馨推給了我？」對皓禎抱怨：「要幫你脫身也不能把我拖下水呀！」

皓禎摀住寄南的嘴：

「你小聲點！繼續聽下去！」

書房內，氣氛詭異，蘭馨氣呼呼的說道：

「啟望哥哥，你誰不好提，提那個自稱有斷袖之癖的人，你把我當作什麼了？」

皇上也忽然激動起來，大聲說道：

「是啊！啟望不可信口開河！寄南是出名的花心公子，怎麼能把蘭馨許配給他呢？不行不行！誰都可以，就寄南不行！」

書房窗外，寄南垮著臉，慢慢滑落坐在地上，眼神茫然的、委屈的看著皓禎說道：

「皓禎你說，我現在是應該笑還是哭啊？為了那個斷袖之癖，皇上居然把我完全否定，真是太讓我傷心了！」

書房內，蘭馨氣燄高張，挑著眉喊：

「父皇，常言道，皇帝金口，一言九鼎，既然已經昭告天下，就不能出爾反爾。你們和母后越是反對我的婚事，我更會堅定意志。誰再阻止我和袁皓禎，我就和誰誓不兩立！」

皇上對太子搖搖頭，做了個「到此為止」的手勢。

書房外，皓禎難掩失望，痛苦得搥牆。和寄南兩人正在窗外各自難過，忽然看到蘭馨已經跑出書房，從窗外掠過，氣呼呼的往前跑，太子隨後追著。皓禎寄南趕緊隱蔽在樹叢後面，看到太子已經追到蘭馨，兩人忍不住又悄悄尾隨在後，魯超和鄧勇帶著太子的衛士，遠遠護衛著。太子不放棄的喊著：

「蘭馨，別走！妳好好聽我說！」

蘭馨停下腳步，回頭看著太子，疑心頓起，說道：

「這事太奇怪了！我的婚事，選中你的好兄弟，你不來祝賀我，反而要求父皇取消聖旨……哦！」忽然恍然大悟，明白過來：「因為你還有一個好兄弟，竇寄南！是吧？你口口聲聲要我選竇寄南！是不是他要你來的？」

「不是的！不是這樣的！」太子大驚。

「還敢說不是這樣的？明明就是這樣！」蘭馨振振有詞的說道：「想當初，寄南把漢陽和皓禎都帶到我面前來，演了兩齣戲，他就在旁邊看熱鬧……原來這個竇寄南，是想把他們兩個都弄砸！」忽然噗哧一聲笑了：「好個寄南哥，男人也要，女人也要，還悄悄喜歡我！

居然想當我的駙馬！」

太子一聽傻眼，慌亂的說道：

「不是不是，蘭馨誤會了……」

跟在後面的寄南和皓禎，也雙雙傻眼，寄南狠狠的瞪著皓禎，咬牙切齒。

「啟望哥哥！」蘭馨打斷太子：「蘭馨才不會誤會你！你對你這兩個兄弟太好了，上次為了救他們，不惜用匕首傷害自己！現在你碰到難題了，哈哈！是不是寄南求你來跟父皇說的？難道皓禎也同意？」自我陶醉的說道：「皓禎就是這樣一個君子！」

太子瞪大眼，跌腳大嘆：

「哎呀！這事比調查買官案還難！比擺平我那個東宮各種事情都難！」回頭喊：「寄南、皓禎，你們出來自己解決！」

寄南和皓禎，彼此瞪眼。寄南就狠狠揍了皓禎一拳。

「你這個袁皓禎，把我陷在不仁不義裡！這是你的事，怎麼扯到我身上來的？」

蘭馨遠遠看到寄南打皓禎，立刻拔出腰間鞭子，一躍就躍到兩人面前，一鞭子對寄南揮去，大罵：

「你敢在御花園撒野？居然打皓禎？你弄了個斷袖小廝，還好意思來搶駙馬？」就一鞭一鞭的對寄南抽去。

寄南跳著躲避蘭馨的鞭子，大喊：

「皓禎，你還不快說清楚！」

皓禎趕緊躍上前，一招「燕子抄水」，一個上步左撐掌，右腕一抓一擰，攔住了蘭馨，閃電般抓住了鞭子。

「蘭馨！妳聽我說！」皓禎四面看看，見只有魯超等人在，就豁出去說道：「別怪寄南！這是皓禎的主意，是我求太子幫忙的！」

蘭馨抽回自己的鞭子，盯著皓禎，忽然大笑道：

「你的主意？袁皓禎，我告訴你，對兄弟賣命是一回事，對兄弟讓妻就太過分！不管你對寄南多麼好，父皇選的是你！蘭馨選的也是你！你這個駙馬，是逃不掉了！」又俯在皓禎耳邊說道：「娶了我，你會心想事成的！失去我，你會後悔無窮的！」

蘭馨說完，不給皓禎任何說話的機會，就轉身飛奔而去，邊跑邊笑著搖頭自語：

「這個傻皓禎，專門被寄南欺負！」

剩下太子、皓禎、寄南三個，你看我，我看你，哭笑不得。

❖

駙馬這回事，就算太子出馬，也沒弄砸。時辰一天一天過去，皓禎也一天比一天沮喪。自從那天和吟霜大吵之後，他不敢再出現在吟霜面前。記不清自己亂發脾氣，說了些什麼胡言亂語。沒有弄砸駙馬的地位，更加無臉見吟霜。因而，他除了上朝，就關在將軍府，要不然，就騎馬在原野上飛奔，心裡的煎熬，沒有人能夠瞭解。

這天，寄南和靈兒騎著馬，在原野上找到了飛騎狂奔的皓禎。

「皓禎！」靈兒喊著：「你是鐵了心，不理吟霜了嗎？你知道已經五天了，你都沒去看過她！」

皓禎放慢了馬兒的速度，悶著頭騎馬，默默不語。

「皓禎！」寄南大嘆一聲：「你什麼方法都用盡了！我也什麼黑鍋都背了，這件事已經無法轉圜，但是吟霜沒有錯，你別把氣出在她身上！」

「就是嘛！」靈兒接口：「要她怎樣表態，你才會滿意？明知道你於公於私，都只有娶公主一條路，她把委屈都藏在心裡，居然換得你這樣薄情！我恨不得代她打死你！」

「好了好了！」皓禎痛苦的喊：「我承認我不敢面對她，行了吧？等我想清楚了該怎麼辦，我再去見她！行了吧？」

「等你想清楚了！吟霜已經害相思病死掉了！你知道她多久沒吃過東西？多久沒睡過覺嗎？」靈兒喊道。

「她不吃東西不睡覺？」皓禎心中一抽，暴躁的問靈兒：「妳是什麼好姊妹？妳都不管她嗎？」

靈兒瞪大了眼睛。

「哇！還怪我？是誰跟她說會一輩子照顧她，守著她！卻把她丟在那兒不管？我算什麼？一個怨男怨女還斷了袖子的小廝而已……」

靈兒話沒說完，空中一陣鳥鳴，三人全部抬頭觀望。

只見那隻矛隼猛兒在天空盤旋，接著就飛到皓禎頭頂，嘴一張，落下一張紙箋。紙箋雖然摺疊著，但是風大，捲著紙箋在風中飄，皓禎迅速的躍起身子，一招「白猿摘桃」，右掌一個上攔掖，一把握住紙箋，落回馬背上。

寄南驚愕的說：

「這猛兒跟我們那位神祕的木鳶是兄弟嗎？一封『密函』呢！趕快打開看！」

猛兒鳴叫一聲飛走了。皓禎趕緊打開信箋，寄南靈兒都擠過來看，只見信箋上一個字都沒有。寄南抓抓腦袋說：

「咦！無字天書！這是什麼啞謎嗎？」

皓禎看著那張白紙，那張連簽名都沒有的白紙，為什麼是一張白紙？是千言萬語，也寫不完嗎？是千頭萬緒，也說不清嗎？是想說的太多，乾脆什麼都不說嗎？是說了也沒用，不如不說嗎？還是一句責備：「情有獨鍾，守護承諾，都成空話！」忽然間，皓禎覺得那張白紙上，浮現出無數無數的文字，每個字都像一枝利箭，從紙上飛躍而出，對他直射而來，他立刻中箭，而且是萬箭穿心，說不出來有多痛！**他明白了，這不是一張白紙，這是一篇遠遠超過文字和語言的召喚！**他心頭狂跳，猛然一拉馬韁，馬兒飛快的向吟霜小屋的方向衝去。

靈兒驚喊：

「這猛兒怎麼不早出現呢？」

靈兒和寄南，就策馬追去了。

皓禎飛騎到了小屋外，只見常媽在整理花圃。皓禎喊道：

「吟霜！吟霜！」

常媽驚喜的抬頭，指了指三仙崖的方向。

皓禎瞭解了，一拉馬韁，對著三仙崖的方向飛馳而去。

三仙崖，吟霜和皓禎一吻定情的地方。當皓禎不出現的日子，吟霜常常在崖邊佇立。站在懸崖邊，看著峭壁高聳，聽著水聲拍岸，回憶著馬兒長嘶，人立而起。回憶著兩人驚險停在懸崖邊。回憶她幾乎跌倒，他那有力的手，緊緊托住了她的身子，還有他的唇，那樣炙熱而溫存的印在她的唇上。那個他，那個永不會拋棄她的他，如今何在？她憔悴至極，淚在眼眶，手裡拿著一堆石子，像遊魂般的把手中石子，一顆顆丟下懸崖。

懸崖下激流飛湍，石頭落進水中，轉眼捲進激流中，不見蹤影。

「吟霜！吟霜……」

忽然遙遠的呼喚聲傳來，吟霜一驚回頭。

皓禎遠遠的身影，飛騎而至，看到懸崖邊的吟霜，就忍不住大喊出聲：

「吟霜！站著別動，我來了！」

吟霜看到皓禎，眼睛一亮，手中石子往旁一撒，就飛奔而來。皓禎催著馬，向她飛馳。一人奔著，一人策馬，忘形的奔向彼此。皓禎喊著：

「吟霜，別跑了！我來了！這兒地不平，妳站住等我！」

無法站著等啊！站著等了好多天都沒等來啊！吟霜繼續狂奔，奔上一個高坡，腳下一絆，雙腿發軟，驀然跌倒，從高坡上骨碌骨碌滾了下去。皓禎眼見吟霜摔倒滾下去，看不到人影了，大驚，狂叫：

「吟霜！吟霜！」

皓禎跳下馬，施展輕功，嚇得肝膽俱裂的奔向高坡。

吟霜一陣骨碌骨碌，居然滾進了開滿一片小花的山谷裡。她躺在那山谷中，看著天空，一時動彈不得。皓禎急切的奔到坡上往下看，痛喊著：

「妳摔傷了嗎？妳別動！我來扶妳！」

皓禎撲向吟霜，只見吟霜眨著亮晶晶的眼睛，熱烈的看著他。皓禎趕緊把她從山谷中抱了出來，驚魂未定的說：

「妳嚇死我，妳現在怎麼樣？哪兒疼？有沒有傷筋動骨？手腳都好嗎？」

吟霜掙扎著，從他懷裡下地，站直了身子。

「我沒事……沒事……」

皓禎著急的捲起她的衣袖，拉著她的手，檢查有沒有受傷。只見吟霜手臂上，都被荊棘和小草劃破，細小傷痕累累。皓禎心痛：

「還說沒事沒事，手臂上都這樣了，腿上一定更多，骨頭怎樣？」

吟霜癡癡的看著他，猝然把他一把緊緊抱住，哽咽的說：

「那些小傷不是傷，真正的傷你看不到，否則，怎麼忍心五天不理我？如果猛兒不去找你，你預備還要我等多久？」

皓禎頓時紅了眼眶。告白的說：

「問題沒解決，不敢見妳，每個時辰都在掙扎……來？還是不來？來？還是不來……每天在原野上奔馬，心裡喊著，去？還是不去？去？還是不去……」

吟霜眼淚落下，兩人緊緊緊緊的擁抱著，似乎今生今世，都不想放手了。

後面追來的靈兒和寄南，勒馬站在高坡上，目睹了這一幕。靈兒落淚了，回頭對寄南堅定的命令道：

「如果我現在不做一件事，我會恨死我自己！來吧！來幫我！快！」

靈兒就掉轉馬頭，飛騎而去，寄南莫名其妙的跟著。

❖

五天的小別，更加奠定了一生的相守。兩人緊擁在三仙崖邊，巨石和峭壁是見證，蒼天和白雲是見證，遠山遠樹是見證，草地和小花是見證，連那兩匹馬兒也是見證……皓禎有好多話想說，一句也說不出口。她也一樣，兩人似乎緊擁了幾個甲子，直到黃昏來臨，皓禎才把她抱上自己的馬，兩人共騎著，緩緩向鄉間小屋馳去。彩霞滿天中，落日高懸，卿心我心、永結同心。皓禎覺得自己懷裡，擁抱著整個乾坤、擁抱著他生命中的唯一。她依偎著他，直到他問了一句：

「妳那封密函，是什麼意思？」

她才輕輕回答：

「你都看懂了，不是嗎？」

是！都看懂了！否則還在輾轉掙扎：「來？還是不來？去？還是不去？」

他點點頭，聰明的吟霜，愚昧的皓禎，怎會浪費那五天寶貴的時光？他們就這樣甜蜜的騎在馬背上，來到鄉間小屋前。才到家門口，兩人就大吃一驚。

只見小屋前的綠地和花圃裡，站滿了兩排人，鄭鵬及其家人鄰居都來了，大家都穿著紅衣，拿著銅鈸、腰鼓、響板，橫笛、豎笛等民間樂器，見到二人，立刻敲敲打打，奏起熱鬧的喜樂。

皓禎和吟霜大驚，急忙跳下馬。吟霜從雲裡霧裡醒來了，震驚的說：

「鄭家的人全都來了？這是怎麼回事？謝我接生也不必這麼大排場呀！」

鄭鵬對著吟霜大喊：

「神醫姑娘！我帶了咱們鄉下雜牌樂隊，來給新郎新娘奏樂！神醫姑娘和袁公子，大喜大喜！恭喜恭喜！」

「新郎新娘？」皓禎驚愕困惑的問。

驀然間，靈兒、寄南、香綺、常媽、魯超、小樂都一擁而出，一律穿著紅衣，滿面笑容，過來簇擁著兩人。靈兒換回了女裝，打扮得漂漂亮亮，拉著吟霜說道：

「趕快去換新娘衣服，金翠花鈿全部準備好了！」

「哈哈哈！你趕快去換新郎的衣服！」寄南拉著皓禎說道。

「你們這是幹什麼？」皓禎驚問。

「靈兒的主意，現在就讓你們兩個成親！常媽的主意，把鄭家鄰居請來奏樂！鄭家的主意，把附近鄰居都請來喝喜酒……所以，你們兩個要馬上拜堂成親！」

皓禎吟霜異口同聲，驚喊：

「拜堂成親？」

寄南靈兒不由分說，把兩人簇擁著進了大廳。只見大廳中煥然一新，紅色喜幔在窗上垂著，牆上貼著囍字，到處紅燭高燒。皓禎和吟霜驚奇的看著，震撼著。

靈兒催促：

「快換衣服！不要再耽擱了！這新人和大家的衣服，是從靖威王府裡搜刮來的，只好將就將就，反正重要的是婚禮，不是衣服！換了衣服就拜堂！」

寄南喜孜孜接口：

「正好黃昏，是婚禮的吉時！咱們這朝代，為什麼要把婚禮放在黃昏舉行，因為黃昏最有詩意，詩意的朝代，用詩意的時辰，婚禮才稱為昏禮！不知誰多事，改成了女字旁的婚禮！從此女權就高張了！」

「沒人問你典故，趕快換衣服吧，要不然就錯過黃昏了！」靈兒喊。

「什麼？怎麼可以這樣做？」吟霜又驚又急又意外，不安的問。

「為什麼不能這樣做？」靈兒一本正經起來：「皓禎不久就要另娶，不管怎樣，妳一定是元配！所以，我們先幫你們成親！」

「這樣成親也不算數的！沒有三媒六聘，誰也不會承認！」吟霜抗拒著。

皓禎卻忽然興奮起來，拉住吟霜的手，積極的說道：

「沒有三媒六聘，卻有天地為證！我贊成！當我們擁抱在三仙崖的時候，我就覺得我們已經行了婚禮！」看著吟霜鄭重問道：「妳不願意嫁我嗎？妳不願意和我共度一生嗎？妳不願意成為我的妻子嗎？」

吟霜拚命點頭說：

「我願意的！可是……我孝期還沒服滿呢！」

「妳爹不會在乎這個！」寄南說：「如果他能參加這個婚禮，主持這個婚禮，他一定會高興都來不及！靈兒的一番心意，鄭家鄰居都共襄盛舉，你們兩個別再拖拖拉拉，就順應民意吧！」

皓禎就握著吟霜的手，用最最深情的眼光看著她，用最最真摯的聲音說道：

「這個婚禮，在我父母的眼光中，恐怕等於零！但是，在我們心裡，卻是最神聖最真實的！如果妳一定要我顧全大局，現在，就跟我成親吧！因為，妳是我唯一想娶的新娘！何況，我是被妳那『無字召書』召來的，應該有場轟轟烈烈的大事才對！」

吟霜眼裡又充滿了淚光，終於感動的、鄭重的點點頭。

於是，吟霜穿上了紅色的新娘禮服，頭上戴著金翠花鈿，經過靈兒化妝，美麗絕倫，在常媽和香綺的攙扶下出來。皓禎也一身紅衣，新郎打扮，英俊無比。在魯超和小樂的陪伴下，走向新娘。

寄南感慨而感動的說道：

「今天沒有『納采、納吉、問名、納征……』那些六禮，也沒有『下婿、催妝、障馬車』這些婚禮過程。沒有雙方高堂，只有我們這些人見證，但是，它是一場正式的婚禮！我現在還要兼做司儀！」就大聲喊道：「新郎、新娘先拜吉祥豬，子孫滿堂！」

只見靈兒拉著一條綁著紅色緞帶結的白色大母豬，站在皓禎吟霜面前，這又是婚禮習俗。靈兒死命攥著母豬，滿頭大汗，喊著：

「快拜快拜！這吉祥豬力氣好大！」

吟霜見到吉祥豬一愣，突然把皓禎拉到一邊，說道：

「能不能不要拜吉祥豬？我覺得這樣很侮辱女人！好像娶妻就是為了生兒育女，拿母豬來象徵女子，我不太能接受！我們成親，目的不是要生一窩小豬，是不是？」

「當然！我們的感情，豈是這隻大母豬能代表的！」皓禎就大喊：「靈兒，把吉祥豬放掉！我和吟霜的婚禮，不需要吉祥豬！」

靈兒趕緊鬆開了吉祥豬。寄南驚愕的喊：

「哎喲！本司儀還得隨機應變！」就高聲喊道：

「新郎新娘先拜天地！」

皓禎低低說道：

「拜天地最有道理！有天地，才有萬物和我倆！有天地，才有翻山越嶺來相遇！」

兩人便在靈兒香綺扶持下，走到門口，拜了天地。寄南再喊：

「新郎新娘二拜爐灶！」

兩人被扶到灶前跪拜。跪拜完，寄南又高聲喊道：

「新郎、新娘再拜靖威王！」就解釋道：「我代表高堂，總算是個王爺嘛！」

吟霜皓禎也不反對，真心真意的拜了寄南。

「夫妻交拜！」

兩人面對面，彼此互拜。

「送入洞房！」

鄭家喜樂隊奏起響亮的喜樂，掌聲立刻充滿大廳。眾人齊聲大吼：

「恭喜恭喜！大喜大喜！賀喜賀喜……」

鞭炮劈哩啪啦響起。

吟霜和皓禎就在熱鬧的恭喜聲中，喜樂聲中，被推進了臥室。靈兒好感動，眼裡又閃爍著淚光。寄南看著她，不禁心中一動。

臥室裡，紅燭高燒著，囍字貼在牆上窗櫺上。吟霜羞答答坐在床沿，皓禎坐在她右邊。

靈兒和香綺，每人手捧半個葫蘆，葫蘆裡盛了酒。寄南繼續司儀：

「新郎新娘請喝『合巹酒』！」大聲喊道：「初祭酒，與子同衣！」

香綺和靈兒送上葫蘆，兩人各自拿著半個葫蘆，喝了第一口酒。寄南再喊：

「次祭酒，與子同食！」

兩人喝了第二口酒。寄南又喊：

「終祭酒，與子偕老！」

兩人又喝了第三口酒。香綺和靈兒收走葫蘆，把兩半葫蘆合成一個，用紅絲帶繫著，放在一對紅燭下面。寄南再喊：

「撤帳！」

靈兒、香綺、常媽帶著一群女眷，開始撒著錢幣，錢幣是六分銖，上面有「長命富貴」的字樣。錢幣叮鈴噹啷的從空中落下，在燭光中閃閃爍爍。然後，寄南再喊：

「同甘共苦，多子多孫！」

眾人擁擠在洞房裡，熱鬧哄哄。魯超大喊：

「婚禮完成！恭喜恭喜恭喜恭喜呀！」

眾人掌聲大作，七嘴八舌跟著喊恭喜。靈兒起鬨的大叫：

「鬧洞房！鬧洞房！鬧洞房……」

寄南一把拉下靈兒，咳了一聲，笑著提醒：

「靈兒，妳的任務已經達成，可以帶著賓客退出洞房，給這對新人一點私人時刻！下面緊接著還要喝喜酒，妳去幫幫香綺他們吧！」

果然，常媽著急的喊著：

「大家趕快來幫幫我，這喜酒我一個人忙不過來了！」

香綺小樂魯超都大喊著：

「恭喜吟霜姑娘，恭喜公子！咱們去幫忙常媽嘍！」

鄰居們便在香綺小樂示意下，紛紛退出房間。

房裡，剩下了皓禎和吟霜，皓禎在她身邊坐下，目不轉睛的看著她。第一次見到她金翠花鈿，紅衣紅裳。看到她雖然含羞帶怯，卻唇角微笑，眼底深情，這才領略她另一種的美貌和動人心處！他不禁感嘆的說道：

「皓禎何德何能，居然擁有了妳！何德何能，終於等到了這一天！」

吟霜臉更紅了，不敢相信的低問：

「這是真的婚禮嗎？我可以這樣跟了你嗎？」

「現在妳已經不能賴，妳是我的新娘了！」皓禎看著她，忽然說道：「妳坐在這兒等我，我出去一下馬上來！」

皓禎就急急出門去，吟霜驚愕著，卻不敢問。過了一會兒，皓禎拿了一個托盤，裡面有一碗麵，一雙筷子，走到床前，說道：

「聽說妳五天都沒好好吃，好好睡，看到我就大跑大叫，又摔下山坡，然後，被這婚禮鬧了半天，空著肚子，又喝了酒……身為妳的丈夫，第一件要做的事，是先餵妳吃點東西！妳肯定肯定很餓，等不及他們的喜酒了！」

皓禎說著，就把托盤放在一個小几上，搬到床前，拿起麵碗，餵著吟霜。

吟霜太感動了，眼中充盈著淚水，輕聲的說：

「我自己吃！」

「不！」皓禎堅持：「我想餵我的新娘！這是我的道歉，認錯，和道謝！謝謝妳願意嫁我！謝謝妳那天去採石玉曇，謝謝妳跌進我懷裡！謝謝妳給我無字召書！」

吟霜不語，帶著深深的感動，吃下他細心捲在筷子上的麵。

當夜深人靜時，客人鄰居都散了，寄南和靈兒也回靖威王府了。洞房裡，紅燭已經燒了一半，兩人都換了靈兒準備的新郎新娘的寢衣。吟霜頭髮披散在肩上，害羞的拉高著太低的衣領，不安的坐在床榻上。皓禎上床，輕輕的擁住她。皓禎就柔聲的低問：

「妳準備好了嗎？今晚願意洞房嗎？如果妳沒準備好，我可以等！」

吟霜羞澀的低下頭去，卻坦率的、一往情深的說道：

「已經等你一輩子了！」

皓禎聽了，意亂情迷，低頭吻住她。吟霜的寢衣，被皓禎輕輕拉下，從肩上滑落到床榻上，再滑落到地上去了。兩人擁抱著，嘴唇緊貼著，身子緊貼著，兩顆心緊貼著……

❖

第二天的清晨，一隻公雞的鳴叫聲驚醒了吟霜，覺得臉孔熱熱的，陽光透過窗子，照射在她的臉龐上，她眨動著睫毛，半夢半醒的睜開眼睛。立刻，她的眼光接觸到皓禎的眼光，他正用一隻手支著下巴，兩眼閃亮的看著她，眼裡，充滿了欣喜和欣賞，探索與好奇。是啊，這是她生平第一次，在他身邊醒來。沒有梳妝，一定很醜吧？她羞澀的坐起身，輕輕說道：

「哎呀，你醒了？」拉著被子遮住自己：「醒了多久了？」

「有一段時辰了，足夠讓我看著我的新娘，被窗子上的日出一點點照亮！」

吟霜一羞低頭，急忙起身，找到衣服，想穿好衣服。皓禎依舊支著頭看著她，在她轉身的一瞬間，皓禎忽然看到吟霜裸露的後肩上，赫然有朵梅花。

他驚喊：

「咦！妳這兒是什麼？」皓禎起身，把吟霜拉到身前，仔細看那朵梅花。真的是一朵梅花呢！在她的右後肩，有五個清楚的花瓣，微微凸起，邊緣還有模糊的印痕。這個印記不像胎記，不像受傷留下的疤痕，就像一朵梅花！

吟霜解釋的說：

「像一朵梅花是不是？我娘說，從我出生就有了！你知道我娘有一些預知能力，她說，我將來會遇到一個命中注定的人，我後肩有個像梅花的印記，他身上有一條像樹幹的傷痕！」就轉身抓起皓禎的右手，打開他的手掌，看那傷痕：「所以，當你第一次在我面前攤開你的手，我就知道你出現了！」

皓禎驚愕而震撼的說：

「所以我們注定會相遇，注定會結為夫妻！」就抽回自己的右手，看看那條傷痕。「我從來沒有注意過這傷痕像什麼？確實像一條樹幹！」他心中掠過一陣奇妙的悸動，就用自己手上的傷痕，蓋在吟霜那朵梅花上。「**妳知道嗎？梅花是我家的家徽，我家還有一棵幾百年的老梅樹，我們會用生命寫下這篇傳奇！**」就說道：「**從此，生生世世將共度，妳是梅花我是梅花樹！**」

他說得那麼美，吟霜感動至深，不由自主的問：

「我是梅花你是梅花樹？」

「是的！我們是合為一體的！無法分開的！」

吟霜轉過身子，正面對著皓禎，兩人深情的互視著。**這種梅花的緣分，如真如幻，如詩如夢。世間幾人有這種傳奇？吟霜此時才確認，面前這個男人，她新婚的丈夫，無論將來帶給她的是什麼，都是她命定的詩篇！好也是，壞也是，都是美麗的！**

半晌，皓禎起身，找到床邊自己的衣服，解下隨身的狐毛玉佩。

「這個，是我隨身攜帶的東西，狐毛是救白狐時留下的，玉佩是我爹給的！我娘親手完工的！我把它送給妳，算是我給我新娘的禮物！也是訂下妳終身的信物！現在，妳完完全全是我的了！」

吟霜幾乎是虔誠的接過了那個玉佩，如獲至寶的看著。這是她此生收到最珍貴的禮物，沒有任何東西的價值可以相比！

❖

問世間情為何物？皓禎明知這個私下的小小婚禮，是個極度冒險的行為，但是，情之所鍾，他什麼都顧不得了！未來會發生何事，也不願去想。寄南何嘗不知，也豁出去了！但是，這事是個天大的祕密，就算情如兄弟的太子，他們暫時也不敢說。何況，太子正陷在他的大事裡！

（未完待續）

國家圖書館出版品預行編目資料

梅花英雄夢. 第一部, 亂世癡情 / 瓊瑤著. -- 初版. -- 臺北市：春光出版：家庭傳媒城邦分公司發行, 民109.01
面； 公分. --（瓊瑤經典作品全集；66）
ISBN 978-957-9439-79-4（平裝）

863.57 108019326

瓊瑤經典作品全集 66 梅花英雄夢．第一部：亂世癡情

作　　者／瓊瑤
企劃選書人／王雪莉
責任編輯／王雪莉

版權行政暨數位業務專員／陳玉鈴
資深版權專員／許儀盈
行銷企劃／陳姿億
行銷業務經理／李振東
副總編輯／王雪莉
發行人／何飛鵬
法律顧問／元禾法律事務所　王子文律師
出　　版／春光出版
台北市 104 中山區民生東路二段 141 號 8 樓
電話：(02) 2500-7008　傳真：(02) 2502-7676
部落格：http://stareast.pixnet.net/blog　E-mail：stareast_service@cite.com.tw
發　　行／英屬蓋曼群島商家庭傳媒股份有限公司城邦分公司
台北市中山區民生東路二段 141 號 11 樓
書虫客服服務專線：(02) 2500-7718 / (02) 2500-7719
24小時傳真服務：(02) 2500-1990 / (02) 2500-1991
服務時間：週一至週五上午9:30～12:00，下午13:30～17:00
郵撥帳號：19863813　戶名：書虫股份有限公司
讀者服務信箱E-mail: service@readingclub.com.tw
歡迎光臨城邦讀書花園　網址：www.cite.com.tw
香港發行所／城邦（香港）出版集團有限公司
香港灣仔駱克道 193 號東超商業中心 1 樓
電話：(852) 2508-6231　傳真：(852) 2578-9337
E-mail : hkcite@biznetvigator.com
馬新發行所／城邦（馬新）出版集團　Cite(M)Sdn. Bhd
41, Jalan Radin Anum, Bandar Baru Sri Petaling,
57000 Kuala Lumpur, Malaysia.
Tel: (603) 90578822　Fax:(603) 90576622　E-mail:cite@cite.com.my

內頁排版／極翔企業有限公司
印　　刷／高典印刷有限公司

■ 2020 年（民 109）1 月 30 日初版
Printed in Taiwan

售價／400元

城邦讀書花園
www.cite.com.tw

ISBN　978-957-9439-79-4

廣	告	回	函
北區郵政管理登記證			
台北廣字第000791號			
郵資已付，免貼郵票			

104 台北市民生東路二段 141 號 11 樓

英屬蓋曼群島商家庭傳媒股份有限公司
城邦分公司

請沿虛線對折，謝謝！

愛情．生活．心靈
閱讀春光，生命從此神采飛揚

春光出版

書號：OR1066　書名：瓊瑤經典作品全集66 梅花英雄夢．第一部：亂世癡情

請於此處用膠水黏貼

讀者回函卡

謝謝您購買我們出版的書籍！請費心填寫此回函卡，我們將不定期寄上城邦集團最新的出版訊息。

姓名：________________

性別：□男　□女

生日：西元________年________月________日

地址：________________

聯絡電話：________________ 傳真：________________

E-mail：________________

職業：□ 1. 學生 □ 2. 軍公教 □ 3. 服務 □ 4. 金融 □ 5. 製造 □ 6. 資訊

□ 7. 傳播 □ 8. 自由業 □ 9. 農漁牧 □ 10. 家管 □ 11. 退休

□ 12. 其他 ________________

您從何種方式得知本書消息？

□ 1. 書店 □ 2. 網路 □ 3. 報紙 □ 4. 雜誌 □ 5. 廣播 □ 6. 電視

□ 7. 親友推薦 □ 8. 其他 ________________

您通常以何種方式購書？

□ 1. 書店 □ 2. 網路 □ 3. 傳真訂購 □ 4. 郵局劃撥 □ 5. 其他 ______

您喜歡閱讀哪些類別的書籍？

□ 1. 財經商業 □ 2. 自然科學 □ 3. 歷史 □ 4. 法律 □ 5. 文學

□ 6. 休閒旅遊 □ 7. 小說 □ 8. 人物傳記 □ 9. 生活、勵志

□ 10. 其他 ________________

請於此處用膠水黏貼